पत्थरबाज़

कहानी-संग्रह

नीरजा माधव

जन्म : 15 मार्च 1962, जौनपुर के गाँव में।

शिक्षा : एम.ए. (अंग्रेजी), पीएच-डी. (बी.एच.यू.)

प्रकाशित कृतियाँ : यमदीप, तेभ्यः स्वधा, गेशे जम्पा, अनुपमेय शंकर, ईहामृग, अवर्ण महिला कान्स्टेबल की डायरी, धन्यवाद सिवनी, रात्रिकालीन संसद,, देनपा : तिब्बत की डायरी, त्रिपुरा ***(उपन्यास)***। चिटके आकाश का सूरज, अभी ठहरो अन्धी सदी, आदिमगन्ध तथा अन्य कहानियाँ, पथदंश, चुप चन्तारा रोना नहीं, वाया पांडेपुर चौराहा, पत्थरबाज, प्रेम सम्बन्धों की कहानियाँ, टेपरा, साँझ से पहले (वृद्ध विमर्श की कहानियाँ) आदि ***कहानी-संग्रह***। प्रथम छन्द से स्वप्न, प्रस्थानत्रयी, प्यार लौटना चाहेगा, लिखते हुए शोकगीत ***(कविता संग्रह)***। चैत चित्त मन महुआ, साँझी फूलन चीति, हिन्दी साहित्य का ओझल नारी इतिहास, रेडियो का कलापक्ष, यह राम कौन हैं, तत्त्वबोध विवेचनी, साहित्य और संस्कृति की पृष्ठभूमि, शंकराचार्यः पीठ और परम्परा, हिन्दू धर्म स्वरूप, भारत राष्ट्र और उसकी शिक्षा पद्धति, किन्नर नहीं हिजड़ा समुदाय, Sarojini Naidu : From Tin e to Eternity, ***(ललितनिबन्ध एवं अन्य विधाएँ)***।

अनेक कृतियों का विभिन्न भाषाओं में अनुवाद। कुछ उपन्यास, कहानियाँ विभिन्न विश्वविद्यालयों के पाठ्यक्रमों में शामिल।

पुरस्कार/सम्मान : उ.प्र. हिन्दी संस्थान लखनऊ द्वारा सर्जना पुरस्कार और यशपाल पुरस्कार। म.प्र. साहित्य अकादमी पुरस्कार, शंकराचार्य पुरस्कार, शैलेश मटियानी राष्ट्रीय कथा पुरस्कार, राष्ट्रीय साहित्य सर्जक पुरस्कार। लेजिस्लेटिव असेम्बली, अल्बर्टा (कनाडा) द्वारा मौलिक लेखन के लिए जुलाई 2018 में सम्मानित।

सहायक निदेशक, आई.बी.पी.एस., आकाशवाणी (प्रसार भारती)

राष्ट्रीय पुस्तक न्यास, भारत, की न्यासी सदस्य (भारत सरकार द्वारा नामित)

स्थायी पता : 'मधुवन', सा. 14/96 N-5, सारंगनाथ कॉलोनी, सारनाथ, वाराणसी-221007

सम्पर्क : 91±9792411451/9838975270

सम्पर्क : neerjamadhav@gmail.com

नीरजा माधव

पत्थरबाज़

पहला पेपरबैक संस्करण : 2019

लोकभारती पेपरबैक्स : उत्कृष्ट साहित्य के लोकप्रिय संस्करण

लोकभारती प्रकाशन
पहली मंजिल, दरबारी बिल्डिंग, महात्मा गाँधी मार्ग
प्रयागराज-211 001

वेबसाइट : **www.lokbhartiprakashan.com**
ईमेल : info@lokbhartiprakashan.com

शाखाएँ : 1-बी, नेताजी सुभाष मार्ग, दरियागंज नई दिल्ली-110 002
अशोक राजपथ, साइंस कॉलेज के सामने पटना-800 006 (बिहार)
36-ए, शेक्सपियर सरणी, कोलकाता-700 017 (प. बंगाल)

आस्था पेपर कन्वर्टर
प्रयागराज द्वारा मुद्रित

मूल्य : ₹ 125

PATHARBAAZ
by Neerja Madhav

ISBN : 978-93-89243-48-2

भारत के वीर सैनिकों के शौर्य से
दमकते ललाट पर कुमकुम और
अक्षत की तरह समर्पित ये शब्द।

कहानी-क्रम

भूमिका

सन् 1947 में भारत की आजादी के बाद से ही आतंकवाद, अलगाववाद, कश्मीर समस्या, सीमा-तनाव, शरणार्थी समस्या आदि से जूझता हुआ भारत देश कैसे हमारे वीर सैनिकों के कारण सुरक्षित बना हुआ है, यह भारतीय जनता के लिए गौरव और आश्वस्ति का कारण है तो पूरे विश्व के लिए स्पृहा का कारण। शायद ही विश्व के किसी देश के सैनिकों में यह अदम्य साहस और शौर्य हो, जो माइनस टेम्परेचर और कठिन जीवनचर्या के बीच भी अपने राष्ट्र के लिए सर्वोच्च बलिदान दे देने का भी ऊर्जस्वी भाव रखते हों। अपनी सीमाओं को सुरक्षित रखने और शत्रु के हर षड्यन्त्र को विफल कर देने के लिए, दिन-रात सतर्क दृष्टि से अपने लक्ष्य पर अडिग रहनेवाले ये वीर सैनिक भारत माँ की ही आँखों का तारा नहीं होते अपितु समस्त देशवासियों के हृदय में राज करते हैं। यही कारण है कि किसी वीर **अभिनन्दन** के अभिनन्दन में पूरा देश उमड़ पड़ता है तो किसी लाड़ले सैनिक की शहादत पर पूरा देश उबल पड़ता है। आमजन की भी भुजाएँ फड़क उठती हैं शत्रु से दो-दो हाथ कर लेने के लिए। शिराओं में दौड़ता लहू शत्रु को रौंद डालने के लिए तत्पर हो उठता है। लेखनियाँ मचल उठती हैं उनकी अभ्यर्थना में शब्द-पुष्प समर्पित करने को।

''पत्थरबाज'' कहानी-संग्रह में भी कुछ ऐसे ही कृतार्थ से शब्द-पुष्प हैं। इस संग्रह की कुछ कहानियाँ सीधे-सीधे भारतीय सैनिकों के शौर्य और सहनशीलता दोनों से संवाद करती हैं तो कुछ कहानियाँ सामाजिक ताने-बाने को रूपायित करती हैं। शीर्षक कहानी 'पत्थरबाज' कश्मीर के भीतर भारत की आजादी के कुछ दिनों बाद से ही भटके हुए या भटकाए गये लोगों के द्वारा अलगाववाद की बातें, सीमापार से घुसपैठ, आतंकी घटनाएँ और इक्कीसवीं सदी के दूसरे दशक तक सिरफिरे, भटके युवाओं और बच्चों द्वारा भारतीय सेना पर पत्थर फेंककर हमला करने जैसी घटनाएँ आए दिन होने लगी थीं। हो सकता है, आने वाले वर्षों में भारत के सामने कश्मीर एक समस्या के रूप में न रहे और वह धरती का स्वर्ग पुनः बनकर देशी-विदेशी पर्यटकों को अपनी ओर आकर्षित और आमन्त्रित करने लगे, अभी पत्थरों की सनसनाहट और बारूदी धमाकों से रह-रहकर काँप उठती वादियाँ फिर से फूलों की गमक और केसर की क्यारियों से भर उठे, पर इतने दशकों के फेंके गये पत्थरों के

घाव के निशान इस कालखण्ड के माथे पर तो अंकित हो ही गये हैं। इस इतिहास को कैसे झुठलाया जा सकेगा? साहित्य समय और समाज दोनों का दर्पण होता है। 'पत्थरबाज' संग्रह की कहानियाँ समाज में हो रहे परिवर्तनों का दस्तावेज हैं और साथ ही राष्ट्र की चुनौतियों की शौर्य गाथा भी। हमें हथेली पर दीप रखे सावधानी से कदम आगे बढ़ाना है। कहीं असावधानी या अति आधुनिकता की आँधी में दीप की अखण्ड ज्योति लपलपाने न लगे। सूत्र और संकेतों में बड़ी-बड़ी बातें छिपी होती हैं। उनके गूढ़ार्थ को डिकोड करने की आवश्यकता होती है। काल्पनिक कथा-पात्रों के चित्रण के भीतर जो बीजतत्त्व छिपा होता है, उसे पकड़कर सतर्क रहने की आवश्यकता है, समाज-जीवन में भी और राष्ट्र-जीवन में भी। आपकी चेतना को किंचित् भी खुराक दे सकें ये कहानियाँ तो मैं अपनी लेखनी को कृतार्थ समझूँ।

मंगलवार **नीरजा माधव**
श्रावण कृष्ण चतुर्दशी
तदनुसार 30.07.2019
मधुवन, सारनाथ, वाराणसी

पत्थरबाज़

पीठ पर पुराना हरे रंग का स्कूली बैग टाँगें ऊबड़-खाबड़ पहाड़ी रास्ते पर वह चला जा रहा था। उसके नन्हें-नन्हें पाँवों में आज रोज़ की अपेक्षा बला की फुर्ती थी। कई महीनों बाद स्कूल खुला है। सोपोर, अखनूर, अरनिया, राजौरी बटपोरा और उरी में आतंकी हमलों तथा पाकिस्तानी सैनिकों द्वारा लगातार भारतीय सीमा के गाँवों और सैनिकों पर की जा रही फायरिंग, हैण्ड ग्रेनेड से हमलों को देखते हुए सरकार ने स्कूल बन्द कर दिये थे। गाँववालों को गाँव छोड़कर कहीं अन्यत्र सुरक्षित शिविरों में भेज दिया गया था। दस-बारह वर्षीय असलम भी अपनी अम्मी और नये अब्बू के साथ शिविर में चला गया था। कल ही लौटकर वह और उसकी अम्मी घर में वापस आ गये थे पर नये अब्बू किसी से मिलने की बात करके अपने दोस्त हाजी मियाँ के साथ कहीं निकल गये थे। अब वे दो-चार दिन बाद ही लौटेंगे।

उसे नये अब्बू बिलकुल अच्छे नहीं लगते। बड़ी-बड़ी काली दाढ़ी और सिर पर सफ़ेद जालीवाली गोल टोपी के बीच उनकी दोनों लाल आँखें बहुत भयानक लगती हैं। उसके स्कूल के दोस्त फ़ैयाज़ ने बताया था कि उसकी अम्मी कह रही थीं कि असलम के पहलेवाले अब्बू को इस नये अब्बू ने ही अपने रास्ते से हटा दिया। दरअसल एक दिन गुस्से में अब्बू ने अम्मी को तीन बार तलाक़ कह दिया था। बाद में बहुत पछताये थे। नये अब्बू उनके दोस्त थे। उन्होंने ही रास्ता बताया कि मुझसे अपनी बीबी का निकाह करा दो फिर मैं उसे तलाक़ दे दूँगा तो तुम फिर से उसके साथ निकाह करके रह सकते हो, पर असलम की अम्मी की ख़ूबसूरती पर उसका दिल आ गया और उसने तलाक़ देने की जगह असलम के अब्बू को ही रास्ते से हटा दिया। अब बेचारी शबनम मजबूर है उसी के साथ रहने को। पसन्द नहीं करती वह उसे फिर भी रहना है उसे।

सोचकर असलम का दिल भर आया था अपनी अम्मी के प्रति। कितना कुछ झेली है उसकी अम्मी। अब्बू पहाड़ी जंगलों में खो गये और नाना भी पिछले साल बाढ़ में बीमार हुए तो फिर ठीक नहीं ही हुए। अम्मी नाना जान के लिए तड़पकर रह गयी थीं पर नये अब्बू उन्हें जाने नहीं दिये थे। उनके ख़ौफ़ से अम्मी कुछ नहीं बोल पायी थीं। उसे भी नये अब्बू से डर लगता है।

उन्हें जल्दी मुस्कराते नहीं देखा था उसने। बाहरवाले कमरे में अपने चार-छह दोस्तों के साथ वे हमेशा न जाने क्या खुसुर-फुसुर बतियाते रहते हैं। कभी-कभी सभी की मिली-जुली भोंड़ी हँसी से लगता है जैसे घर की पुरानी छत उड़ जायेगी। ऐसे समय में वह अम्मी को बाहर की बैठक में सबके लिए चाय ले जाने से मना कर देता है –

"मैं ले जाऊँगा अम्मी। तुम मत जाओ।"

"तुमसे छलक जायेगी, असलम।" अम्मी फुसफुसाकर बोलती है।

"नहीं, एहतियात से ले जाऊँगा। दो तो।"

वह कभी-कभी अम्मी पर ही खिझला उठता है। फिर बाद में बहुत प्यार भी आता है अम्मी पर। जाकर उसके सीने से चिपक जाता है। उसका सिर अब अम्मी के कान तक पहुँचने लगा है। दीवार में लगे गोल-से आईने के पास अकसर वह खड़े होकर अम्मी की लम्बाई से अपनी ऊँचाई नापता है।

"अब मैं बड़ा हो गया हूँ अम्मी।" अकसर वह अम्मी को सान्त्वना देता है ताकि वे उसे घर के कामों में हाथ बँटाने दें। बाज़ार से राशन-सब्ज़ी या सरकारी नल से पानी भरकर लाने दें। पर अम्मी सारे काम ख़ुद ही करती हैं। उसे किसी काम में हाथ नहीं लगाने देतीं। कहती हैं –

"तू बड़ा हो जा। पढ़-लिखकर हुनरमन्द बन जा। फिर कहीं और चले जायेंगे हम। इस दोज़ख से निकलना ज़रूरी है।"

"यह तो कश्मीर है अम्मी। मेरी किताब में लिखा है कि धरती की ज़न्नत है यह। तुम दोज़ख क्यों कह रही हो?"

अम्मी उसे खींचकर गोद में बैठा लेती हैं ऐसे सवालों पर। उस समय उनकी आँखों में पहाड़ों की बर्फ-सी जम जाती है। वे अकसर धीरे-से फुसफुसाकर कहती हैं –

"जन्नत कहाँ? इसे तो आतंकियों ने दोज़ख बना दिया है। अपने भी लोगों ने। पर कभी ये बातें किसी से बोलना मत।"

"वही आतंकी जो झेलम उस पार से चोरी-चोरी आते हैं और हम लोगों के घरों में घुसकर मुर्ग-मुसल्लम बनवाकर खाते हैं और हिन्दुस्तानी सेना से लड़ाई करते हैं?"

"हाँ, वही सब मुरदार... दोज़ख में भी जगह न मिले उन सबों को। जीना हराम किये हैं हम सबका।" अम्मी की आँखों में नफ़रत का सैलाब बहने लगता है। न जाने कितनी बीती बातें उसे भी याद हो आती हैं। वह अम्मी की नफ़रत की वज़हें सोचने लगता है।

पुराने अब्बू के समय भी वे लोग इसी घर में रहते थे। गाँव से थोड़ा अलग-थलग अब्बू ने पहाड़ी की ढलान पर यह छोटा-सा घर बनवाया था। अम्मी के अब्बूजान ने पैसों-रुपयों से घर बनाने में मदद की थी। झील में चलाने के लिए एक छोटा-सा हाउस

बोट भी था, लेकिन उसमें सैलानी कम अब्बू के दोस्तों का ही जमावड़ा रहता था। अम्मी अब्बू के इन आवारा दोस्तों से बहुत चिढ़ती थीं। ज़बरदस्ती घर में घुसकर वे अम्मी से मज़ाक किया करते थे। अम्मी सिर झुकाये रसोई में चली जातीं। उनके लिए ढेर-सारी रोटियाँ सेंकते हुए अम्मी का चेहरा भट्टी की तरह ही लाल हो जाता। वह छोटा था। चुपचाप बैठा अम्मी की ओर टुकुर-टुकुर देखता रहता। अम्मी की चुप्पी उसे खलने लगती। कभी-कभी गोश्त के लिए प्याज़ काटते-काटते अम्मी की आँखों से इतना पानी गिरता कि वह समझ ही नहीं पाता था कि अम्मी रो रही हैं या सिर्फ़ प्याज़ की झार है यह। वह उठकर अपनी हथेलियों से अम्मी की आँखों से झर रहे आँसुओं को पोंछता। अपने दोनों बाँहें अम्मी के गले में डालकर पूछता –

"क्यों बनाती हो सबके लिए खाना?"

"तू अभी नहीं समझेगा असलम। इसीलिए कहती हूँ कि अच्छी तरह तालीम ले ले। तुझे हिन्दुस्तानी फ़ौज में भर्ती करूँगी। तेरी शादी करूँगी और यहाँ से कहीं दूर चलकर रहेंगे।" अम्मी की फुसफुसाहट में एक सपना हमेशा तैरते देखा था उसने।

अपने घर, बाज़ार, स्कूल या पहाड़ियों, जंगलों में इधर-उधर घूमते हिन्दुस्तानी सैनिकों के बूटों की खट्-खट् और वर्दी उसे हमेशा लुभाती। उनके हाथों में बन्दूकें होतीं पर आँखों में वैसा कोई वहशीपन उसे नहीं दिखायी देता जैसा अब्बू के दोस्तों की आँखों में होता था। कभी-कभी स्कूल जाते हुए कोई सैनिक उससे बड़े प्यार से हाथ मिलाने के लिए अपना हाथ आगे करता तो वह खुद को रोक नहीं पाता था। इधर-उधर ताकते हुए कि कहीं कोई गाँववाला उसे देख तो नहीं रहा है, वह फ़ौजी के हाथ में अपने नन्हें हाथ दे देता। कई बार फ़ौजी उसकी इस हरकत पर हँस पड़ता –

"अब्बू ने मना किया है हमसे बात करने को?"

"नहीं तो, नहीं।" वह साफ़ झूठ बोल जाता।

"स्कूल जा रहे हो?"

"हाँ।"

"किस क्लास में पढ़ते हो?"

"मदरसे में।" वह जल्दी से अपनी बात समाप्त करता।

"वो तो ठीक है, पर किस दर्जा में?"

"पता नहीं?" वह अपने हिसाब से गोलमाल जवाब देकर आगे बढ़ जाता पर अन्दर-ही-अन्दर फ़ौजी के साथ अपना बुरा बर्ताव उसे कचोटने लगता। अब्बू ने मना न किया होता तो वह फ़ौजी अंकल से खड़े होकर बातें करता। उनकी वर्दी पर टँके सुनहरे सितारों के बारे में पूछता। उसे वर्दी पर जड़े ये सितारे अच्छे लगते हैं। बन्दूकों

से उसे ख़ौफ़ नहीं होता। उसे तो फ़ौजी अंकल लोगों के हाथों में अकसर ही देखता रहता है। उनके सिर पर हेलमेट, चेहरा लगभग ढँका हुआ। बस दो आँखें बहुत सावधान-सी इधर-उधर डोलती रहती हैं। कमर में गोलियों से भरी मैगजीन बाँधे वे अकसर ही क़ब्रिस्तान के पास बने अपने बंकर के आसपास टहलते हुए मिल जाते हैं। क़ब्रिस्तान से कुछ ही दूरी पर जामिया मस्जिद है और उसके ठीक सामने बटपोरा है। यह मस्जिद झेलम नदी के बिल्कुल पास है। झेलम पर बने हातिशा पुल पर भी कभी-कभी आसपास के लोग इकट्ठा होकर सेना के जवानों पर दूर-दूर से पत्थर फेंकते हैं। पत्थर फेंकनेवालों में जवान लड़कों के साथ-साथ कई तो उससे भी छोटी उम्र के लड़के रहते हैं। अम्मी हमेशा उसे इन लड़कों की सोहबत से दूर रहने की हिदायतें देती हैं –

"क़ब्रिस्तानवाले रास्ते से न जाकर तू उस पहाड़ी से स्कूल जाया कर। किसी से दोस्ती या सलाह-मशविरा करने की तुझे ज़रूरत नहीं। ये सब बिगड़े हुए बच्चे हैं। तुझे भी बिगाड़कर रख देंगे।"

"पर अम्मी, उनकी अम्मी तो नहीं रोकतीं। स्कूल से छूटकर अकसर वे हातिशा पुल या मस्जिद की ओर चले जाते हैं। वहाँ से इन्तक़ाम के नारे लगाते हैं, पत्थर फेंकते हैं। गो इण्डिया, गो बैक... हम क्या चाहते – आज़ादी...।" वह हाथ ऊपर लहराते हुए बता रहा था।

"चटाकऽऽऽ।" अम्मी का एक ज़ोरदार चाँटा उसके गाल पर आकर पड़ा था। वह लड़खड़ाकर दीवार से लड़ गया। अम्मी गुस्से में उसे घूर रही थीं –

"तो तू इन्तक़ाम और इन्क़लाब सीखने जाता है। तालीम छोड़ तू पत्थरबाज़ी का हुनर सीख रहा है। हे अल्ला, रहम कर मुझ पर। अब तो रहम कर।"

अम्मी अपने दुपट्टे में मुँह छिपाकर फूट-फूटकर रो पड़ी थीं। अच्छा था कि उस समय अब्बू घर पर नहीं थे। अपने गाल पर पड़े तमाचे को भूलकर वह रोती हुई अम्मी से लिपट गया था –

"अम्मी, अब ऐसी ग़लती नहीं करूँगा। मत रो अम्मी। मैं नहीं जा रहा था पर वही जाहिद ले गया मुझे स्कूल से। कह रहा था हमें भी अपने कश्मीर के लिए लड़ना चाहिए। आख़िर झेलम उस पार से सभी अपने लोग ही तो जान हथेली पर लेकर हमारी आज़ादी के लिए आते हैं। हम अगर उनका साथ नहीं देंगे तो ये हिन्दुस्तानी फ़ौजें हमें कभी आज़ाद नहीं होने देंगी। मुझे फ़ख़्र है कि मैं एक मिलिटैण्ट का बेटा हूँ। मेरे अब्बू ने अल्लाह के राह में हथियार उठाये थे।"

उसने वह अम्मी को सफ़ाई देने के चक्कर में उस दिन की सारी बातें बताना शुरू किया था। अम्मी ने चेहरे से दुपट्टा हटा दिया था और नफ़रत के साथ उसकी

ओर देख रही थीं। उसे अम्मी की नफ़रत-भरी निगाहों से घबड़ाहट होने लगी थी। उसे समझ में नहीं आ रहा था कि वह कैसे अम्मी के भीतर अपने लिये एकाएक बढ़ गयी इस नफ़रत को मिटाये। वह सब-कुछ देख सकता था पर यह नहीं। अम्मी की आँखें और नाक सुर्ख़ हो गये थे। अपनी एक हथेली होंठों पर रखे वे हैरत से उसकी ओर देख रही थीं। उसे समझ में नहीं आ रहा था कि अब्बू के दोस्त घर आकर जब सेना पर पत्थर फेंकने या आतंकियों को अपने घर में पनाह देने की बातें करते हैं तो अम्मी कुछ नहीं बोलतीं। उल्टे उनकी फ़रमाइश पर चाय नाश्ता बनाकर खिलाती हैं पर उसके दोस्त जाहिद की बात पर वे इस क़दर भड़क क्यों उठीं? उसे पहेली समझ में नहीं आयी तो वह अम्मी के सीने में अपना चेहरा छिपा फूट-फूटकर रोने लगा। तमाचे से अधिक दर्द उसे अपनी अम्मी का दिल दुखाकर हो रहा था।

"तू नहीं समझता असलम। मैं तुझे इस दोज़ख में नहीं झोंकना चाहती मेरे बच्चे। तुझे लेकर अभी यहाँ से कहीं जा भी नहीं सकती। कोई सहारा नहीं है। बस तू तालीम हासिल कर। बस तालीम। नेक इन्सान बनाना चाहती हूँ तुझे मेरे बच्चे।" अम्मी उसे अपने सीने से चिपका फिर फफक पड़ी थीं। उसे तसल्ली मिली थी। चलो, अम्मी के भीतर की नफ़रत आँसुओं में बह गयी। अब से वह कभी अम्मी का दिल दुखानेवाला कोई काम नहीं करेगा।

दोनों बहुत देर तक एक-दूसरे से लिपटे ख़ामोश बैठे रहे थे। अम्मी को दिल-ही-दिल में शायद पछतावा था कि उसने ज़ोर से असलम के मुलायम गाल पर तमाचा मार दिया था क्योंकि वे उसके गालों को अपनी हथेली से धीरे-धीरे सहला रही थीं और उनकी आँखें कहीं खोयी हुई थीं। वह चुपचाप उनकी ओर देख रहा था।

"शबनम... शबनम!" बाहर से अब्बू की आवाज़ आयी थी तो अम्मी हड़बड़ाकर उठने लगी थीं। अपने दुपट्टे को सिर पर ओढ़ते हुए उन्होंने फुसफुसाकर उससे कहा था –

"जा, पिछवाड़े धूप में बैठकर पढ़। कुछ मत कहना अब्बू से।"

"ठीक है।" वह घर के पिछवाड़े पड़े बड़े-से पत्थर पर जाकर बैठ गया था। उसका पढ़ने का मन नहीं कर रहा था। पहाड़ी की ढाल जहाँ ख़त्म होती थी वहीं चार-पाँच फ़ौजी हाथ में बन्दूक़ लिये चौकसी कर रहे थे। वे आपस में कोई बात कर रहे थे। उसका मन हुआ था कि वह दौड़कर उनके पास चला जाय और बता दे कि अब्बू के साथ आज फिर कुछ लोग नदी उस पार से आये हैं। शायद आज रात वे लोग फिर उसी के घर में रुकेंगे क्योंकि अब्बू के घर में घुसते ही उसने उनके हाथ में गोश्त का बड़ा-सा पालिथिन बैग देखा था। पीछे-पीछे वे ख़ौफ़नाक चेहरेवाले लोग भी घर में घुसे थे।

पिछली बार भी ऐसे ही पाँच-छह लोग आये थे। शाम से ही उनके लिए अम्मी गोश्त बना रही थीं, रोटियाँ सेंक रही थीं। अब्बू भीतर आये थे और अम्मी को पुचकारते हुए बोले थे –

"अल्लाह का तेरे ऊपर बहुत करम है कि तुझे उसके बन्दों की ख़िदमत करने का मौक़ा हासिल हुआ है। ये अल्लाह के बन्दे हैं, उसी के लिए हथियार उठाते हैं और शहीद हो जाने में भी उफ़ नहीं करते। तुझे उनकी ख़िदमत का सबब मिलेगा।"

"हूँ ऽऽऽ।" अम्मी की ठण्डी साँस आज भी उसके मन में अँटक गयी है। अम्मी अब्बू से बहुत नहीं बोलती थीं। अब्बू का गुस्सैल स्वभाव सभी को पता था। गाँववाले कभी उनके पास नहीं बैठते थे। सभी ख़ौफ़ खाते थे अब्बू से।

"क्या हूँ ऽऽऽ? आँय?" एकाएक अब्बू की त्योरियाँ चढ़ने लगी थीं। अम्मी डर गयी थीं। बात बदलते हुए बोलीं –

"कितने लोगों की रोटियाँ सेंकूँ?"

"चार वो और हम तीन।"

"अच्छा।"

"जल्दी सेंक दे। खाना खाकर मैं और असलम मुनीर के घर जाकर उनकी बैठक में सो जायेंगे। तू यहाँ उनका अच्छी तरह ख़याल रखना। समझी न?"

"आख़िर कब तक यह सब?" अम्मी की घुटी-घुटी आवाज़ को अब्बू की डाँट ने चुप करा दिया था। वह अम्मी को अकेली नहीं छोड़ना चाहता था पर अब्बू के साथ मुनीर चाचू के यहाँ सोने जाना पड़ा था।

सुबह वह जब अब्बू के साथ मुनीर चाचू के घर से वापस आया तो अम्मी का चेहरा लाल था और आँखें सूजी हुई थीं। गाल पर कहीं-कहीं काले-काले निशान थे। उसने घबड़ाकर अम्मी का माथा छुआ तो वह जल रहा था।

"क्या हुआ अम्मी तुम्हें? बुख़ार आ गया है? अब्बू देखो, अम्मी को क्या हो गया है?" वह तड़प उठा था।

"दवा दे रहा हूँ। आज शाम तक ठीक हो जायेगा।" अब्बू ने लापरवाही से उसकी बात का जवाब देते हुए कहा और अम्मी से पूछा –

"वे लोग कब गये?"

"अल सुबह।" अम्मी ने सिर झुकाये हुए जवाब दिया था। वे बेहाल-सी बैठी थीं। वह अम्मी और अब्बू की बातें ध्यान से सुनते हुए कुछ समझने का प्रयास कर रहा था।

"कुछ कह रहे थे? मसलन कहाँ गये?"

"पता नहीं।" अम्मी की बात में एक नफ़रत-सी भरी हुई थी।

अब्बू खिसिया-से गये थे।

"मैं कहता था अब्बू कि अम्मी को अकेली यहाँ छोड़कर मुनीर चाचू के यहाँ सोने न चलो। देखो, अम्मी को बुख़ार आ गया न?" वह रुआँसा हो उठा। जाकर अम्मी के बग़ल में बैठ गया था।

कुछ ही देर में बूटों की खट्-खट् और दरवाज़े पर ज़ोरदार दस्तक सुनायी दी थी। अब्बू समझ गये थे उन्होंने अम्मी को इशारा किया था और ख़ुद दरवाज़ा खोलने चले गये थे। अम्मी उसे लेकर बिस्तर में लेट गयी थीं। दरवाज़ा खुलते ही चार-पाँच फ़ौजी खोजी निगाह से इधर-उधर देखते हुए घर में घुस आये थे। अब्बू उनके पीछे-पीछे हाथ जोड़े बता रहे थे –

"नहीं सर, कोई नहीं आया था। मेरी बीबी की तबीयत ठीक नहीं है। बुख़ार है। उसी की तीमारदारी में घर कुछ ज .यादा ही फैल गया है। आप तो जानते ही हैं कि घरवाली पड़ जाये तो घर अस्त-व्यस्त हो जाता है।"

अम्मी रजाई से सिर निकाले कराह रही थीं। वह उनके पेट में दुबका हुआ था। उसका मन हो रहा था कि वह चिल्लाकर फ़ौजी अंकल को बता दे कि रात में कुछ लोग आये तो थे। अब्बू उसे लेकर मुनीर चाचू के घर सोने चले गये थे। वह नहीं जाना चाहता था अम्मी को अकेले छोड़कर लेकिन अब्बू ने कहा कि यहाँ ओढ़ने-बिछाने के लिए कम पड़ जायेगा इसलिए हम लोग वहाँ सोयेंगे। यहाँ मेहमानों को कुछ ज़रूरत पड़ सकती है रात में, इसलिए अम्मी यहीं रहेगी। पर वह कुछ कह नहीं सका।

फ़ौजी अंकल लोग चले गये तो अब्बू ने दरवाज़ा बन्द किया और अम्मी के ऊपर बिफर पड़े –

"बर्तन रात में धोकर रख नहीं सकती थी। दस मिनट ही न लगता।"

"पर...।" अम्मी कुछ बोलते-बोलते उसे देखकर चुप हो गयी थीं।

"पर क्या? घर को दोज़ख बना दिया है। कुछ काम नहीं हो सकता तुमसे?" अब्बू किचकिचा उठे थे अम्मी पर। अम्मी भी उबल पड़ी थी। रजाई फेंककर खड़ी हो गयीं और बोलीं –

"मैं तो घर दोज़ख बनाकर रखी हूँ और तुम ??? तुम तो मेरी पूरी ज़िन्दगी दोज़ख बना दिये हो। एक असलम का मुँह न देखती तो ज़िन्दा रहने की कोई वज़ह तुमने छोड़ी है क्या?"

अम्मी की आँखों से अँगारे बरस रहे थे। अब्बू आपे से बाहर हो उठे थे। पहली बार अम्मी को इस तरह बोलते सुना था उन्होंने। हमेशा अम्मी चुप-चुप ही रहती थीं पर उस दिन न जाने क्या हो गया था? शायद बुख़ार दिमाग़ तक चढ़ गया था।

अब्बू ने टूटी कुर्सी का पाया उठाकर अम्मी की पीठ पर कसकर दे मारा –

"रुक, तेरा बुख़ार अभी उतारता हूँ। ज़बान लड़ाती है मुझसे?"

अम्मी हलाल होते बकरे की तरह डकर उठी थीं। वह जल्दी से रजाई फेंककर नीचे कूदा था और अम्मी से लिपट गया था। अब्बू का हाथ रुक गया था। वह थर-थर काँप रहा था डर से और अम्मी दोनों हाथ ऊपर उठाये ज़ोर से बोल रही थीं –

"या अल्लाह, तू ही फ़ैसला कर। मैं क्या करूँ?" वे बिलखकर रो रही थीं। अब्बू डण्डा फेंककर बाहर की ओर निकल गये थे।

वह अम्मी से लिपटकर सुबक पड़ा था।

"अम्मी, अब्बू बहुत गन्दे हैं। चलो, हम कहीं दूर चले जाते हैं, तब अब्बू को पता चलेगा।"

वह रो रहा था।

"हूँऽऽऽ।" अम्मी की ज़ोर से हिचकी बँध गयी थी। वे ज़मीन पर धम्म से बैठकर दोनों हाथों में अपना चेहरा छिपा ज़ोर-ज़ोर से रोने लगी थीं। उसे महसूस हो रहा था कि कहीं कुछ तो गड़बड़ है। उसे उसके दोस्त ने एक दिन बताया था कि झेलम उस पार से रात के अँधेरे में चार-पाँच आतंकी आये थे और ज़बरदस्ती उसके घर में भी रात में रुके थे। उसी के दूसरे दिन उसकी आपाजान ने पास की झील में कूदकर अपनी जान दे दी थी। बेचारी रात-भर आये हुए मेहमानों की ख़िदमत में लगी रही। कभी उनके लिए खाना बनाती तो कभी दौड़कर उनके बिस्तर बिछाती। दूसरे दिन मर जाने पर गाँववाले कह रहे थे कि यह सब हिन्दुस्तानी फ़ौज के कारण हो रहा है। न वे यहाँ रहते, न ये सब मेहमानबाज़ी करने आते। जब भी पाकिस्तानी सीमा की ओर से गोलीबारी होती है, तब-तब ये सब उसकी आड़ में घुसपैठ करते हैं।

"अम्मी, जो लोग रात में आये थे, वे अब्बू के दोस्त ही थे न?" वह सहमते हुए पूछ बैठा। उसे डर था कि कहीं अपने दोस्त की आपा की तरह वह भी अपनी अम्मी को हमेशा के लिए न खो दे।

"पता नहीं।" अम्मी का स्वर गीला था।

उसने अपनी हथेली से अम्मी का गाल सहलाया था। बुख़ार शायद बढ़ रहा था।

"अम्मी तुम्हारा बुख़ार बढ़ रहा है। चलो लेट जाओ बिस्तर पर। मैं अभी तुम्हारे लिये दवा ले आता हूँ।"

"तु कहाँ से लायेगा?"

"बस तुम पाँच मिनट इन्तज़ार करो मेरा।"

अपनी बात पूरी करते हुए वह बाहर की ओर दौड़ा था। उसने पहाड़ी की ढलान पर देखा था। अब्बू का दूर-दूर तक पता नहीं था। दो फ़ौजी अंकल आपस में खड़े होकर बातें कर रहे थे। वह सरपट दौड़ता हुआ उनके पास पहुँचा था और हाँफते हुए बोला –

"फ़ौजी अंकल, अम्मी को बहुत बुख़ार है। कोई दवा है आपके पास?"

सैनिक ने आश्चर्य से उसे देखा और बोला –

"क्यों बेटा, तुम्हारे घर में अब्बू नहीं हैं?"

"नहीं।"

"अम्मी को डॉक्टर को दिखाकर तब दवा लेनी चाहिए न बेटा। मान लो कोई दूसरा बुख़ार हो, यानी टाइफाइड, वायरल या...। तो उसके अनुसार दवा डॉक्टर देगा। ख़ून की जाँच-वाँच करेगा। कितने दिन से बुख़ार आ रहा है?"

"जी, बस आज से। कल तक ठीक थीं। वो सब मेहमान आये थे रात में अब्बू के साथ न? उन्हीं की ख़िदमत में लगी रहीं। शायद थकान से उन्हें बुख़ार आ गया है।"

उसने बिना सोचे-समझे सब-कुछ फ़ौजी अंकल को बता दिया था। उसे किसी भी तरह अपनी अम्मी को बचा लेना है। हाशिम की आपाजान की तरह मरने नहीं देना है।

सैनिक की आँखें सिकुड़ी थीं। उसने पूछा था –

"वह जो पहाड़ी पर तुम्हारा घर दिखायी दे रहा है, उसी में आये थे मेहमान?"

"जी हाँ, वही है हमारा घर।" वह घबड़ाकर बोला। दूसरे सैनिक ने पुचकारते हुए कहा –

"हमारे पास इमर्जेन्सी के लिए बुख़ार की दवा है। दो टिकिया मैं दे देता हूँ। एक अभी खिला देना और एक रात में। नॉर्मल बुख़ार होगा तो उतर जायेगा।"

वह सैनिक अपने बंकर की ओर बढ़ा था। एक छोटे-से एअर बैग में सैनिकों की पूरी गृहस्थी होती है। दवा की दो गोलियाँ उसने उसकी हथेली में रखी थीं और पूछा –

"तुम्हारा नाम क्या है?"

"असलम?" उसने टिकिया पकड़ते हुए जवाब दिया।

"और अम्मी का?" दूसरे सैनिक ने पूछा।

"शबनम।" उसने शक-भरी नज़र से फ़ौजी अंकल को देखा था। उसके दोस्त ने बताया था कि ये फ़ौजी लोग बच्चों से जानकारियाँ हासिल करते हैं और फिर आये हुए मेहमानों के साथ मुठभेड़ करते हैं। उसने भी कई बार गाँव में किसी-किसी घर को फ़ौजियों द्वारा घेरते और फिर मेहमानों के सरेण्डर न करने पर गोलियों की बौछार करते सुना है। गोलियों की आवाज़ या पत्थरबाज़ी के बीच गूँजते आज़ादी के नारों से पहले उसे बहुत डर लगता था पर अब उसे तो सुनने की आदत हो गयी है।

फ़ौजी अंकल की ओर शक से देखते हुए वह दवा की टिकिया ले खिसकने लगा था कि तभी दूसरे फ़ौजी अंकल ने पुकारा था –

"मियाँ असलम, अपनी अम्मी को यह दवा खाली पेट नहीं देना, नहीं तो नुक़सान कर देगी। कुछ बिस्किट वगैरह खिला देना तब दवा देना।"

फ़ौजी अंकल की बेपनाह सहानुभूति देख उसकी आँखें डबडबा आयी थीं। उसके अब्बू अम्मी से इतना काम भी लेते हैं और सेहत का ख़याल भी नहीं रखते और एक ये फ़ौजी अंकल हैं। बिना देखे ही अम्मी के लिए चिन्तित हैं। उसने भरे-गले से कहा –

"अंकल, घर में बिस्किट तो नहीं है।"

"यह ले जाओ। बिस्किट का पैकेट।" सैनिक ने अपने बैग से एक छोटा-सा बिस्किट का पैकेट उसे पकड़ाया था।

"यार कुलदीप, उसी घर में आज हम तो गये थे तो कहा गया कि कोई मेहमान नहीं आया था। हाँ, एक औरत बीमार ज़रूर थी। लेटी हुई थी।" एकाएक पहलेवाले फ़ौजी ने अपने साथी को कुलदीप नाम से पुकारा तो वह सहमकर खड़ा हो गया। उसने ग़लती से बता दिया था कि मेहमान आये थे रात में। अब तो उसकी ख़ैर नहीं। अब्बू को पता चलेगा तो उसे पीट ही डालेंगे। उसे समझ में नहीं आ रहा था कि वह कैसे बात बदले। एकाएक उसने बिस्किट का पैकैट फ़ौजी अंकल को लौटाते हुए कहा था –

"अंकल, मेरे अब्बू मुझे मारेंगे। आप यह पैकेट रख लीजिये।"

"क्यों?"कुलदीप नाम के फ़ौजी ने आश्चर्य से पूछा।

"मेरे अब्बू कहते हैं कि क़ाफ़िरों का भरोसा नहीं होता। उनके हाथ से कोई चीज़ मत लिया करो।" कुलदीप के साथ दूसरी फ़ौजी अंकल का भी ज़ोरदार ठहाका गूँजा था। कुलदीप अंकल ने कहा था –

"अब्बू से पूछना कि जब पिछले वर्ष बाढ़ आयी थी और फ़ौजी अंकल लोग तुम सबको अपनी पीठ पर लाद-लादकर घर में से बाहर ले आ रहे थे या खाने का पैकेट पहुँचा रहे थे, तब?"

वह निरुत्तर हो उठा था। लेकिन उसे एक बात का विश्वास हो गया कि मेहमानोंवाली बात फ़ौजी अंकल भूल गये। कुलदीप अंकल ने ही उसके गाल को थपथपाते हुए कहा –

"जाओ, अपनी अम्मी को पहले दवा खिला दो। हाँ, बिस्किट फैक्टरी में बनता है, क़ाफ़िर अंकल ने नहीं बनाया है। अम्मी अब्बू को बता देना। जाओ।"

फ़ौजी अंकल का प्यार से उसे थपथपाना अच्छा लगा था। उसका मन हो रहा था कि वह कुछ और रुके उनके पास पर बीमार अम्मी का चेहरा याद आते ही वह सरपट घर की ओर दौड़ा था।

इस समय भी घर के पिछवाड़े पत्थर पर बैठे-बैठे वह सोच रहा था कि फिर अब्बू के दोस्त आ गये हैं। अम्मी को उनकी ख़िदमत करने के लिए छोड़कर अब्बू उसे लेकर पड़ोसी के घर सोने चले जायेंगे। बेचारी अम्मी बीमार हो जाती हैं। उसे ही कुछ करना पड़ेगा। वह पीछे का दरवाज़ा बाहर से बन्द कर धीरे से पहाड़ी की ढलान पर दौड़ने लगा था। क़ब्रिस्तान के पासवाला सेना का बंकर दिखायी पड़ रहा था। पास ही सेना की दो गाड़ियाँ खड़ी थीं जिसमें कई वर्दीधारी सैनिक बैठे थे। कुछ बाहर टहल रहे थे। गाड़ियों पर चारों तरफ़ चेचक जैसे दाग़ बता रहे थे कि इन पर हज़ारों पत्थरों की चोट पड़ चुकी है। उस दिन शुक्रवार था। अकसर शुक्रवार को नमाज़ के बाद से स्कूली लड़के भी सैनिकों और पुलिसवालों पर पत्थर फेंकने का काम करते हैं। पत्थरबाज़ी को रोकने के लिए पुलिसवाले भी कभी पत्थर चलाते हैं तो कभी आँसू गैस छोड़ते हैं। दुकानें बन्द हो जाती हैं डर से। पत्थरबाज़ी में छोटे-छोटे बच्चे भी शामिल होते हैं। उनसे पत्थर इकट्ठा करवाने का काम लिया जाता है। कई इस मुठभेड़ में घायल भी हो जाते हैं।

वह पहाड़ी से उतरकर फ़ौजी अंकल के पास पहुँचा ही था कि दोनों ओर से पत्थरबाज़ी शुरू हो गयी थी। यह अकसर होता है। उसका दोस्त बता रहा था कि इसके लिए पैसे मिलते हैं। उसे समझ में नहीं आ रहा था कि वह क्या करे? मस्जिद के बाहर खड़े लड़कों के चेहरे कपड़ों से ढँके और उनके हाथों में गुलेलें थीं। कोई-कोई रस्सी के एक छोर पर पत्थर फँसाकर उसे गोल-गोल हवा में घुमा रहा था और फिर जैसे ही वह रस्सी को झटका देता, उसमें से पत्थर किसी गोली की तरह छूटकर फ़ौजियों की ओर चला जाता था फ़ौजियों के सिर पर हेलमेट और चेहरा कपड़े से ढँके होने के कारण चोट नहीं लगती।

असलम पत्थरबाज़ी की बीच से भागता हुआ एक फ़ौजी अंकल के पास जा खड़ा हुआ था। शुक्र था कि उसे कोई पत्थर का टुकड़ा न लगा था।

"बेटा, तुम यहाँ क्यो आये हो? देख नहीं रहे हो कि क्या हो रहा है?" एक फ़ौजी ने उसे अपने पीछे छिपाते हुए कहा।

"अंकल, आज मेरे घर फिर मेहमान आये हैं।" वह हाँफते हुए बता रहा था।

"क्या?" फ़ौजी का ध्यान भंग हुआ था और एक पत्थर सनसनाता हुआ उसके हेलमेट से टकराकर असलम के माथे को जख़्मी कर गया था। वह अपना माथा पकड़कर वहीं बैठ गया और दर्द से बिलबिला उठा था।

''महेन्दर सिंह, इस बच्चे को पत्थर लगा है। जल्दी इसका बैण्डेज करके इसके घर भेजो।'' फ़ौजी अंकल ने उसे एक-दूसरे फ़ौजी के हाथो में सौंपते हुए कहा और फिर से पत्थरबाज़ों को खदेड़ने में जुट गये।

कुछ ही देर में पत्थरबाज़ी का यह माहौल शान्त हो गया था। लड़के अपने-अपने घरों की ओर लौट गये थे। दुकानें बन्द हो चुकी थीं। सड़क पर सैनिकों की बूटों की आवाज़ अथवा गाड़ियों के आने-जाने के शोर के अतिरिक्त कुछ शेष न था। उसके माथे से रिसते ख़ून को रोकने के लिए दवा लगाकर सफ़ेद पट्टी बाँध दी गयी थी और एक सैनिक उसे लेकर सुरक्षित उसके घर के पास तक छोड़ आया था।

रात में अम्मी के पास अभी सोया ही था कि बाहर से आवाज़ आयी थी – ''तुम लोग घिर चुके हो। सरेण्डर कर दो, नहीं तो भून दिये जाओगे।''

अम्मी उसे सीने से चिपकाये कोने में दुबकी थर-थर काँप रही थीं। बाहर के कमरे में अब्बू के दोस्तों ने अपनी बन्दूकें सँभाल ली थीं और बाहर खड़े सेना के जवानों को ललकारने लगे थे।

''तुमसे तो बाद में निबटेंगे। तुमने दग़ा किया है हम सबके साथ।''एक दोस्त अब्बू को खुलेआम धमकियाँ दे रहा था।

''नहीं, हमने कुछ नहीं किया सरकार, क़सम ख़ुदा की।'' अब्बू गिड़गिड़ा रहे थे, तभी एक पेपर शेल जवानों की ओर से आकर दरवाज़े के पास गिरा। शेल से इतना तीखा धुँआ उठ रहा था कि सभी की साँसें घुटने लगीं, छाती में जलन होने लगी और आँखों से लगातार पानी गिरने लगा था। वह बदहवास-सा अम्मी का हाथ पकड़कर पीछे के दरवाज़े की ओर भागा पर दरवाज़ा तो वही बाहर से बन्द कर गया था जब पिछवाड़े से वह, फ़ौजी अंकल को मेहमानों के बारे में बताने गया था।

उसे अपने ऊपर क्रोध आ रहा था। मन हो रहा था कि वह अपना सिर दीवार से लड़ा ले। अन्दर से धुएँ और घुटन के बीच भी अब्बू के दोस्त सैनिकों पर गोलियाँ चला रहे थे। एक दोस्त फ़ोन पर अपनी अम्मी से बात भी कर रहा था –

''वे कह रहे हैं कि हम सरेण्डर कर दें।''

''नहीं, सरेण्डर मत करो। भागने का मौक़ा मिले तो भाग जाओ, पर सरेण्डर मत करो। तुमने अल्लाह के लिए हथियार उठाये हैं। तुम्हें अल्लाह ने मेरी गोद में दिया, आज मैं उन्हें वापस कर रही हूँ। अल्लाह तुम्हारी शहादत कुबूल करे।'' स्पीकर पर उधर से किसी औरत की भर्रायी हुई आवाज़ आयी थी। शायद उस आतंकी की माँ थी।

असलम को सब-कुछ सुनायी दिया था। उसे आश्चर्य हुआ। ऐसी भी माँएँ होती हैं क्या जो अपने बच्चों को अल्लाह को वापस करने की सोचें? अल्लाह के नाम पर

ख़ून-ख़राबा करने को उकसाएँ? उसकी अपनी माँ तो कहती है कि अल्लाह बहुत रहम दिल है। अपने बन्दों की सारी तक़लीफ़ों को सुनता है, उन्हें दूर करता है। लोगों को गन्दी राह पर चलने से रोकता है। पर यहाँ तो अल्लाह के नाम पर ये लोग बुरे काम कर रहे हैं। सैनिकों पर चुपके से हमले करते हैं। कभी-कभी बेरहमी से उनके अंगों को काटकर धमकी-भरा पैगाम भेजते हैं। क्या अल्लाह सब देखता होगा? देखता है तो चुप क्यों रहता है? सज़ा क्यों नहीं देता है इन्हें?

उसने अम्मी की ओर देखा था। अम्मी की आँखों में दहशत थी। सीने में जलन और धुएँ के कारण वे बदहवास-सी कभी पिछवाड़े के दरवाज़े की ओर तो कभी अपने असलम की ओर देख रही थीं। अब्बू घबड़ाये-से इधर-उधर भाग रहे थे। सैनिकों का घेरा लगातार उनकी ओर बढ़ता आ रहा था। रह-रहकर माइक से सरेण्डर कर देने और हवा में फायरिंग की आवाज़ से पूरे क्षेत्र में सन्नाटा-सा फैल गया था।

उसने देखा, अम्मी खाँसते-खाँसते बेदम-सी हो रही थीं। उनके चेहरे पर मौत की परछाइयाँ-सी तैर रही थीं। वे दीवार के सहारे धम्म से नीचे बैठ गयी थीं। वह घबड़ा उठा था अपनी अम्मी की यह दशा देख। बाहर निकलनेवाला सामने का दरवाज़ा बन्द था। वहाँ अब्बू के वे दोस्त अपनी-अपनी बन्दूकें सँभाले डटे हुए थे। उन्हें अम्मी या उसकी कोई ख़बर नहीं थी। वह अम्मी को किसी तरह बाहर खुले में ले जाना चाहता था ताकि वे साँस ले सकें। बाहर खड़े हिन्दुस्तानी फ़ौजों से उसे डर नहीं लग रहा था। फ़ौजी अंकल ज़रूर उसकी मदद कर देंगे। अम्मी की दवा भी कर देंगे। बस एक बार वह किसी तरह अम्मी को लेकर बाहर निकल जाये। फ़ौजी अंकल लोग उसे अच्छे लगते हैं। पर अब्बू के इन दोस्तों का क्या करे वह?

उसने एक बार बदहवास-सी अम्मी को फिर से देखा था। एकाएक उसने एक कड़ा फ़ैसला लिया था। वह किसी तरह दरवाज़ा खोलकर फ़ौजी अंकल के पास पहुँच जाये। उसके सामने कुछ रास्ता नहीं बचा था। कुछ दिनों पहले ही आँगन में अब्बू ने ढेर-सारे छोटे-बड़े पत्थर रखवाये थे। उसने टोकरी में भरकर लाते हुए पूछा था कि अब्बू, इनका क्या होगा? तो अब्बू ने कहा था कि कभी किसी वक्त-बेवक्त काम आयेगा।

उसने अपने माथे पर हथेली फेरी थी। पट्टी से रिसता हुआ खून उसकी हथेली में चिपचिपा उठा था। आज ही तो पत्थरबाज़ी में उसे भी एक पत्थर लगा था और वह बिलबिलाकर रो पड़ा था। फ़ोजी अंकल ने उसे अपने पीछे छिपाते हुए दूसरे फ़ौजी अंकल से कहा था —

जल्दी ले जाओ इसे। बैण्डेज करवा दो।

अम्मी अब बेहाल-सी बड़ी-बड़ी साँसें लेते हुए ज़मीन पर लेट गयी थीं। उससे अपनी अम्मी का यह हाल देखा नहीं जा रहा था। उसकी आँखों में भी जलन हो रही थी। अब्बू के दोस्त अपने-अपने मुँह बाँधे हुए थे फिर भी उन्हें रह-रहकर खाँसी आ रही थी। वह तेज़ी से आँगन में रखे पत्थरों की ओर दौड़ा था और अपने दोनों हाथों में बड़े-बड़े पत्थर के टुकड़े उठा लिये थे। दरवाज़े के पास खड़े अब्बू के दो साथियों की ओर निशाना साधते हुए उसने पूरी ताकत से पत्थर फेंका था। निशाना सटीक बैठा था। एक अपना सिर पकड़कर बैठ गया था। दूसरा स्थिति को भाँपने के लिए इधर-उधर देख रहा था। असलम ने दूसरे हाथ का पत्थर भी दाहिने हाथ में लिया था और पूरी ताक़त के साथ वहाँ खड़े अब्बू के दूसरे साथी पर चला दिया था। इस आकस्मिक हमले के लिए शायद वह तैयार नहीं था। पत्थर उसके माथे से टकराया था और ख़ून की एक तेज़ धार बह निकली थी। दरवाज़े के पास वे दोनों घायल हो बैठ गये थे।

असलम ने तेज़ी से दरवाज़े की ओर दौड़ते हुए अम्मी को सान्त्वना दी थी –

"अम्मी, मैं अभी फ़ौजी अंकल से इन लोगों की शिकायत करके आता हूँ। तुम परेशान न होओ। अभी दवा...।"

वह दरवाज़े की सिटकनी खोल चुका था। एक क़दम दरवाज़े से बाहर निकालते ही भारतीय सैनिकों ने उसे देख लिया था इसलिए फायरिंग के लिए साथियों को रोक दिया था। उन्हें लगा था कि भीतर छिपे आतंकी सरेण्डर करने आ रहे हैं, पर एक बच्चे को बाहर निकलता देख वे दुविधा में पड़ गये। तभी पीछे से एक सनसनाती हुई गोली के साथ असलम के कानों में अब्बू के दोस्त की आवाज़ आयी थी –

"अब तुम फ़ौजी अंकल से नहीं, अल्लाह मियाँ के पास जाकर शिकायत करना।"

और आँखें मूँदते-मूँदते बिलखकर वह अल्लाह से शिकायत कर बैठा था – "तुम्हारे बन्दों ने धरती क़ो गन्दा कर दिया है। बच्चों और अम्मियों के रहने लायक़ नहीं छोड़ा।" अल्लाह सुन रहा था अपने मासूम बच्चे की शिकायत और देख रहा था घृणा से धरती पर अपने बन्दों को जिन्होंने धरती को रहने लायक़ नहीं छोड़ा था अपनी नापाक हरकतों से।

❐

वह राष्ट्रपति से नाराज़ थी

"बुढ़िया अम्माँ, चलो उठो। मुन्नाच्चा का कार्यक्रम आवै जात है टी.वी. मा।" चौदह वर्षीय अतुल जाकर दादी के सिरहाने खड़ा हो गया था। इसी वर्ष वह कक्षा नौ में गया था। गाँव के पास ही एक इण्टर कॉलेज में पढ़ रहा था। पिछले हफ ते जब से उसके मुन्नाच्चा को राष्ट्रीय शिक्षक सम्मान मिला है, तब से उसका पढ़ने का उत्साह दुगुना हो उठा है। आखिर मुन्नाच्चा भी तो इसी गाँव से निकले हैं। यहाँ से पढ़ाई की, बनारस जाकर ऊँची डिग्री ली और वहीं के एक कॉलेज में लेक्चरर हो गये। पापा बता रहे थे कि इतने अच्छे लेक्चरर हुए हैं कि राष्ट्रपति ने उन्हें सम्मान करने के लिए चुन लिया। अतुल की आँखों में एक सपना डोल उठा था। वह भी अपने मुन्नाच्चा की तरह बनेगा।"

'कउन है?" आहट पाकर अपनी चारपाई पर सीधी लेटी बुढ़िया अम्माँ बोल उठीं। कहीं कुत्ता तो नहीं आ गया। उनका हाथ चारपाई से टिकी अपनी लाठी पर चला गया था। कई बार उनके कच्चे कमरे का किवाड़ खुला रह जाता है और चारपाई के नीचे रखे लोटे के पानी को कुत्ता आकर सूँघने लगता है। कई बार अनुमान से ही वे लेटे-लेटे लाठी को ज़मीन पर पटक देती हैं ताकि यदि आ गया है तो भाग जाये।

"हम हैं बुढ़िया अम्माँ। तुल्लू।" अतुल ने थोड़ा ऊँचे स्वर में कहा। जानता था कि बुढ़िया अम्माँ ऊँचा सुनती हैं।

"हाँ बोलउ। का है? बहिर थोड़े हइ जो चिल्लात हौ।" लगभग नब्बे वर्षीया राम प्यारीदेवी किंचित् नाराज़ हो उठीं पोते पर।

"पापा बोले हैं कि मुन्नाच्चा का प्रोग्राम आवे जात है टी.वी. मा। जाओ, बुढ़िया अम्माँ का लिवाय लाओ।" अतुल ने अपना मुँह दादी के कान के पास सटा दिया।

"अबहिं?" रामप्यारी देवी पूछ रही थीं।

"नाही, आधा घण्टा में।" अतुल ने उत्तर दिया।

"इतना देर ना बैठ पइबै। कुछ देर में आओ लै चलौ।" रामप्यारी देवी ने पैताने रखे बिस्तर पर अपना पैर फैला लिया। आँखें खोल लीं। झुर्रियों-भरे चेहरे पर बड़ी-बड़ी आँखों में चमक के साथ नमी तैर उठी। उन्होंने आँचल से नमी को रगड़कर सुखा लिया। धीरे से अपने ही ऊपर नाराज़ हो उठीं –

"दहीजरी, शुभ में भी रोवै लागत हैं।" उन्होंने अपनी आँखों को कोसा था। उस दिन भी तो आँखें भावुकता में बरसने ही लगी थीं जब बड़ेवाले बेटे ने बाज़ार से अख़बार में छपी मुन्ना की फोटो लाकर उनके सामने फैला दिया था।

"अम्माँ, ई देखो, मुन्ना की फोटो छपी है अख़बार मा।"

"काहे रे?" वे घबड़ा उठी थीं।

"अरे घबड़ाओ नहीं। उनको सम्मान मिला है। राष्ट्रपति के हाथों।" बड़े बेटे ने उन्हें आश्वस्त किया।

"फुरै? लाओ, देखीं।" बेटे के हाथ से लेते हुए उन्होंने अपने सामने अख़बार उल्टा ही फैला लिया था।

"ऐसे नहीं, ऐसे देखो।" बड़े बेटे ने अख़बार सीधा करते हुए उनके सामने फैला दिया और मुन्ना की फ़ोटो पर उँगली रख दी थी। सामने मुन्ना की तस्वीर थी। नीचे कुछ लिखा था। उन्होंने अपनी उँगलियों से तस्वीर को मुट्ठी में भरने की कल्पना करते हुए ओंठों से लगा लिया और बुदबुदायी थीं –

"जुग-जुग जिओ हमार बच्चा।" उनकी आँखें भर आयी थीं।

"फिर रोने लगी अम्माँ? अपनी आँख फोड़ लोगी तभी मानोगी?" बड़े बेटे ने डाँटा था।

"फोटोइया तनी मद्धिम छापे हैं मुन्ना का?" बड़े बेटे की डाँट की परवाह न करते हुए उन्होंने पूछा था।

"नाहीं, अख़बार में ऐसे ही छपता है। तनी मद्धिम। वैसे भी तुम्हारी आँख का ऑपरेशन हुआ है न अम्माँ। अभी नया-नया लेन्स पड़ा है। डॉक्टर परहेज़ करने के लिए कहा है लेकिन तुम मानती ही नहीं।"

"अब केतना परहेज़ करी? चौबीसों घण्टा करिया चश्मा कैसे लगायी? सूतत, बइठत।"

वे डॉक्टर की सलाह पर भुनभुनायी थीं। एक बार फिर मुन्ना की तस्वीर को उँगलियों से छूकर अपने ओंठों से लगा चूमा था और रो ही पड़ी थीं –

"ऊ तो हमरे मुन्ना और उनकी दुलहिन अस रहा कि बनारस ले जाके हमार आँख बचा लीहिन, नाही त तू सबन मिलके त फ़ोरी डारे रहे।" उन्होंने बड़े बेटे को मीठी झिड़की दी।

"हाँ भाई, हम सब तो नालायक़ ही हैं। एक मुन्ना और उनकी दुलहिन तुम्हारे लिये लायक़ हैं। हम लोग तो इहाँ फरेन कूटत हैं।" बड़ा बेटा नाराज़ हो उठा।

"ऊ दूनों अस त केहू लायक़ नाहीं भवा हमरे सगरे ख़ानदान में। तुहूँ पढ़ा होता त पढ़ाइत।" उन्होंने बड़े बेटे की दुखती रग पर हाथ रख दिया।

"हाँ, हाँ, इहाँ खेत में ख़ून-पसीना हम बहायें, तुम्हारा सेवा-सभाखन हम करें और तारीफ़ चौबीस घण्टा उन दोनों लोग का।"

"काहें कुढ़ा जात है। उहौ दूनौ अइहैं त हमार सेवा करिहैं। अबहीं नौकरी-चाकरी में फँसा हयन।"

"हाँ, कुछ अभी कर दे रहे हैं, कुछ रिटायरी के बाद करके दिखा देंगे।" बड़ा बेटा व्यंग्य से हँसा था।

"काहें ऐसे कहत हौ परभू? का ना करत हैं ऊ दोनों? हमार आँख फूटि गयी रही त लेन्स लगवाये, जब-जब बीमार होइत है तब-तब धउरा आवत हैं। उनकर दुलहिन त एतना तक कहि दिहिस कि...।"

"तोहका नोट से तौल दीहें पर मरै ना दीहें। यही न? पचास बार गाँव-पुर से सुन चुके तुम्हारी यह बात। कथनी और करनी में बड़ा फ़र्क़ है अम्माँ। फिर ऊ लोग कर ही देंगे तो कौन बड़ी बात है? खँचिया भर नोट कमाते हैं दोनों परानी। रिटायरी के बाद एतना पिन्शिन मिलेगी।"

परभू ने अपनी दोनों हथेलियों को आपस में जोड़कर गोलाकार आकृति बनायी थी।

"जाओ, मुराही ना करो। ओहका हिस्सा भी लिहे बैठ हौ और आँखियो फूटत है।"

उन्होंने बड़े बेटे को डाँट दिया था।

नब्बे से ऊपर उम्र हो चली थी उनकी पर घर में बेटे, बहू, पोते और उनकी भी बहुओं पर रामप्यारी देवी का अनुशासन अभी बरकरार था। स्थूल, लम्बी देह पर हल्की ललाई लिये गोरा रंग आज भी उनकी पुरानी सुन्दरता की कहानी कहता। चेहरे पर झुर्रियाँ पड़ गयी थीं पर अच्छे खान-पान और निर्द्वन्द्व जीवनचर्या के कारण वृद्धावस्था उन्हें जर्जर नहीं कर पायी थी। लाठी लेकर वे धीरे-धीरे पूरे गाँव का चक्कर लगा लेती थीं। लगभग सभी लोग उनसे उम्र में छोटे थे। जिस घर में वे पहुँच जातीं, बहुएँ आँचल से उनके पाँव छूतीं और पीढ़ा, पानी पूछतीं। वे भी सबका हालचाल पूछतीं, चलते समय मन भर आशीष देतीं और आकर भग्गू बाबा के चबूतरे पर बैठ जातीं। कुछ देर पीपल के उस पुराने पेड़ की जड़ों में रखे दो-तीन गोल अनगढ़ पत्थरों की ओर देखकर हाथ जोड़े कुछ बुदबुदातीं और फिर आँचल से भर आयी आँखों को पोंछतीं। गाँव-भर की औरतों को पता था कि रामप्यारी काकी के पति जब तक जीवित थे, प्रतिदिन नहा-धोकर भग्गू बाबा के थान पर जल-अक्षत अवश्य चढ़ाते थे। बीस वर्षों से ज्यादा ही हो गये थे उनको संसार से विदा हुए पर प्रतिदिन रामप्यारी देवी को वे याद आते थे। एक दिन पड़ोसवाली चौबाइन को वे बता रही थीं —

''बहुत गरीबी मा दिन काटे दुलहिन। तुहरे चच्चा बम्बई कमात रहेन। मोटा काम करत रहेन। हम इहाँ पाँच-पाँच बच्चन का लेके अकेले रहत रहिन। कब्बो माड़ भात त कब्बो जोन्हरी से काम चल जात रहा, बाकी केहू जाना नाहीं कि मिसराइन कइसे काम चलावत हैं। भाई लोगन के भी कब्बउ ना बतायेन हम। लड़िकन खेते में काम करिके त पढ़ै जाँय। बुढ़ऊ साल में दुइ बेर घरे आवें। थोड़-बहुत जौन जुटा रहे रकम, वही से खेत ख़रीद लें। एक हमका बदे करधनी लाय रहेन चानी क। उके गिरो रखके खेते क कर्ज़ा चुकावें। बड़ी सुभ रहै करधनी।''

''काकी, करधनिया रखे हइन कि नाय?'' दुलहिन ने मज़ाक में पूछ लिया।

''बुढ़ऊ मरै से पहले कहे रहिन कि ई करधनी तू मुन्ना के दुलहिन के दे दीहा। ऊ बहुत सरियारिक हैं हमार बच्चा।''

''तो देइ दिहिन का?'' दुलहिन ने मउनी बीनते हुए पूछा। अपने हाथ में थमी टेकुरी से वे मूँजवाले किनारे में छेद कर रही थीं और पास ही खटिया पर बैठी रामप्यारी काकी से बतिया भी रही थीं।

''तिलरी काटत हौ का दुलहिन,'' रामप्यारी देवी का ध्यान मउनी में बन रही डिजायन की ओर चला गया।

''हाँ चाची, होली नजदीकै है न? सोचत हुई कि जल्दी तिलरी काटके पूरा कर देयीं नाहीं त खर दिन आ जइहैं।''

''नीक लागत हय। एकरे बाद एक लाइन गुलाबी लगा दीहो। खिल जायी।''

रामप्यारी देवी ने दुलहिन को मउनी के रंग के बारे में समझाया।

''त दै दिहो ऊ करधनी काकी?''

''हाँ, लेकिन परभू के पता नाहीं। सबका हिस्सा चहिहैं। अरे छोटइयैं से हमार मुन्ना घरे से दूर-दूर होइ गयेन। आख़िर वोहू का हिस्सा त इहै लोग जोतत-बोअत हयन। लेकिन सन्तोष नाय है। अबही इमली का पेड़ बिका रहा त हम कहेन कि मुन्ना का हिस्सा हमैं दइ दो। ऊ जब अइहैं त हम देइ देब। त परभू कहै लागन कि ऊ साल-दू-साल बाद कब्बौ आवत हैं। खेती-बारी में खर्चा-पानी लागत है त ऊ देत है का? अब तुमही बताओ दुलहिन, जब ऊ सरकार का नौकरी करत हैं त कइसे रोज धैरा अइहन? रिटायरी के बाद अइहैं त ऊहो आपन देखिहै। कौनो ग़लत कहे दुलहिन?''

रामप्यारी देवी ने हुँकारी की उम्मीद में दुलहिन की ओर देखा।

''हाँ, काकी। ठीकै कहिन आप।''

''करेजवा भड़छत है मुन्ना खातिर। छोटइयैं से दूर। अब उनकर रिटायरी चार-पाँच बरिस में हो जाई त घरे आकै रहै लगिहैं। ऊ दूनों परानी हमार बहुत धियान रखत हैं। बुढ़ऊ क भी बहुत किहेन दून्नो जनी। हमरो पार लगा दिहैं।''

रामप्यारी देवी की आँखों में उम्मीद की गंगा लहरा उठी थी।

इस समय अपनी चारपाई पर लेटे-लेटे भी वे मुन्ना को ही याद कर रही थीं। उन्हें याद आयी थी वह घटना जब मुन्ना गाँव के ही मिडिल स्कूल में कक्षा सात में गया था। यही तुल्लू की उम्र रही होगी। स्कूल में मास्टर ने किताब न होने से मुन्ना की छड़ी से पिटायी की थी और कक्षा से बाहर कर दिया था। कहा था कल से बिना किताब-कापी के दिखायी मत पड़ना। मुन्ना उनके सामने आकर जिद पर अड़ गया था। बुढ़ऊ उस समय बम्बई थे। पैसा भी नहीं भेजे थे। बक्से में कपड़े के नीचे कुछ मुड़े-तुड़े नोट और सिक्के उन्होंने सँभालकर रख छोड़े थे कि हारे-गाढ़े काम आयेंगे। मुन्ना की ज़िद पर वे पैसों को अपने आँचल के खूँटे में बाँधकर उसे लिवाकर बाज़ार गयी थीं। मुन्ना बिना सोचे-समझे दुकानदार से गणित, हिन्दी, अंग्रेज़ी और भी न जाने कौन-कौन-सी किताब-कापी माँगने लगा था। उनकी तो जान सूख गयी। इतनी किताबें एक साथ ख़रीदने भर के पैसे तो नहीं थे। फिर सारा पैसा किताबों में लग जायेगा तो साबुन-तेल किस पैसे से आयेगा? अनाज पानी तो माना घर में है पर माचिस, नमक, हींग, मसाला तो ख़रीदना पड़ेगा न। उन्होंने मुन्ना को समझाया था –

''पहिले एक किताब पढ़ के खतम कै लो फिर दूसर ख़रीदो। बारी-बारी से पढ़ा जात है किताब, एक साथै नाहीं।''

पर मुन्ना तो ज़िद में आ गया था।

''नहीं अम्माँ, मास्टर साहब फिर मारेंगे। हर घण्टा में अलग-अलग विषय का किताब पढ़ावा जात है।'' मुन्ना ने उन्हें समझाने का प्रयास किया था। उन्होंने डाँटते हुए कहा –

''मुराही न बतियाओ। पहिले एक किताब पढ़ि के खतम करि लो फिर दूसर तीसर बाद मा खरिदिहौ। ई कौन पढ़ाई करत हौ कि सौ ठे किताब एक्कै साथ पढ़िहौ। पागल समझे हो का हम्मै।''

''नहीं अम्माँ, तुम समझती नाहीं हो।''

''त ल्यौ, हम नाहीं समझित है त तोहैं समझा देईं।'' उन्होंने दुकान के पास पड़े अरहर का रहठा उठाया था और मुन्ना की पीठ पर सट्-सट् कई बार मारा था। बिलबिला उठा था मुन्ना।

''बोलौ, ज़िद्द करिहौ? एक साथे एतनी किताब कोहू पढ़ा है कि तोही पढ़िहौ?'' वे मुन्ना को लगातार गुस्से में पीट रही थीं और बड़बड़ाती जा रही थीं। एक तो पैसे रुपये की तंगी दूसरे मुन्ना की ज़िद।

उस घटना को याद कर रामप्यारी देवी को बेचैनी होने लगी थी। वही मुन्ना पढ़-लिखकर अब मास्टर बन गया है। उनसे कितनी दूर चला गया है। जब भी आता है तो हँसकर याद करता है –

"अम्माँ, तू किताब एक साथे ख़रीदे ख़ातिर केतना पिटे रहू हम्मै।"

"हाँ बच्चा, तब्बै न आज सबसे बड़ी नौकरी पाये हौ। का पता रहा रे वो समय। पढ़ी-लिखी तो रही नाहीं हम कि पता रहै कि केतना किताब-कापी लागत है। अब सबका बाल-बच्चन का बैग मा भरा-भरा किताब-कापी देखके समझ में आवत है कि हम अपना मुन्ना के कस पीटे रहेन।" उनकी आँखें पश्चात्ताप से भर आतीं।

मुन्ना उन्हें भावुक हो अँकवार में भर लेते। वे मुन्ना के गाल माथे पर अपने चुम्बन की झड़ी लगा देतीं मानों उस ग़लती के दाग धो रही हों।

रामप्यारी देवी बेचैनी में उठकर बैठ गयी थीं चारपाई पर। दोनों पैर नीचे लटक रहे थे और एक हाथ अपने डण्डे पर था। उन्हें प्यास-सी महसूस हो रही थी। उन्होंने तुल्लू को आवाज़ दी –

"तुल्लू, हे तुल्लूऽऽऽ।"

तुल्लू दूर था शायद। कहीं से कोई जवाब नहीं आया था। उनका यह कमरा घर से थोड़ी दूर पड़ता है। घर में रात-भर सब हल्ला-गुल्ला मचाये रखते थे। टी.वी. तो चौबीस घण्टे खुली रखती थीं बहुएँ। खाना बनाने के बीच में आते-जाते ठमककर देख लेती थीं। दोपहर और रात में तो जैसे मछली बाज़ार बन जाता है घर। टी.वी. में एक ओर गाना-बजाना चलता है तो दूसरी ओर छोटे-छोटे बच्चों को लेकर उसके सामने बैठी बहुएँ, बेटे उनके सास-ससुर सब एक साथ वहीं ठठ्ठा-हँसी देखते हैं। कोई लाज-लिहाज नहीं। वही नंगापन सास भी देखे, बहू भी। बेटा भी, बाप भी। नंगी-नंगी औरतें नाचती हैं टी.वी. में। रामप्यारी देवी अपनी चारपाई पर लेटे-लेटे कुढ़ती रहतीं। कभी-कभी गुस्से में आकर अपना डण्डा चला देतीं टी.वी. की ओर।

"फूटि जाई तब्बै मनिहौ तू सबन।"

"अरे बुढ़िया अम्माँ, बनावे में पइसा घर ही के लागी ना? अस करो, तोहार खटिया हम दुआरेवाले बइठका में डाल देइथ। तू आराम से वहीं पड़ी रहू और राम-राम भजू।"

बड़ेवाले पोते ने एक दिन रास्ता ढूँढ़ लिया था और उनकी चारपाई बैठक के छोटेवाले कमरे में डाल दिया था। अब दिन-दिन भर इधर कोई आवाज़ ही नहीं सुनायी पड़ती। सब लोग घर में बन्द हो जाते हैं। वे अकेली इस कोठरी में अपनी चारपाई पर लेटी या बैठी रहती हैं। कभी-कभी लेटे-लेटे गुनगुना उठती हैं – तुलसी महरानी नमो नमो। खाना के लिए कोई बुलाने आता है दोपहर और रात में। सुबह-शाम पोते

चाय-पानी यहीं रख जाते हैं। चारपाई के नीचे लोटे में पानी और एक डिब्बे में गुड़ बन्द करके सिरहाने रख दिया है, ताकि प्यास लगे तो वे पानी पी सकें। किसी को बुलाना न पड़े। कुत्ते, चिड़ियों की आवाज़ के अलावा कभी-कभी आपस में झगड़ा करते पोते-पोतियों की आवाज़ सुनायी पड़ जाती है। वैसे भी कान से अब ऊँचा सुनायी पड़ने लगा है।

रामप्यारी ने झुककर अन्दाज़ से चारपाई के नीचे से पानीवाला लोटा उठाया था। एक घूँट पानी बचा था उसमें। उन्होंने उससे अपना गला तर किया। एक घूँट पानी की ठण्डक से प्यास और बढ़ गयी थी। उन्होंने पुनः पोते को आवाज़ दी –

"तुल्लूऽऽऽ।"

तुल्लू नहीं आया था। शायद सुनायी नहीं पड़ा होगा।

"बहिर होई गवा हैं सब।" वे बड़बड़ायीं। एकाएक याद आया कि अभी कुछ देर में मुन्ना का प्रोग्राम टी.वी. में आयेगा। उन्होंने अपनी चारपाई पर बैठे-बैठे बाहर सूरज की रोशनी से समय का अनुमान किया। सूरज नीम के ऊपर चढ़ आया था। ग्यारह-बारह तो बज ही गया होगा। भला आज बादल नहीं है। कोई चित्र ही साफ़ नहीं आता। कई बार वे रामायण देखने बैठी थीं तो ऐसा ही हुआ। परभू ने बताया था कि बादल है न, इसलिए।

रामप्यारी देवी दो-तीन बार चारपाई पर से उठने के लिए उचकी थीं पर उठ नहीं पायी थीं। भारी शरीर चारपाई में धँसी जा रही थी। अन्त में डण्डे का सहारा ले वे किसी तरह लड़खड़ाते हुए उठ खड़ी हुई थीं। हाथ में पानीवाला लोटा उठाया था और भारी क़दमों से डण्डे के सहारे घर की ओर बढ़ चली थीं।

"अरे बुढ़िया अम्माँ, हम तो आवत रहेन। काहे उठि आयो।" तुल्लू रामप्यारी देवी को घर की ओर आता देख लपककर उनकी ओर बढ़ा था।

"मुरहण्ट कहूँ क, कब से गला फाड़ी डालत हई पर काने में तो बाँस पड़ा हौ तू सबन के।"

रामप्यारी देवी ने गुस्से में लोटा तुल्लू को पकड़ाया और लाठी के सहारे चलने लगी थीं।

बुढ़िया अम्माँ का क्रोध शान्त करने के लिए तुल्लू ने उनका ध्यान बँटाया था –

"कुछै देर मा मुन्नाच्चावाला प्रोग्राम आयी बुढ़िया अम्माँ। आऔ, इहाँ बइठो।" उसने उन्हें टी.वी. वाले बरामदे में ले जाकर एक कुर्सी पर बैठा दिया। ज़मीन पर बहुएँ, बेटे, पोते, पोतियाँ सब बैठे थे। तुल्लू बुढ़िया अम्माँ के बग़ल में खड़ा हो गया। तुल्लू का पापा अपनी मोबाइल ताने खड़ा था।

"ई का रे?" रामप्यारी देवी ने पूछा।

“जैसे ही मुन्नाच्चा का कार्यक्रम आयेगा, फोटो खींच लेंगे।” उसने बुढ़िया अम्माँ को समझाया।

“एतनी छोट मोबाइल मा फोटो केतनी बड़ी आयी?” रामप्यारी देवी चिन्तित हुईं।

“सब आ जायी बुढ़िया अम्माँ। बस तू चुप्पै देखत रहो। हल्ला मत करिहौ।” उनकी भाषा में समझाया था पोता।

“तू सबन चुप रहि सको तब न? हमका का है?”

“आवै लगी त सबका चुप्प करायी देब ना?”

“कब ले आयी?”

“बस दस मिण्ट मा।”

“के बताइस ह कि आज मुन्ना का परोगराम आयी?”

“मुन्नाच्चा कल ख़ुदै फ़ोन किहे रहेन।” तुल्लू के पापा ने समझाया। रामप्यारी की अगली तीनों पीढ़ियाँ वहाँ थीं। बस मुन्ना का परिवार नहीं था।

“अच्छा।” उन्होंने एक ठण्डी साँस लेते हुए कहा। उनके ओंठों से निकलते-निकलते रुक गया कि मुन्ना तो पिछली छब्बीस जनवरी को भी आने के लिए फ़ोन किये थे। नहीं आये। वे बार-बार घर में सबसे पूछतीं कि अभी छब्बीस जनवरी कब है? सब बोल देते कि अभी पन्द्रह दिन बाद। कभी कोई कहता बीस दिन बाद। एक दिन वे अपनी लाठी टेकते भग्गू बाबा के चबूतरे पर जाकर बैठ गयी थीं। चौबाइन और तिवारी की नतोह उनके पास आकर खड़ी हो गयीं। हालचाल पूछ बैठीं –

“का हाल है काकी? खाना-पीना होइ गवा?”

“हाँ बच्चा। बड़ी जने टेम-टेम पर बना के दे देत हैं।”

“ठीकै है काकी। जइसे कटि जाय।”

“हाँ, मोर बच्चा। जवन कटि जाय मानौ कटि गवा।”

“आउर काकी, मुन्ना अउर मुन्ना क दुलहिन कब ले अइहैं?”

“अँउजिया जात हैं हमार मुन्ना। काम, काम, काम। ओनही के चलते उनकर दुलहिनों नाहीं निकल पावत हैं। फ़ोन पर बहुतै माख करत रहिन। कहत रहिन कि आपके मुन्ना के छुट्टिए नाहीं मिलत है। वैसे ए बेरी छब्बीस जनवरी के अइहैं। मुन्नो कहेन फ़ोने पर।”

बताते हुए रामप्यारी देवी के चेहरे पर एक सन्तुष्टि का भाव पसरा था। उन्होंने आँचल से अपना चेहरा पोंछा और भग्गू बाबा की ओर देखा। चौबाइन और तिवारी की नतोह एक-दूसरे का मुँह देखने लगीं।

“पर काकी?”

''हाँय, का?'' उन्होंने उत्सुकता से उनके चेहरे को देखा।

''पर काकी छब्बीस जनवरी तो बीते एक महिन्ना होइ गवा।'' तिवारी की नतोह ने बताया तो जैसे उन्हें विश्वास ही नहीं हुआ। कब से वे छब्बीस जनवरी का इन्तज़ार कर रही थीं। मुन्ना अपने परिवार संग आनेवाला था। उन्होंने हताश होकर एक बार पुनः पूछा –

'फुरे चौबाइन? छब्बीस जनवरी बीत गवा?''

''हाँ काकी। हमरे नन्हका के इस्कूले में झण्डा फहरा रहा, वोही दिने छब्बीस जनवरी रहै ना।''

वे भग्गू बाबा के चबूतरे से उतरी थीं और सीधे बड़ेवाले बेटे के कमरे में गयी थीं। बड़ा पोता पप्पू चारपाई पर पेट के बल लेटा मोबाइल से खेल रहा था। पहुँचते ही उन्होंने अपनी लाठी से उसके पिछवाड़े पर धीरे से दो बार मारा था और गुस्से में बिफर पड़ीं –

''हमसे झूठ बोले रहे कि अबहीं छब्बीस जनवरी बीस दिन बाद पड़िहैं। जबकि बीते बीस दिन होइ गवा।''

वह हँस पड़ा। बुढ़िया अम्माँ के क्रोध से सभी लोग परिचित थे। नाराज़ होकर वे धीरे से अपनी लाठी चला देती हैं। कौन है, यह नहीं देखतीं। सबसे बड़ी हैं। उनके गुस्से को भी सभी लोग हँसी-मज़ाक में ले लेते हैं।

''ऊ का भवा बुढ़िया अम्माँ ऽऽऽ...।''

''का भवा क चच्चा ऽऽऽ ...।'' नाराज़ रामप्यारी देवी ने अपनी लाठी मारने की मुद्रा में उठायी।

''अरे रे रे बुढ़िया अम्माँ, मारो ना। बताइत है। ऊ मुन्नाच्चा कहे रहेन कि अम्माँ का बतइहो ना कि हम न आ पावत हैं छब्बीस को नाहीं तो उनका दुख होई। जइसहीं हमार स्कूल मा इम्तहान ख़तम होइहैं, हम धउरा चला आइब। एही से छिपयेन हम बुढ़िया अम्माँ।''

पप्पू ने मुन्ना चाचा के न आने की सूचना को छिपाने का कारण बता दिया। वे रुक गयी थीं। चुपचाप वहीं पप्पू के बग़ल में चारपाई पर बैठ गयी थीं। बाहर की ओर आकाश देखते हुए बोलीं –

''हमरे मुन्ना का बहुत फसान है। अब रिटायरी बादे घरे चैन से रह पइहैं। अबहीं कबले रिटायरी होई रे?''

उन्होंने पोते से पूछा।

''जब बासठ साल के हो जायेंगे तब।'' उसने उत्तर दिया।

''साठ दू बासठ रे।''

"हाँ बुढ़िया अम्माँ।"

"जउने साल सूखा पड़ा रहा, वोही साल पैदा भये रहे मुन्ना। अरे, तोहार बप्पा ओ समय दस साल का होइ गवा रहा।"

उन्होंने मुन्ना की उम्र की गिनती की।

"अरे बुढ़िया अम्माँ, ऐसे नहीं गिना जाता।"

"तब कैसे रे?"

"जो मुन्नाच्चा की स्कूल में उम्र लिखी होगी उसके हिसाब से गिना जायेगा।"

"बौड़म नाहीं त। जब पैदा भयेन तब से न उमिर गिना जात हौ।" वे पोते की नासमझी पर हँसीं।

"नहीं बुढ़िया अम्माँ। जवन उमिर स्कूल में लिखावा गइल होई ओसे नौकरी मा गिनात है।" पोते ने उनकी भाषा में समझाने का प्रयास किया।

"आपन खरभन हरवाह गवा रहा नाम लिखावै। पता नहीं मुरदार का लिखाय के चला आइस।"

"अबहीं मुन्नाच्चा के रिटायरमेण्ट में पाँच-छह साल बाक़ी है। पिछली बार आये तो बतावत रहे।"

"तब त एक साल आउर घटा देव। साल भर त होइ गवा उनके आये।" वे अपना चेहरा हाथ से पोंछ रही थीं।

"बुढ़िया अम्माँ, तू मुन्नाच्चा के बहुत मोहात हौ न?" पप्पू ने अपना सिर उनकी गोद में रखते हुए पूछा।

"हाँ रे, करेजवा फाटत है मुन्ना बिना। हमार पेट पोंछना है न। सबका इहाँ आँखी से देखीत हय। एक ऊहै दूरे रहत हैं। जल्दी आ जातेन त सब एक साथे रहतन।" उनकी आँखों में आशा की एक लौ टिमटिमा उठी थी।

"अरे बुढ़िया अम्माँ, नौकरी में तो दूर रहना ही है। दादा नहीं गये थे बम्बई?" पोते ने उनकी दुखती रग पर हाथ रख दिया।

"ये ही ख़ातिर तो कहित है कि सब आँखी के सामने रहे। जिनगी बीत गयी सबका रस्ता जोहते। कभी बाप क त कभी बेटा क। आँख पिराय जात है रे।" उन्होंने अपनी आँखें हथेली से रगड़ी। आँसुओं की नमी हथेली में उतर आयी।

वे मौन हो सामने बँसवार की ओर देख रही थीं। उसके बग़ल की थोड़ी-सी ज़मीन बाँस के खम्भों में तार बाँधकर चौतरफ़ा घेरी गयी थी। इसे ज़िद करके उन्होंने ही बड़ेवाले बेटे से मुन्ना का घर बनाने के लिए घेरवा दिया था। बड़ा बेटा उनकी सनक-भरी ज़िद के आगे झुक गया था। माँ को बहुत समझाया कि मुन्ना आयेंगे तो जहाँ चाहेंगे वहाँ घर बनवा लेंगे पर अम्माँ नहीं मानी थीं। बोली थीं – भाई-भाई में

अलगा तो होना ही है। संसार की रीत है। मुन्ना को घर बनाने के लिए ज़मीन मेरे जीते जी अलग कर दो।

हारकर बड़े बेटे ने बँसवार के बग़लवाले खेत में दो बिस्वा ज़मीन कँटीले तार से बाउण्ड्री जैसा घेरते हुए अलग कर दिया था। अम्माँ सुबह-शाम लाठी लेकर टहलते हुए उधर जातीं। हाथ से कँटीले तारों को छूतीं मानो मुन्ना को सहला रही हों। कुछ देर उसके भीतर जाकर घूमतीं और फिर सन्तुष्ट भाव से आकर अपनी चारपाई पर लेट जातीं।

"बुढ़िया अम्माँ, अब कार्यक्रम आने जा रहा है।"

पोते ने सावधान किया तो रामप्यारी देवी का अतीत आँखों से ओझल हो गया था। उन्होंने आँखों पर से चश्मा उतारकर आँचल से पोंछा और पुनः उसे आँखों पर चढ़ा लिया तथा सावधान होकर कुर्सी पर बैठ गयीं।

"अम्माँ दिखायी देत हौ ना?" बड़े बेटे परभू ने पूछा। उसके चेहरे पर भी एक ख़ुशी छायी थी। छोटे भाई को राष्ट्रपति के हाथों सम्मान मिलने जा रहा था। पूरे गाँव-जवार में किसी को तो ऐसा सम्मान नहीं मिला था। बहुत लोगों ने नौकरी की, पैसा भी ख़ूब कमाया पर ऐसा सम्मान तो इस क्षेत्र में किसी का न हुआ। कई दिन पहले से ही वह नाते-रिश्तेदारों और पास की बाज़ार में दुकान करनेवाले अपने मित्रों को बता चुका था कि पाँच सितम्बर को टी.वी. ज़रूर खोल लेना। मुन्ना को राष्ट्रपति सम्मानित करेंगे।

"अम्माँ देखो, अब शुरू होइ गवा।" परभू के चेहरे पर ख़ुशी की एक लाली लगातार बनी हुई थी।

"कहाँ रे?" रामप्यारी देवी को घबड़ाहट में टी.वी. स्क्रीन पर कुछ दिखायी नहीं पड़ा था।

"अरे टी.वी. मा देखो ना?"

"मुन्ना कहाँ हैं हमार?" वे आकुल थीं।

"अब्बै अइहैं।"

"ई नाटा-सा कउन आदमी ठड़ा है?" रामप्यारी देवी ने स्क्रीन पर नज़रें गड़ाये हुए पूछा।

बुढ़िया अम्माँ के प्रश्न पर सभी एक साथ हँस पड़े।

"बुढ़ियाँ अम्माँ, इहै राष्ट्रपति हैं। इनहीं मुन्नाच्चा के सम्मान दइहैं।" नन्हें तुल्लू ने बुढ़िया अम्माँ को समझाया।

"हमार मुन्ना त इनसे दुइ हाथ ऊँच होइहैं।"

वे गर्व से हँसीं।

"क़द नाहीं पद देखो अम्माँ। केतना बड़ा है।" परभू ने समझाया।

"नहीं, राष्ट्रपति अब से उसको बनायेंगी बुढ़िया अम्माँ जो भारत का सबसे लम्बा आदमी हो।" पप्पू ने मज़ाक किया।

"तनी चुपो रहो। देखै दो।" रामप्यारी देवी को बीच में यह हँसी-मज़ाक अच्छा नहीं लग रहा था। कहीं हँसने के चक्कर में कार्यक्रम ही न निकल जाये।

"शान्त, भाई शान्त।" तुल्लू ने ज़ोर से हाँक लगायी।

"कउना आवा त।" रामप्यारी देवी ने एक व्यक्ति को पुरस्कार लेते हुए ध्यान से देखा।

"अभी दूसरे प्रान्त के शिक्षकों का सम्मान हो रहा है। उत्तर प्रदेश की बारी बाद में आयेगी।" पोते ने सबको समझाया।

"बहुत देर लागी का?" रामप्यारी देवी ने पूछा।

"नहीं, हर स्टेट से दो-चार लोग ही रहते हैं।"

"अरे नहीं, कभी-कभी और ज़्यादा भी रहते हैं।"

पप्पू और परभू आपस में बहस कर रहे थे।

"हई मेहररुआ कौन है?" रामप्यारी देवी ने राष्ट्रपति की बग़ल में खड़ी एक महिला की ओर देखते हुए कहा।

"ई शिक्षा मन्त्री होइहैं। चाचा क बॉस।"

"कइसर सुग्घर है। एक ठो हमरे घर मा उतरी हैं लोग। लच्छन एक कुलच्छन चार।" रामप्यारी देवी हमेशा की तरह अपनी थोड़ी-सी बदसूरत बहू के ऊपर झल्ला उठीं। बहू उनका स्वभाव जानती थीं। बिना बुरा माने कह देती हमारे सिवा कोई मिला ही नाहीं तो हमें उठा लाये आप लोग। अब का पछतात और हँस पड़ती।

शिक्षा मन्त्री का चेहरा टी.वी. पर क्लोज शॉट में आ रहा था।

"देखो, कइसन भटर-भटर ताकति हौ। केतनी बड़ी-बड़ी आँख हौ।" रामप्यारी देवी, को इस समय टी.वी. में आ रहा सब-कुछ बहुत प्यारा लग रहा था क्योंकि इसी में तो अभी कुछ देर में उनके मुन्ना को भी सम्मान दिया जायेगा।

"अब उत्तर प्रदेश के शिक्षकों को हमारे माननीय महामहिम राष्ट्रपति महोदय द्वारा सम्मानित किया जायेगा।"

टी.वी. में उद्घोषणा होते ही सब सावधान होकर चुप हो गये।

पप्पू की उँगलियाँ मोबाइल के कैमरे पर सतर्क हो उठीं।

मुन्नाच्चा का नाम पुकारा गया था। मुन्नाच्चा क्रीम कलर के सफ़ारी सूट में मंच की सीढ़ियों से चढ़ रहे थे। मंच पर पहुँचते-पहुँचते पप्पू ने कम-से-कम बीसों बार कैमरे पर क्लिक कर दिया ताकि, फोटो सही आ जाये।

"अरे हमार मुन्ना आइ गयेन।" रामप्यारी देवी का गला ममता के कारण रुँध गया। उन्होंने टी.वी. स्क्रीन के चारो ओर दाहिने हाथ से गोलाकार घेरते हुए अपनी उँगलियों को ओंठों से लगा चूम लिया था, मानो अपने मुन्ना का चेहरा चूम रही हों। वे अपलक निहार रही थीं टी.वी.स्क्रीन पर। उनके मुन्ना राष्ट्रपति को प्रणाम कर रहे थे। अब मुन्ना उनके हाथ से गोल-सा लिपटा हुआ कोई काग़ज़ ले रहे थे। राष्ट्रपति उनके गले में कुछ पहना रहे थे। अब हाथ मिला रहे थे।

रामप्यारी देवी ने हवा में हथेली घुमाते हुए मुन्ना की नज़र उतारी थी और उसे बाहर की ओर झटक दिया। बुदबुदा उठीं —

"नज़र-गुज़र सब दर रहै। हींग बस्सात है, लवंग बस्सात है।"

यह उनका अपना टोटका था बच्चों को बुरी नज़र से बचाने का।

उनकी नज़र पुनः टी.वी.स्क्रीन की ओर गयी तो मुन्ना जा चुके थे। भर आँख देख भी नहीं पायीं कि मंच से उतर गये मुन्ना। रामप्यारी देवी की आँखें भर आयीं। उन्होंने बड़े बेटे से पूछा —

"ऊ का देत रहेन मुन्ना का?"

"वही तो समान है अम्माँ। सर्टिफिकेट... और मेडल पहिनाये।" परभू ने समझाया।

"अच्छा, ऊहै, जवन गरवा में डालेन?"

"हाँ, वही मेडल कहा जात है।"

"का होई ओसे?" रामप्यारी देवी जानने के लिए उत्सुक हो उठीं।

"अरे मान-सम्मान बढ़ा... और नौकरी तीन साल और बढ़ गयी मुन्ना की।"

"काऽऽऽ।" रामप्यारी देवी का प्रश्न लम्बा खिच गया था।

"हाँ अम्माँ? इस सम्मान से मुन्ना की नौकरी तीन साल और बढ़ गयी। पचास हज़ार रुपया नगद अलग से।"

रामप्यारी देवी की आँखों की चमक बुझ गयी थी। चेहरे पर हताशा के बादल छा गये थे। झुर्रियों के बीच ओंठ कँपकँपा उठे थे। टी.वी. की ओर देखते हुए दुखी स्वर में राष्ट्रपति के ऊपर झल्ला पड़ी थीं —

"हमरे मुन्ना के तीन साल बदे आउर फँसाय दिहेन। अब तीन साल अउर न घरे आये पइहैं।"

गुस्से में बड़बड़ाती हुई वे अपनी लाठी पकड़कर खड़ी हो गयी थीं और डबडबायी आँखों से कँटीली तारवाली बाउण्ड्री की ओर बढ़ चली थीं। वह बाउण्ड्री जो उनके मुन्ना के आने का इन्तज़ार कर रही थी।

❐

रेन डान्स

यह उन दिनों की बात है जब भारत में आज़ादी के साठ-सत्तर वर्षों बाद अपसंस्कृति का प्रचार-प्रसार ज़ोरों पर था। टी.वी. के अनेक ग़ैरसरकारी चैनलों और फ़िल्मों के द्वारा अश्लीलता और नग्नता परोसी जा रही थी। सनातन शाश्वत मूल्यों की बेड़ियाँ झनझना कर टूट रही थीं। पश्चिम की देखा-देखी स्त्री मुक्ति के नाम पर अधिकांश भारतीय साहित्य भी अनाचार, कदाचार को महामण्डित कर रहा था। देहवाद, भोगवाद का झण्डा लिये कुछ स्त्रियाँ पुरुषों के कन्धे-से-कन्धा मिलाकर चलने के लिए उद्यत थीं, परन्तु शुक्र था कि प्राकृतिक रूप से उनके कन्धे पुरुषों के कन्धों तक नहीं पहुँच पा रहे थे, इसलिए मूल्य कुछ शेष थे। संस्कृति एक कोने में ही सही, सुरक्षित थी। एक तरफ़ मध्यमवर्गीय स्त्री के हाथों में दीपावली पर दीये की झिलमिल, तुलसी चौरे पर सँझवाती, होली, दशहरा, तीज, चौथ जैसे छोटे-बड़े त्योहार सुरक्षित थे, पितृपक्ष में पितरों के लिए दोनी, अन्नकूट पर भोग और छठी मुण्डन, अन्नप्राशन या विवाह-अनुष्ठान सुरक्षित थे, इन्हें नकार पाना या नकारने के लिए मना पाना बहुत कठिन था तो दूसरी ओर स्त्रियों का एक वर्ग ऐसा भी तैयार किया जा रहा था जो स्वतन्त्रता के नाम पर पिछला सब-कुछ छोड़ने को तैयार था। यहाँ तक कि हया-शर्म और कपड़े भी। रैम्प पर अपने सौन्दर्य का प्रदर्शन करने के लिए इनके पाँव मचलते थे। क्लबों, पार्टियों में दूसरे के पतियों के साथ डान्स फ्लोर पर थिरकने को इनका मन बेचैन होता था। खुलेपन का आलिंगन करने की चाहत अँगड़ाई लेने लगी थी। स्त्रियों के दो ध्रुव तैयार हो रहे थे। एक मध्यमवर्ग और दूसरा नये-नये धनी और आधुनिक बने परिवारों की स्त्रियों का।

ऐसी ही एक शाम अणिमा भी क्लब जाने की ख़ुशी में स्वयं को सजा-सँवार रही थी। ड्रेसिंग टेबिल के सामने बैठी वह अपने हाथ के बढ़े हुए नाखूनों पर पीले, हरे और नीले रंग की नेल पालिश से छोटे-छोटे डिजाइन बना रही थी। यही आजकल का फ़ैशन था। वह हल्के-हल्के मुस्कराते हुई कोई फ़िल्मी गीत गुनगुना रही थी। आज पहली बार वह अपने पति किल्लोल सिन्हा के साथ किंग क्लब जा रही थी। किंग क्लब शहर का सबसे अच्छा क्लब माना जाता है। वहाँ रेन डान्स का आयोजन है। खाना-पीना दोनों

है। वह तो केवल खाती है, किल्लोल पार्टी वगैरह में पीता भी है। आजकल बड़ी पार्टियों में अगर न पीया जाये तो पिछड़ापन माना जाता है। इसीलिए ढँके-मुँदे तौर पर ही सही, हर क्लब में एक बियर बार अवश्य होता है। शादी के बाद जब पहली बार उसने किल्लोल को एक होटल में आयोजित पार्टी में पीते देखा तो घर आकर बिगड़ पड़ी थी, परन्तु किल्लोल ने उसे अपने घेरे में लेते हुए प्यार से समझा दिया था –

"अब तुम एक बड़े घर की बहू बन चुकी हो। अपनी पुरानी दकियानूसी सोच बदलो। ख़ूब ऐश करो। जीवन मस्ती मारने के लिए है, घुट-घुटकर जीने के लिए नहीं।"

क्षण-भर के लिए अणिमा को लगा कि किल्लोल उसके मायके की कमज़ोर पृष्ठभूमि पर चोट कर रहा है, पर अगले ही पल उसने उस बात को मन से झटक दिया। क्यों छोटी-छोटी बातों पर अपना मूड ख़राब करे। किल्लोल ने आख़िर उसे पसन्द करके एक बेहतर जिन्दगी ही तो दी है। कहाँ मायके का वह दो कमरोंवाला पुराना फ़्लैट और कहाँ रायल स्टेट के पार्टनर किल्लोल सिन्हा का बड़ा-सा मकान, महँगी कारें, हर दिन पार्टी, घूमना-फिरना। वह तो किल्लोल के आफ़िस की एक मामूली-सा कर्मचारी थी। पर किल्लोल कहते हैं कि उनकी निगाहें पारखी हैं। अणिमा को पा ही लिया।

ड्रेसिंग टेबिल के शीशे में से उसने बेड पर लेटे किल्लोल को प्यार से निहारा।

"मैं सब देख रहा हूँ। यह मत सोचना कि सो रहा हूँ।" किल्लोल ने बेड पर लेटे-लेटे अणिमा से शरारत की।

"बेशर्मों को और काम ही क्या? बैठे-बैठे लड़कियों को निहारना।" उसने कनखी से पति को तरेरा।

"हाय मैं मर जाऊँ। काश तुम भी बेशर्म हो जाती।"

किल्लोल ने एक सस्ता-सा वाक्य उसकी ओर उछाला। अणिमा को लगा जैसे दाँतों के नीचे कोई कसैली चीज़ दबकर फूट गयी हो और उसका रस उसके मुँहभर में फैल रहा हो। बाहर आते कड़वे शब्द को बलात् गले में रोक लिया। उसे किल्लोल की ऐसी सस्ती बातें बिलकुल पसन्द नहीं थीं। पति के रूप में एक बहुत ही मर्यादित और संवेदनशील पुरुष की कल्पना उसने हमेशा से की थी। किल्लोल में यही दोनों चीजें इसे नहीं दिखायी देती थीं। बहुत ही प्रैक्टिकल एप्रोच का व्यक्ति था किल्लोल। अणिमा ने अपने विचारों को झटका दिया। धीरे-धीरे वह पति के स्वभाव के अनुरूप स्वयं को ढालने की कोशिश कर रही थी।

"साड़ी पहन लूँ? इस गाउन का बहुत लो-नेक है।" उसने दर्पण में अपने को इधर-उधर से निहारते हुए किल्लोल से पूछा।

"नहीं, रेन डान्स है। गाउन ठीक है। देखना, वहाँ भाभियाँ किस-किस ड्रेस में आयेंगी। कपड़े का बस नाम रहेगा।"

वह खिलखिलाकर हँसा।

"मैडम कहा करो।" उसने टोका।

"नहीं, क्लब के सभी लोग एक-दूसरे की पत्नियों को भाभी ही कहते हैं। इससे छेड़ने में भी आनन्द आता है।"

फिर किल्लोल ने अणिमा का स्वाद ख़राब कर दिया।

"तब दीदी क्यों नहीं कहते? मन साफ़ रहेगा।" उसने भी नहले पर दहला मारा।

"हाँ सब लोग राखी लेकर दौड़ पड़ेंगी, भइया मेरे राखी के बन्धन को निभाना...।" वह ज़ोर से हँसा।

"क्या बुरा है? भाभियों की जगह बहनें मिल जायेंगी।" उसने चुटकी लेते हुए कहा।

"अच्छा चलो, तैयार होओ जल्दी।"

"गाउन बदल लूँ? अटपटा लग रहा है। उघड़ा-उघड़ा-सा।"

"चादर लपेटकर चलो।"

किल्लोल ने कहा तो अणिमा की भी हँसी छूट गयी थी। सचमुच वह कितने पिछड़ेपन की बातें करती है। "नहीं, जैसे साड़ी में सबके सामने मैं सहज महसूस करूँगी।" उसने फिर किल्लोल से पूछा।

"साड़ी लेती चलो। वहाँ रेन डान्स के बाद बदलना तो है ही, भींगे कपड़ों में खाना तो नहीं खाओगी?" किल्लोल ने स्पष्ट किया।

"मुझे भी डान्स करना पड़ेगा?"

"नहीं, तुम ताली बजाना खड़ी होकर। पागल कहीं की।"

"ओह, तुम तो नाराज हो जा रहे हो किल्लोल। मैं अभी पहली बार रैम्प पर भी चलूँगी और रेन डान्स भी करूँगी। एक इक्साइटमेण्ट फ़ील कर रही हूँ यार। थोड़ा शाई भी। पापा के यहाँ यह सब नहीं किया है न?"

उसने सफ़ाई दी।

"इसीलिए कहता हूँ कि सोच में थोड़ी मॉडर्निटी ले आओ अणिमा, नहीं तो कुछ दिनों बाद हम-तुम एक-दूसरे से बोर होने लगेंगे, जैसे अन्य आर्थोडॉक्स फ़ेमिली में पति-पत्नी के बीच होता है।"

किल्लोल ने समझाया।

"लाख बोर हों, पर एक-दूसरे का साथ नहीं न छोड़ते विदेशों की तरह। आज एक पति तो कल दूसरा।" वह हँसी थी।

किल्लोल चौंक उठा। कहीं अणिमा वहाँ जाकर कोई अटपटा प्रदर्शन न कर डाले। मन में आया कि ''कार-की'' एक्स्चेंजवाले गेम के बारे में उसे समझा दे ताकि कोई भद्‌दगी न करे अणिमा, पर उसकी हिम्मत जवाब दे गयी। यदि अणिमा ने जाने से ही मना कर दिया तो उसके अपने मन्सूबों पर पानी फिर जायेगा। पृथ्वीश गोयल की पत्नी केतकी के साथ कुछ आनन्दमय समय बिताने का उसका स्वप्न पूरा नहीं हो पायेगा। कई पार्टियों में वह केतकी से मिल चुका था पर आज की पार्टी में वह ख़ासतौर से केतकी के आसपास ही रहना चाहता है। केतकी भी उसकी ओर आकृष्ट होती है।

''क्या सोचने लगे? चलो गाउन ही पहनकर चलती हूँ।''

''चलो, तैयार हो जाओ। सभी लोग आ गये होंगे।''

किल्लोल ने बेड से उठकर उसकी पीठ पर थपकी मारी और बाथरूम में घुस गया। वाश बेसिन का नल खोल उसने अँजुरी में पानी भरकर मुँह पर एक छींटा मारा था। उसके चेहरे से पानी की बूँदें बहकर गर्दन की ओर आने लगीं। उसे याद आया पिछली बार का रॉयल क्लब का रेन डान्स। तब अणिमा से विवाह नहीं हुआ था उसका। क्लब का सक्रिय सदस्य होने के नाते उसे अकेले ही न्योता मिला था। रुपये देकर वह शहर के सभी बड़े क्लबों का सदस्य बन गया था। रेन डान्स हो रहा था। कृत्रिम बरसात करायी जा रही थी। अच्छे परिवारों की महिलाएँ कम कपड़ों में कुछ सकुचाती भींग-भींगकर नृत्य कर रही थीं। म्यूजिक चल रहा था। सामने पड़ी कुर्सियों पर क्लब के पुरुष सदस्य बैठकर सम्भ्रान्त घरों की औरतों का भींगा हुआ नृत्य देख रहे थे। पानी से भींगने के कारण उनके अन्तःवस्त्र भी झलक रहे थे। सिर के गीले बात बेतरतीब-से मुँह और गर्दन पर कलाबाजियाँ खा रहे थे। उन औरतों के समूह में चार-पाँच बेबाक लड़कियाँ बिना हिचक अपने नाम-मात्र के कपड़ों में झूम-झूमकर नृत्य कर रही थीं। सभी की निगाहें इन महिलाओं से होती हुई उन लड़कियों के भींगे अधखुले अंगों पर जाकर टिक जा रही थीं।

किल्लोल ने बगल में बैठे क्लब के चेयरमैन स्वरूप कुलकर्णी से फुसफुसाकर पूछा –

''ये परियाँ किसके घर की है?''

''परियों को मुम्बई से बुलाया है। बार डान्सर हैं ये। पर किसी को बताइयेगा मत। हम इन्हें भी भाभियाँ बताकर ही इण्ट्रोड्यूस करते हैं।'' उन पर बीयर का सुरूर छा रहा था।

''अरे इन सभ्यी घरों की महिलाओं के साथ इन्हें क्यों डान्स करवा रहे हैं?'' किल्लोल की भी आँखें लाल हो रही थीं। उसके हाथ में बियर की भरी गिलास थी।

''शि... धीरे। अपने लोगों के घरों की महिलाओं को मॉडर्न बनाने के लिए। इन लड़कियों को देखकर उन्हें भी लगेगा कि कपड़े उतारने में कोई लाज की बात नहीं।

देखो, इन सबों ने कितना कम पहन रखा है। ये भी तो हमारी तरह ही किसी के घर की औरतें हैं। इस तरह धीरे-धीरे ये भी आधुनिक हो जायेंगी। पाँच मीटर की लम्बी साड़ी का बोझ बेचारी कितनी सदियों से ढो रही हैं। अब तो हल्की हो लें ये लोग। मैं राष्ट्रहित में कार्य कर रहा हूँ। गरीब देश में कपड़े की इतनी बर्बादी ठीक नहीं।" स्वरूप कुलकर्णी हो-हो-हो कर हँस पड़ा। ऊँचे संगीत के शोर में उसकी हँसी केवल किल्लोल को सुनायी पड़ी।

"पूरे विश्व में एक कल्चर। है न?" किल्लोल एक आँख दबा मुस्कराया।

"और क्या? यह सात जन्मों तक एक ही औरत के साथ का बन्धन क्या बोरिंग नहीं लगता? शिट्... बकवास। अरे चेञ्ज भी कोई चीज़ होती है। विदेशों में सब कितने लाल गोरे भभूक होते हैं? टेन्शन नहीं होती न। ए जी, इतनी देर से घर क्यों आये? इतना पैसा दिया था, सब ख़र्च कर डाले? तीज पर मायके जाना है। मुन्ना का एडमिशन कराना है। आते समय ज़रा पाँच किलो आलू और एक किलो टमाटर लेते आना। धनिया रखवा लेना। स्साला, गधे की तरह थैला ढोओ, सात जनम इन्हें ढोओ। जब ये फ्री होंगी तभी हम मर्द लोग भी फ्री हो पायेंगे इन झंझटों से।" स्वरूप कुलकर्णी ने नाटकीय ढंग से एक ख़ाका खींचा था। कुछ ऐसे कि किल्लोल को हँसते-हँसते बीयर नाक में सुनसुनी की तरह चढ़ गयी। वह बेसिन की ओर भागा। दोनों हाथों में पानी ले चेहरे पर छपका मारा तब कहीं जाकर स्थिति सुधरी थी। कुछ ऐसे...।

इस समय अपने बाथरूम में बेसिन के सामने खड़े किल्लोल ने फिर से अँजुरीभर पानी से मुँह पर छींटा मार लिया। बेसिन के ऊपर लगे आईने में प्रतिबिम्बित उसके चेहरे ने एक सवाल किया –

"क्या सीधी-सादी अणिमा को ज़बरदस्ती आधुनिक बनने का चस्का लगा तुम ठीक कर रहे हो?"

उसने अपनी आत्मा से नज़रें चुराते हुए मन को झटका दिया –

"दुनिया बदल रही है। सभी मॉडर्न हो रहे हैं तो इसमें बुराई क्या है? समय के साथ परिवर्तन तो होना ही चाहिए। चाहे समाज हो, संस्कृति हो या मानसिकता ही क्यों न हो। हम आदिम तो नहीं रहे अब। तो क्या बिना परिवर्तन के ही?"

तभी उसका प्रतिबिम्ब बोल पड़ा –

"पर फिर से आदिम अवस्था की ओर भागने की तैयारी तो है। पहले पत्तों से तन ढकते थे और अब पत्तों के बराबर कपड़ों से। सम्बन्धों का पहले भी अस्तित्व नहीं था, आज भी ख़त्म हो रहे सम्बन्ध। पहले अज्ञानता थी, अब भौतिकता के कारण।"

"छोड़ो, बेकार की पचड़ेबाज़ी है यह सब। लाइफ़ एक मिली है, इसे एन्ज्वॉय करने की कोशिश करनी चाहिए।"

वह दर्पण के सामने से हट गया। उसकी आँखों में केतकी का चेहरा घूम गया। कितनी बिन्दास और स्मार्ट लगती है वह।

◆ ◆ ◆

रेन डान्स चल रहा था। क्लब के बड़े-से लॉन में कृत्रिम बरसात हो रही थी। तेज़ दूधिया रोशनी में छा रहा रात का गाढ़ा अँधेरा कहीं दिखायी नहीं दे रहा था। लॉन के चारों ओर बने ऊँचे-ऊँचे कलात्मक खम्भों के ऊपरी सिरे पर लगे बड़े-बड़े शॉवर से पानी इस तरह से गिर रहा था मानो सचमुच एक क्षेत्र-विशेष में बरसात हो रही हो। तेज़ म्यूजिक बज रहा था। स्त्रियाँ उसकी धुन पर मस्ती में थिरक रही थीं। सभी के कपड़े अस्त-व्यस्त हो रहे थे। भाभियों के बीच में कुछ बार बालाएँ भी भाभियों की भूमिका में ही नाच रही थीं। उनके तन पर नाममात्र को कपड़े थे और वे भी भींगकर चिपक गये थे। बीयर की घूँट के साथ-साथ सभी पर शाम, संगीत और सान्निध्य का सुरूर भी चढ़ रहा था। कुछ पुरुष भी बरसात में नाचने का आनन्द लेने के लिए आ पहुँचे। फिर क्या था? एक जोश, एक उल्लास-भरी मादक चीख़ से संगीत पीछे छूटने लगा। स्त्री-पुरुष का भेद मिटने लगा। कौन किसके साथ नाच रहा, किसका हाथ किसकी कमर में है, इन सबका भान न रहा। अणिमा लगातार अपने तन से चिपके गाउन को गले के पास से उठाकर ढीला करती परन्तु पानी से तर-बतर गाउन फिर से चिपक जाता। उसे संकोच हो रहा था। वह कृत्रिम बरसात से निकलकर एक कुर्सी पर बैठ गयी। सामने लॉन में अभी भी डान्स चल रहा था। बग़ल में कुर्सियों पर बैठे कुछ पुरुष नशे में बहक रहे थे।

''पहले कोठे पर जाते थे लोग डान्स देखने और अब हमारे-आपके, सबके घर की औरतें हमें डान्स दिखाने आती हैं। पलट गया न ज़माना भार्गव जी।''

''हाँ यार, वह भी बदनामी का अलग डर। कोठे पर जाना कितना बुरा माना जाता था अडानी जी? याद है न?''

उनकी ज़ुबान लड़खड़ा रही थी।

''मैं तो कुछ बुरा नहीं मानता भाई इसमें। क्या है? देखो, देखो। सब एक-दूसरे से हिल-मिलकर कुछ देर ख़ुश हो रहे हैं। क्या फ़र्क़ पड़ जायेगा? चन्दन-सा बदन छिल तो नहीं रहा है न? क्यों मैडम? वो क्या नाम है आपका?''

भार्गव बीयर का गिलास लिये लाल आँखों से अणिमा को नीचे से ऊपर तक निहार रहा था। अणिमा को भार्गव और अडानी की बातें अच्छी नहीं लग रही थीं।

"आप कुछ बोल नहीं रही हैं भाभी जी? वैसे आपके ऊपर यह काला गाउन क्या फब रहा है?" भार्गव उठकर अणिमा की बग़लवाली कुर्सी पर आकर बैठ गया था। अणिमा की निगाहें तेज़ी से रेन डान्स करनेवालों में किल्लोल को ढूँढ़ने लगी थीं।

"वह देखिये, वह रहे आपके पति। मेरी पत्नी केतकी के साथ झूम रहे हैं। आइये, हम आप भी चलकर डान्स करें। वे भी जलें, हमें देखकर।"

भार्गव हँसा था। शराब का एक भभका अणिमा के नाक से टकराया था।

"जी नहीं, मैं थक गयी हूँ।" अणिमा को तुरन्त दूसरा कोई उत्तर नहीं सूझा था। उसे किल्लोल पर गुस्सा आ रहा था। उसे अकेले छोड़कर वह केतकी के साथ डान्स कर रहा है। डान्स भी क्या? बस कभी उसका हाथ पकड़कर ऊपर उठा रहा है तो कभी कमर से पकड़कर गोल चक्कर लगा रहा है। हुँह, यह कौन-सा डान्स हुआ? भोंड़ापन।"

अणिमा के चेहरे पर एक वितृष्णा फैलती जा रही थी।

"अभी से आप थक गयीं? अरे, अभी तो पूरा कार्यक्रम बाक़ी है। वैसे रैम्प पर आप ग़ज़ब चल रही थीं।" इस बार अडानी बोल पड़ा। रैम्प पर कैटवाक करने जाने से पहले किल्लोल ने क्लब के सभी जोड़ों से उसका परिचय करवाया था –

"ये हैं विजय खुराना, आप अमरकान्त अडानी जी, इनकीवाली भाभी जी श्रुति, ये हैं आशुतोष सिन्हा और इनकी बेटरहॉफ विनीता भाभी, ये हैं भार्गव जी, राजेन्द्र भार्गव और इनकी प्रेटी बीबी केतकी जी, ये हैं पृथ्वीश गोयल और...।"

न जाने कितने लोगों से वह परिचित हो गयी थी। कुछ पुराने चेहरे भी थे जो दूसरे क्लबों में अकसर मिलते थे।

"अभी की-एक्स्चेञ्जवाला मुख्य गेम तो बाक़ी ही है भाभी जी।" भार्गव ने अणिमा की ओर झुकते हुए कहा। अन्य क्लबों में भी कई तरह के गेम होते थे। कभी चिट उठाना होता और उसमें जो लिखा होता वह कार्य करके दिखाना होता था। कभी-कभी चिट में नाचने-गाने के अलावा अपने किसी पुरुष पार्टनर को दो मिनट में साड़ी पहनाना या लिपस्टिक लगाना भी लिखा होता। लोग इसे भी एन्ज्वॉय करते। इस समय भी अणिमा ने की-एक्स्चेञ्ज गेम को कुछ वैसा ही गेम समझा था।

"आप अपनी 'की' की कोई पहचान बताइये भाभी।"

अणिमा की चुप्पी को उसकी मौन स्वीकृति समझ भार्गव का हौसला बढ़ रहा था।

"कैसी 'की'?" उसने पूछा।

"अरे आपकी गाड़ी की। आप भी बहुत भोली हैं।"

"इऑन गाड़ी है।" उसने सादगी से बता दिया।

"क्या कम्पनीवाली ही की-रिंग है या आपने अपनी नयी लगायी है?"

"नहीं, अपनी नयी लगायी है। एक एक्जिविशन में गयी थी तो वहाँ अमेरिकन डायमण्ड जड़ी एक छोटी-सी जूती की-रिंग की तरह मिल रही थी। बहुत सुन्दर है। मैंने गाड़ी की चाबी उसी में लगा दी।"

"ओह थैंक्यू, थैंक्यू भाभी जी। आपने तो सारा प्रश्न ही हल कर दिया। केतकी ने भी निश्चित अपनी गाड़ी की चाबी की पहचान किल्लोल को बता दी होगी।"

"क्या मतलब,"

"हाँ, मुझे लगता है कि आज वे दोनों पार्टनर बनेंगे।" भार्गव के चेहरे पर सपाट भाव था।

एकाएक संगीत रुक गया था और रेन डान्स कर रहे सभी पुरुष कोने में रखे एक ट्रे की ओर भागे थे। अणिमा के बगल में बैठे भार्गव और अडानी भी उस ओर लगभग दौड़ पड़े थे। पुरुष जल्दी-जल्दी ट्रे में से एक-एक चाबी निकालकर ऊपर उठा रहे थे और पूछ रहे थे – यह किसकी चाबी है?

जिस किसी की चाबी वह होती थी, उसकी पत्नी चाबी उठानेवाले के बग़ल में जाकर खड़ी होती थी। हँसी का एक फौव्वारा सबको फिर से भिंगो जा रहा था। अणिमा ने देखा, किल्लोल ने जो चाबी उठायी उसके बदले में केतकी जाकर उसकी बग़ल में खड़ी हो गयी थी। किल्लोल के ओंठों पर एक नशीली मुस्कान फैल गयी।

"चीटिंग तो हुई है पर यह ल्लो।" भार्गव ने ठहाका लगाते हुए डायमण्ड जड़ी जूतीवाली की-रिंग हवा में लहरा दी। सबका समवेत ठहाका गूँज उठा।

"आओ अणिमा।" किल्लोल ने आवाज़ दी तो अणिमा संकोच के साथ आकर भार्गव के पास खड़ी हो गयी। उसे किल्लोल का आज का व्यवहार अच्छा नहीं लग रहा था। पहली बार वह रेन डान्स में उसके साथ भाग लेने आयी थी। पर यहाँ का वातावरण उसे सहज नहीं लग रहा था।

केतकी किल्लोल की बग़ल में खड़ी अणिमा और भार्गव को देखकर मुस्करा रही थी। अणिमा भार्गव से थोड़ी दूरी बनाकर खड़ी हो गयी। उसका गाउन हवा के झोंकों से लगभग सूख चुका था परन्तु अन्य भाभियों के कपड़े पानी से तर-बतर थे।

"डिनर कहाँ है?" गोयल ने ऊँची आवाज़ में पूछा।

"अपने-अपने कमरे में आप लोग आर्डर कर सकते हैं।" आयोजक की आवाज़ आयी।

"अरे वाह भाई वाह। यह हुई न बात। कमरे में जाकर ही भींगे कपड़े उतार देंगे।" गोयल ने मज़ाकिया लहज़े में सभी को सुनाया।

"अब उतारो या पहनो, यह तुम्हारी मर्ज़ी।" भार्गव की इस टिप्पणी पर एक समवेत ठहाका गूँजा।

अणिमा का चेहरा तमतमा उठा था। वह मुश्किल उसे अपने पर काबू रख पा रही थी। ऐसी असहज स्थिति उसे और कहीं नहीं लगी थी।

“कमरा नम्बर बताओ जल्दी।” गोयल पुनः बोल पड़ा।

“इतनी जल्दी क्या है कमरे की? कुछ देर साथ तो बिता लो।” वह आशुतोष की आवाज़ थी।

“अरे देख नहीं रहे हो। दाँत किटकिटा रहा है ठण्ड से?”

“इतनी गर्मी में दाँत किटकिटा रहा है? कहीं पार्टनर को देखकर काँप तो नहीं रहे हो?”

फिर एक समवेत ठहाका लगा था।

“आप लोग अपने-अपने रूम-नम्बर जान लें।”

आयोजक का स्वर गूँजा था।

“हाँ, बताइये।”

“प्रियम् अग्रवाल, रूम-नम्बर सिक्स्टी सिक्स, थर्ड फ़्लोर, सौरभ केसरवानी, रूम-नम्बर फ़िफ्टी, थर्ड फ़्लोर, राजेन्द्र भार्गव, रूम-नम्बर फाइव, फर्स्ट फ्लोर, पृथ्वीश गोयल, रूम-नम्बर थर्टी, सेकेण्ड फ़्लोर, किल्लोल महेश्वरी, रूम-नम्बर सेवन, फ़र्स्ट फ़्लोर ...।”

क्लिलोल ने बड़ी नज़ाकत से केतकी के सामने झुकते हुए दाहिने हाथ से आगे की ओर चलने का इशारा किया। अणिमा उसे घूर रही थी। उसने उसे सहज बनाने के लिए उसके पास जाकर गाल पर एक हलकी-सी थपकी दी – “डोण्ट वरी बेबी। दिस इज जस्ट ऐ चेञ्ज। कुछ ग़लत नहीं है।”

भार्गव अणिमा को अपने साथ कमरे में ले चलने के लिए आकर उसके पास खड़ा हो गया था। अणिमा ने एक हाथ से उसे परे धकेलते हुए एक ज़ोरदार चाँटा खींचकर अपने पति किल्लोल के गाल पर जड़ दिया था और गुस्से में बोली थी – “जस्ट इट इज एन एक्स्चेंज।”

रंग में भंग पड़ गया था। सभी अवाक् थे। किसी ने ऐसी कल्पना भी नहीं की थी।

गुस्से में बड़े-बड़े डग रखती वह गेट से बाहर निकली थी और सड़क पर एक खाली आटो में बैठ गयी थी।

“कहाँ चलूँ दीदी?” ऑटोवाला पूछ रहा था।

उसे लगा जैसे दीदी कहकर उसकी जलन पर किसी ने ठण्डा मरहम लगा दिया हो। किसी बूचड़खाने से खुली हवा में आ गयी हो वह। उसकी आँखें अब डबडबा आयी थीं। मन हो रहा था वह आटोवाले को पकड़कर रो पड़े किन्तु मन को क़ाबू में रखते हुए उसने घर का पता बताया था और भरे गले से बोली थी – “चलो भइया।”

❒

नींद

सिर पर मेंहदी लगी है और सिरहाने नींद खड़ी है। कोई सुने तो कितना हँसे। क्या तालमेल है दोनों का? एक सिर के बालों में लिपटी है अपनी हरियाली गन्ध के साथ, तो दूसरी व्यंग्य से हँसती हुई दूर सिरहाने के पास खड़ी है, निर्गन्ध, निराकार, निःशब्द। नींद और मेंहदी, मेंहदी और नींद। इस समय मेरे और बाबू जी, दोनों के लिए, दोनों की ज़रूरत है। उनके लिए भगवान् से नींद आ जाने की प्रार्थना कर रही हूँ। रात में सो नहीं पाये थे तो दोपहर में नींद आ जाये उन्हें। अपने बालों में मेंहदी भी तो उन्हीं के लिए लगाये बैठी हूँ। बाबू जी के सिरहाने मैं अधलेटी-सी उनका सिर धीरे-धीरे थपक रही हूँ ताकि उन्हें नींद आ जाये। सच, वृद्धावस्था में व्यक्ति बच्चों जैसा हो जाता है। बच्चों जैसी देखभाल की आवश्यकता पड़ती है उसे। मेरी दाहिनी हथेली बाबू जी के सिर पर रखे तेल से चुपड़ी हुई है। मैं धीरे से अपनी बायीं हथेली से अपने सिर में चुपड़ी पिसी मेंहदी की स्थिति नाप-तौल रही हूँ – कड़, कड़, चिप् चिप्। ओह, अभी पूरी तरह सूखी नहीं है। एक घण्टे ही तो हुए लगाये। बाबू जी को दोपहर का खाना और दवा खिलाकर सुला दिया था तब जाकर थोड़ी देर की फ़ुरसत मिली थी। दाई से कल शाम की मेंहदी की झाड़ से पत्तियाँ सुरुकवाकर मँगा ली थी। सुबह दाई ने पीसकर कटोरी में रख दिया था। जाते-जाते मुस्कराकर सहेज गयी –

"भुलिहा मत। लगा लीहा। अउर एक चुटकी काफ़ी क पाउडर मिला लीहा, काली मेहनी के साथ।"

"हाँ, हाँ। ठीक है।" मैं थोड़ लजा उठी। क्या सोचेगी दाई कि इस उम्र में मैं जवान दिखना चाह रही हूँ। बच्चे यूनिवर्सिटी में जाने लगे तो फ़ैशन सूझ रहा है। मैंने झट सफ़ाई में कहा –

"सोचती हूँ, देखूँ कैसे लगती हूँ मैं। सब लोग लगाते हैं। कहते हैं, सिर ठण्डा रहता है।"

मैं अपनी ही बातों में अरुझा उठी। वह हँसती हुई निकल गयी।

मैंने उसके दिमाग़ से मेंहदी को पोंछने की ग़रज़ से कहा –

"बाबू जी की धोती धो दी हो न?"

"हाँ, मैडम जी। बाहर तार पर फैली है।" वह जाते हुए दरवाजा उठुँगा रही थी।

मेरे सीने में एक हूक-सी उठी थी। जब तक अम्माँ थी, तब तक बाबू जी का कपड़ा वे स्वयं ही धोती थीं। धोती-कुर्ता, गमछा, बनियान, सब-कुछ। साबुन लगा रगड़-रगड़कर मैल छुड़ाती और फिर अपनी गीली हथेली पर थोड़ा-सा नील टिनोपाल का घोल मिलाकर उसे आधा बाल्टी पानी में मिक्स कर देती। बाबू जी के झक्क सफ़ेद कुर्ते, धोती, बनियान, सब चमक उठते। उससे कहीं अधिक चमक अम्माँ की नीली बड़ी आँखों में होती। अपने पति का सारा कार्य स्वयं करने का एक अजीब-सा सन्तोष उनके मुखमण्डल पर टिनोपाल की चमक की तरह फैल जाता। झाड़ू, पोंछा, बाबू जी के कपड़े साफ़ कर, स्वयं नहाती और तब शुरू होता उनका अपने भगवानों की मूर्तियों को नहलाने, आसन वस्त्र बदलने और उनके धूप, दीप, नैवेद्य के पात्रों को पीताम्बरी से रगड़-रगड़कर चमकाने का सिलसिला। पूजा करके उठते और खाना खाते अम्माँ का रोज़ दोपहर के दो या तीन बज जाते। इस बीच बाबू जी भोजन करके एक झपकी ले लेते। उठ कर अम्माँ को समझाते – "भगवान् की पूजा और जल्दी कर लिया करो। दोपहर में तो सारे मन्दिर तक बन्द हो जाते हैं और तुम अपने भगवानों को नहलाती रहती हो तब तक।"

अम्माँ हँस पड़ती – "भगवान् को हमारे हिसाब से चलना होगा।" कभी-कभी हँसी की जगह झल्लाहट फूट पड़ती – "क्या करूँ? अब पहले की तरह नहीं सपरता। पचहत्तर साल की तो मैं भी हो गयी न?"

ऐसे अवसर पर बाबू जी चुप लगा जाते। जानते थे, अम्माँ अपने ज़िद की पक्की हैं। वह सारे कार्य अपने ढंग से ही करेंगी। भगवान् के किसी कार्य में शार्ट-कट नहीं करेंगी तो अपने पति की सेवा में भी कोई कटौती उन्हें बर्दाश्त नहीं। सुबह उठने से लेकर रात में बाबू जी के सो जाने तक वे उनके आसपास बनी रहतीं। कब उन्हें दवा खानी है, कब सेब छीलकर देना है और दोपहर में सोकर उठने पर सूती कपड़े में अनार के दाने भरकर उसका रस निचोड़ना और बाबू जी को पिलाना है, सब कम्प्यूटर की मेमोरी की तरह उनके मस्तिष्क में फ़ीड था। बस नहीं फ़ीड था तो उनकी अपनी दिनचर्या। नींद की समस्या से तीस वर्षों से जूझ रहे बाबू जी अकसर घबड़ाहट और बेचैनी में रातभर जागते रहते और अम्माँ उनके सिर पर तेल रखकर दबाती रहतीं ताकि उन्हें नींद आ जाये। पर नींद बाबू जी की आँखों से दूर रहती और अम्माँ बाबू जी के सिरहाने बैठी अपनी नींद को दुत्कार कर भगाती रहतीं। दोपहर में थोड़ा-बहुत सोकर बाबू जी तो अपनी भरपाई कर लेते किन्तु अम्माँ के अपने काम, भगवान् जी के प्रति ज़िम्मेदारियाँ, सब उन्हें दोपहर में भी सोने न देते। हम सब उन्हें कभी-कभी टोकते तो वे बाबू जी के लिए सहानुभूति से भरकर हमें बतातीं – दरअसल, तुम्हारे

बाबू जी को उनके बड़ेवाले जीजा जी बहुत मानते थे। एक दिन रात में अचानक जब वे चल बसे थे तो तुम्हारे बाबू जी को झिंझोड़कर जगा दिया गया था। तभी से उनको ऐसा सदमा लगा कि तीसों वर्ष से वे नींद की समस्या झेल रहे हैं। अब वे रात में जागते हैं, तो मुझे कैसे नींद आ जाये?"

अम्माँ के शान्त और झुर्रियों-भरे चेहरे पर एक मौन बिछ जाता।

आज जब अम्माँ बाबू जी को छोड़कर अपनी अनन्त यात्रा पर निकल चुकी हैं और उन्हें गये लगभग दो वर्ष बीत भी गये, तब सोचती हूँ कि बाबू जी तो उनके जाने और अपनी बीमारी से और भी जर्जर हो गये हैं, नींद अब और मुश्किल से आती है, पर क्या अम्माँ अपने भगवानों के मौलिक अस्तित्व के बीच रहते हुए चैन से सोयी हो सकती है? या उसकी बेचैन आँखें अब भी बाबू जी की अधखुली पलकों को निहारती होंगी?

सिरहाने बैठी मैं झुककर देखने लगी थी कि बाबू जी सो रहे हैं या जाग रहे हैं? बहुत देर से वे एक ही करवट लेते थे। बाबू जी की पलकें अधखुली थीं। उसमें बहुत ही मुरझाया-सा जीवन, छाया की तरह डोल रहा था। मेरे चेहरे की छाया से वे चैतन्य हो उठे थे और चौंककर बोले –

"बेबी? तुम हो अभी?"

"हाँ बाबू जी। आज सो जाइये। मैं हूँ।" मैंने फिर से उनका सिर थपकना शुरू कर दिया। पूरे संसार के लिए मैं एक तेज़-तर्रार अधिकारी हो सकती थी परन्तु बाबू जी के लिए मैं आज भी बेबी ही हूँ। मेरे लिये पुकारनेवाला यह नाम उन्हीं के द्वारा बचपन में प्यार से दिया गया था। बी.ए. करती हुई मैं गर्मी की छुट्टी में एक बार घर गयी थी। बाबू जी नहा रहे थे और मैं अम्माँ के कन्धे पर झूली हुई कुछ अपनी फ़रमाइश कर रही थी तो बाबू जी ने मुझे बहुत प्यार से देखते हुए कहा था – "मन करता है कि एक बार यह फिर से छोटी हो जाती। वही गोल-मटोल बेबी।" बाबू जी के इस वाक्य का अर्थ आज मेरे लिये अधिक महत्त्वपूर्ण क्यों हो उठा, इसे अब अच्छी तरह समझ सकती हूँ।

"जाओ तुम खाना खा लो। हमें नींद आ जायेगी तो सो जायेंगे।" बाबू जी करवट लेटे ही गर्दन घुमाकर मुझे देखते हुए बोले। एकाएक खाँसी का एक तेज़ दौरा आया था उन्हें और वे झटके से उठने लगे थे। मुँह में शायद बलगम आ गया था। मैंने झट सिरहाने से नीचे उतरकर ज़मीन पर रखे बालू से भरे मग को उठा लिया और बाबू जी के मुँह की ओर कर दिया था। बाबू जी ने बहुत बेचारगी से मेरी ओर देखा था और मग में बलगम थूक दिया।

"तुमको यह सब करना पड़ रहा है।" वे जैसे हताश हो रहे थे। मैंने उनके भीतर से अपराध-बोध को मिटाने के लिए हँसकर कहा –

"जब हम छोटे रहे होंगे, और आपके कन्धे पर दूध पीकर उल्टी कर देते होंगे या सू सू कर देते रहे होंगे तो क्या हम कभी आपसे यह माफ़ी माँगते थे? नहीं न? यह मेरा अधिकार था उस समय। तो इस समय आपकी यह सेवा करना मेरा कर्त्तव्य है और आपका अधिकार भी। मुझे अच्छा लगता है आपकी सेवा करके।"

"जाओ, भगवान् तुम्हें सुखी रखें।" अकसर उनके स्वर की कँपकँपाहट रोम-रोम से व्यक्त हो उठती। ऐसे समय पर यह मेरी सबसे बड़ी पूँजी मेरे पास होती।

"कौन करेगा इतना?" उनका स्वर भींग जाता। मुझे पता था, उनका संकेत तीनों भाइयों और भाभियों की ओर था। किस तरह इशारे-इशारे में उन लोगों ने बीमार बाबू जी को मेरे पास आने को विवश किया था, यह बात मुझसे अधिक बाबू जी को कचोट रही थी। मैं हर सम्भव उनके मन से इस फाँस को निकालने का प्रयास करती। इसलिए नहीं कि मैं अपने को सर्वश्रेष्ठ सन्तान साबित कर सकूँ बल्कि इसलिए कि अम्माँ के जाने के बाद बाबू जी के शेष बचे दिन तनाव में न बीतने पायें, अन्यथा मेरा मन जीवनभर मुझे कोसता रहेगा कि क्या माँ और पिता केवल पुत्रों की ज़िम्मेदारी होते हैं, पुत्रियों की नहीं?

बाबू जी मेरी ओर अपलक देख रहे थे। मैंने मग को ज़मीन पर रख दिया और रूमाल से बाबू जी का ओंठ साफ़ करते हुए बोली –

"मैं हूँ न। आपकी बेबी। सौ बेटों पर भारी। है न?" मैं उन्हें ख़ुश करने के चक्कर में ज़बरदस्ती हँसी थी।

"हाँ, वह तो हो ही।" उनका स्वर अब भी भींगा था।

"तब?" मैंने बात को समाप्त कर दिया पर वे अपनी विवशताओं से उबरना नहीं चाहते थे। शाद पीड़ा के चरम में विश्रान्ति भी मिलती है।

"उन लोगों को मेरे वहाँ रहने से बाधा समझ में आती है।" वे उदास थे।

"क्यों बाधा लगेंगे आप?" मैंने बेवजह भाई भाभी की ओर से सफ़ाई प्रस्तुत की जबकि सच्चाई मुझे भी मालूम थी। बाबू जी अकसर अपने इलाज के लिए शहर में रह रहे भाई के परिवार में आते थे। वे लोग जल्दी-जल्दी डॉक्टर को दिखाकर उन्हें गाँव भेजने की तैयारी कर लेते। अकसर ही मैं उन लोगों के यहाँ से बाबू जी को लिवाकर अपने घर आ जाती। ज़बरदस्ती दस-पन्द्रह दिनों तक उन्हें अपने यहाँ रोककर सेवा करने का अवसर ढूँढ़ती। इस बहाने बाबू जी को अम्माँ के बिना मिल रहे ख़ालीपन को दूर करने का प्रयास करती। गाँव में छोटा भाई-भाभी अम्माँ के नहीं रहने के बाद से मालिक-मालकिन हो चुके थे। वहाँ भी बाबू जी की स्थिति एक एक्स्ट्रा सामान की

थी जिससे पेन्शन की रकम की कुछ आमदनी हो जाती थी। शहर आकर बाबू जी का दो-चार दिन रुकना बड़े भाई-भाभी की स्वतन्त्र दिनचर्या में बाधास्वरूप ही होता। अकसर वे लोग बाबू जी से कह देते –

"मेरे यहाँ मन नहीं लगता है न बाबू जी? न हो तो बेबी के यहाँ चले जाइये।"

मेरा घर भी उसी शहर में होने के नाते मैं अकसर बाबू जी को अपने यहाँ ही लेती आती। अम्माँ थीं, तब भी मैं दोनों को अपने यहाँ ही रखती। मन को बहुत ठेस लगता जब भाभी का अपरोक्ष आदेश बाबू जी के सामने मिश्री की चाशनी में डुबोकर सुनाया जाता –

"हमेशा से गाँव में रह आये हैं बाबू जी। वहाँ उनका चार समाज बना है। यहाँ शहर में आने पर मन तो नहीं ही लगता होगा। बेचारे किसी तरह दिन काटते हैं। न हो बेबी, तो तुम अपने यहाँ लेती जाओ।"

मैं बाबू जी की ओर देख अधीर हो उठती। बाबू जी क्या सोच रहे होंगे कि मैं अब अपने ही बच्चों के लिए भार हो गया हूँ। उस ज़माने के एम.ए. पास हैं बाबू जी, जब लोग मुश्किल से बी.ए. तक पढ़ा करते थे। लेक्चरर पद से रिटायर हुए हैं। मैं बात सँभालती –

"हाँ, मैं बाबू जी को ले भी जाना चाह रही थी। हमेशा आप ही लोगों के पास तो आते हैं। मेरे पास कभी नहीं।" मैं बाबू जी का सामान पैक करने लगती और वे निरीह आँखों से मेरी ओर देखते रहते। ऐसा अकसर ही होता है। चूँकि हर महीने रूटीन चेक-अप के लिए उन्हें शहर आना पड़ता और डॉक्टर भाई साहब के मुहल्ले में रहता था, इसलिए मेरी भी विवशता थी। किसी दूसरे डॉक्टर को दिखाने पर ज़रा-सी भी तबीयत ख़राब होने पर मेरे ऊपर लांछन लग जाता कि किसी ऐरे-गैरे डॉक्टर को दिखाकर केस ख़राब कर दिया। ऐसा ही तो तीन वर्ष पूर्व भी हुआ था जब दीदी को कैन्सर हुआ था। दीदी का परिवार होमियोपैथी इलाज करवा रहा था। मैंने जब दूसरे डॉक्टर को दिखाया तो पता चला कि उन्हें कैन्सर ने पूरी तरह जकड़ लिया है। वे अब दो-तीन महीने की मेहमान थीं। कितना बड़ा झटका लगा था मुझे। जो दीदी कभी भी बहुत महत्त्वपूर्ण नहीं लगी थीं, वही दुनिया की सबसे कीमती वस्तु लगने लगी थीं मुझे। किसी भी तरह मैं उन्हें बचा लेना चाह रही थी। बिना उनके परिवार की परवाह किये मैं आयुर्वेद से लेकर ऐलोपैथ, नेचुरोपैथ से लेकर पतञ्जलि तक, शङ्कराचार्य से दीक्षा दिलाने से लेकर चमत्कार दिखानेवाले बाबा या मृत्युञ्जय जप तक, सब आज़मा डाली थी। बस, दीदी एक बार अच्छी हो जाय, फिर सब ठीक हो जायेगा। पर कुछ ठीक नहीं हुआ था। अम्माँ भी दीदी के जाने के कुछ महीनों बाद ही चार-पाँच दिनों की बीमारी में चल बसी थीं। उन्हें भी मैं गाँव से इलाज के लिए अपने यहाँ लेकर आयी थी।

अम्माँ और दीदी का जाना मेरे मन-मस्तिष्क पर किसी काले बादल की तरह आज तक छाया हुआ है। दोनों के जाने के बाद परिवारवाले से मेरी झोली में मिले थे – अपयश, डॉक्टर अच्छा न होने और केस बिगड़ जाने का अपयश, एक लम्बी पीड़ा और सन्त्रास, जिसने मेरा रक्तचाप तो बढ़ाया ही, बालों में असमय सफ़ेदी का अकस्मात् उपहार भी दे दिया। मैं स्वयं हैरान थी कि क्या सचमुच दीदी और अम्माँ की मृत्यु का मेरे ऊपर इतना गहरा दुष्प्रभाव पड़ गया है कि आधे बालों ने अपनी गहरी काली रंगत छोड़कर सफ़ेदी ओढ़ ली।

ओह, बाबू जी बिस्तर पर बैठे मेरी ओर देख रहे थे और मेरा मन तेज़ी से छलाँग मार अतीत में डुबकी लगा आया था। गम्भीर स्वर में मेरी आवाज़ बाहर आयी थी –

"बाबू जी, डॉक्टर को न दिखाना होता तो मैं आपको क़त्तई वहाँ जाने न देती जहाँ आपको ऐसी उपेक्षा महसूस होती है। पर क्या करूँ? अब डॉक्टर के यहाँ जाने में भी मन चिहुँक-सा उठता है मेरा। न जाने क्या बता दे? मैं अब और कोई दुःख सहन नहीं कर सकती बाबू जी।"

मेरी आवाज़ का गीलापन बाबू जी ने महसूस कर लिया था। सचमुच, मैं बाबू जी को खोना नहीं चाहती। वे दीदी और अम्माँ से भी क़ीमती हो उठे हैं मेरे लिये। बयासी वर्ष के आसपास हो गये हैं। शरीर टूट चुका है। पुत्री, पत्नी की मृत्यु ने उन्हें जर्जर कर दिया है। कभी-कभी नोस्टाल्जिया में वे मुझसे अम्माँ की युवावस्थावाली ढेर-सारी बातें बताते हैं।

मैं उनका मन रखने के लिए चुपचाप सुनती हूँ –

"तुम्हारी अम्माँ जब पहली बार गौने आयी थीं तो उन्हें साड़ी नहीं पहनने आती थी। मेरी माई इसी बात पर उनको बहुत डाँटी थी।" उनका निचला ओंठ कँपकँपा उठता भावुकता में। ऐसी ही बहुत-सारी खट्टी-मीठी स्मृतियाँ।

"छोड़िये बाबू जी, आपकी तबीयत ख़राब हो जायेगी। अम्माँ आपको भूलकर ऊपर चली गयीं तो आप भी उन्हें भूल जाइये। चैन से रहिये। सबको तो वहीं ऊपर ही चलना है। किसी को आगे तो किसी को पीछे।"

मैं बूढ़ी स्त्री की तरह उन्हें समझाती। वे भावुक ही रहते – "तुम्हारी दीदी भी हवाई जहाज से उड़कर मुम्बई गयी तो फिर आयी नहीं।... उसकी शादी हम अच्छी नहीं कर पाये थे।" बाबू जी सुबक उठते। यह बात वे कई बार कह चुके थे। मैं उनके मन में उठ रहे पश्चात्ताप को धोने का प्रयास करती –

"क्यों नहीं अच्छी थी शादी? उस ज़माने में आपने जीजा जी जैसा नौकरीवाला लड़का ढूँढ़ा था। कितना मानते थे दीदी को। बच्चे भी सभी लायक़। बस, थोड़ा समय से पहले ही चली गयी दीदी।"

"हूँ।" बाबू जी गुमसुम हो उठते। ऐसा अकसर होता है। आज भी हुआ है।

"सूप ले आऊँ बाबू जी? गरम-गरम पीयेंगे तो आपको अच्छा लगेगा। टमाटर, गाजर, चुकन्दर और पालक का है।" मैंने बात बदल दी थी।

"ऊँ हूँ।" बाबू जी बिस्तर पर लेट गये थे। मैंने लेटने में उनकी मदद की थी। तकिये को थोड़ा ऊँचा कर दिया ताकि साँस अधिक न फूले। पंखा धीरे कर दिया और पतली-सी चादर उन्हें ओढ़ाते हुए बोली –

"सोने की कोशिश करिये बाबू जी। इस समय नींद आ जायेगी।"

"कहाँ आती है बेटा?" वे हताश-से बोल रह थे। नींद का महत्त्व मैं पहले नहीं समझ पाती थी। हवा जैसे साँस में अनजाने ही आती-जाती रहती है, हम उसके प्रति सचेत कहाँ होते हैं? वह तो जब साँस लेने में तक़लीफ़ होती है तब पता चलता है कि ऑक्सीजन कितना ज़रूरी है जीने के लिए। वैसे ही नींद भी जब तब आती-जाती रहती है। कौन उसके लिए चिन्तित होता है? पर जब से बाबू जी को नींद से जूझते-टकराते या मनुहार करते देखा है तब से उसकी अहमियत समझ में अच्छी तरह आने लगी है। बेचैनी में करवटें बदलने और नींद के लिए पागल होने का मर्म महसूस कर सकी हूँ। एम.ए. में अंग्रेज़ी की वह कविता पढ़ाते हुए मेरे सर प्रो. के. पी. मुकर्जी की भावुक स्वर में वे पंक्तियाँ याद आतीं – "ओ स्लीप, कम स्लीप, सर्टेन नॉट ऑफ़ पीस", और वे कह उठते – अपने बेटे के ग़म में मैं भी वर्षों से नहीं सोया, ओह स्लीप, ए सर्टेन नॉट ऑफ़ पीस।"

आज बाबू जी के लिए उसी शान्त नींद की प्रार्थना करते हुए इन पंक्तियों के अर्थ खुलते जा रहे हैं कि क्यों वह कवि इतने आर्त्त भाव से नींद को पुकारता है अपनी कविता में? बाबू जी अधखुली आँखों से मुझे देख रहे हैं। मैंने अपने बालों पर धीरे से हाथ फिराया। कहीं-कहीं अब भी गीली हैं मेंहदी। दाई ने बताया था कि दो घण्टे रखने पर ही अच्छी तरह रंग चढ़ता है। मैंने अपने हाथ हटाते हुए कहा –

"बाबू जी, ले आइये पैर दबा दूँ।" आराम मिलेगा तो आप सो जायेंगे।"

"तुम आफ़िस से छुट्टी लेकर कब तक हमें सुलाओगी? कल हमें गाँव भेज दो।"

"मेरी सारी छुट्टियाँ बची रह जाती हैं। क्या करूँगी बचाकर? उन्तीस त्योहारों की छुट्टी, सी.एल., मेडिकल। कितनी छुट्टियाँ हैं मेरे पास। सबको ले लूँ तो सालों आपकी सेवा कर सकती हूँ। बस आप मेरे पास रहने को तैयार हो जाइये? बार-बार गाँव और शहर का चक्कर बन्द कर दीजिये बाबू जी। आपकी सेहत के लिए ठीक नहीं।"

"लोग क्या कहेंगे कि बेटी के यहाँ रह रहे हैं?" उनके ओंठों पर एक फीकी हँसी तैर उठी।

''यह तब कहते थे जब बेटी ख़ुद ससुरालवालों पर निर्भर रहती थी। मुझे तो आपने मेरे पैरों पर खड़ा किया है। अधिकारी बनाया है। फिर ससुराल से दूर यहाँ नौकरी कर रही हूँ। कौन आ रहा है देखने? देख भी ले तो क्या? बेटियों की कोई ज़िम्मेदारी नहीं है माँ बाप के लिए? बेटों के भरोसे दुर्दशा झेलने को छोड़ दें?''

मैं अचानक बिफर उठी थी। मेरा यह आक्रोश अपरोक्ष रूप से भाइयों के ऊपर था। बाबू जी ने मुझे शान्त कराते हुए कहा –

''नहीं, दुर्दशा कैसी? उन लोगों के पास ऐसी बुद्धि नहीं है। मेरी अवस्था में जब आयेंगे तो ख़ुद ही समझ में आ जायेगा।''

''जब उन लोगों को समझ में आयेगा तब तक आप मिलेंगे क्या कि वे प्रायश्चित्त कर लेंगे?''

''घुटेंगे। इन्सान होंगे तो।'' बाबू जी छत की ओर पंखे को देख रहे थे।

मैं झुककर उनका पैर धीरे-धीरे दबाने लगी थी।

''लड़कियों से मैंने पैर कभी नहीं छुवाया बेटा। नरक में मत डालो।''

बाबू जी अपना पैर सिकोड़ रहे थे। मैंने चादर को उनके पैर पर पंजे तक फैलाकर ओढ़ाते हुए कहा –

''मैं पैर कहाँ छू रही हूँ। मैं तो चादर छू रही हूँ। उसके नीचे आपका पैर भी दबा जा रहा है तो मैं क्या करूँ?''

''तुम मुझे बेवकूफ़ बना रही हो।'' बाबू जी के चेहरे पर हलकी-सी हँसी आयी थी। मैंने उसे और बढ़ाने के उद्देश्य से पूछा –

''वैसे किस शास्त्र में लिखा है बाबू जी कि बेटियों से पैर नहीं दबवाते या बेटियों के यहाँ नहीं रहते। मान लीजिये किसी के केवल एक बेटी ही हो तो वह जीवनभर पैर का दर्द लेकर कराहता रहे या किसी का लड़का उधार माँगे? है न?''

मैं ठठाकर हँस पड़ी ताकि बाबू जी भी हँस सकें पर उनकी हँसी थम गयी थी। उनकी आँखों के कोरों से हलकी नमी अग़ल-बग़ल चमकने लगी। वे आँखें बन्द कर कुछ सोचने लगे थे। मैंने उनके चेहरे पर एक पीड़ा देखी थी। कुछ बोली नहीं कि हो सकता है कुछ सोचते हुए ही नींद आ जाये उन्हें। मैं जानती हूँ कि जब वे एक घण्टे की भी नींद ले लेते हैं तो बहुत तरोताज़ा महसूस करते हैं। उनके चेहरे की श्यामलता लालिमा में बदल जाती है। वे बार-बार स्वयं को विश्वास दिलाने के लिए बताते हैं कि उन्होंने अमुक सपना देखा, इसका मतलब नींद आ गयी थी। नींद आ जाने पर बच्चों जैसे ख़ुश हो जाते हैं। कभी-कभी रात में एक स्ट्रेसनिल खाने के बाद भी नींद नहीं आने पर दूसरी भी लेने की ज़िद करते हैं। मैं डर जाती हूँ। नींद की गोलियों का पूरा पत्ता ही उनके पास रहता है। कभी गाँव में अकेले रहते हुए बेचैनी में अधिक गोलियाँ

न खा लें। भाई भाभी तो अपने कमरे में सोते हैं। बाबू जी अकेले कितना बेचैन होते होंगे। एक बार दबे स्वर में भाई के सामने मैंने अपने मन की बात रखी थी –

"बाबू जी के कमरे के पास ही बिस्तर लगाकर सोया करो। उन्हें भी दुहाँस रहेगा।"

भाभी तपाक् से बोल पड़ी थी –

"बच्चे हैं क्या बाबू जी, जो हुड़क जायेंगे। आप लोगों ने इतना कह-कहकर उनको पागल बना दिया है। एक-से-एक बुज़ुर्ग हैं अभी, जो अपना सारा काम भी करते हैं और नाती-पोतों को खिलाते भी हैं। एक दिन की बात तो नहीं है न दीदी जी।"

मैं खिसिया-सी उठी थी।

उस समय बाबू जी के ऊपर प्यार आया था। पैर दबाते हुए ही चादर हटाकर पैर के पंजों को धीरे से छुआ। थोड़ी सूजन लग रही थी पैरों में। डॉक्टर ने बताया था कि ब्लड प्रेशर की दवा का दुष्प्रभाव है। दवा दे रहा हूँ। ठीक हो जायेगा। हर चीज़ की एक दवा पकड़ा देता है डॉक्टर, बिना यह सोचे कि शरीर में जाकर ये सारी दवाएँ क्या नुक़सान पहुँचाती होंगी। मैं बाबू जी को धीरे-धीरे अपने सामने ही छीजते देख रही हूँ। जिस बाबू जी के सामने खड़े होने में लोगों को भय लगता था अब वही बाबू जी कितने असहाय लग रहे हैं। कुछ बढ़ती उम्र ने और कुछ एकाएक बदली परिस्थितियों ने उन्हें बिलकुल निरीह बना डाला है।

मैंने पैर दबाते-दबाते धीरे से उनके सूजे हुए पंजों को सहलाया। आमतौर पर पहले ऐसा करने पर बाबू जी गुदगुदी के कारण चौंक पड़ते थे। पढ़ती थी तब भी बाबू जी की पीठ पर चढ़कर शरीर दबाने का काम मैं ही करती थी। कभी-कभी हाथों से पीठ दबाते हुए मैं जान-बूझकर उनके पैर के तलवे में उँगली से लकीर खींच देती और बाबू जी सोते-सोते हँस पड़ते। एक प्यार-भरी फटकार मुझे पड़ती तो पास बैठी अम्माँ मुस्कराकर उलाहना देती – "बेटी को सिर चढ़ाये हो। देखती हूँ कौन-सा कलेक्टरी करती है। क्या मज़ाल कि पढ़ाई छोड़कर घी की गगरी भी लुढ़क रही है तो सँभाल दे यह लड़की।"

"देखना, यही एक दिन हम लोगों का ऐसा नाम करेगी कि दुनिया में भभक उठेगी।"

"हाँ, है ही तुम्हारी भभक्का।" मेरा नया नामकरण तभी से चिढ़ाने के लिए भभक्का हो गया। भाई-बहन जब-तब इस नाम से पुकारने लगे। मैं चिढ़कर बाबू जी के पास जाती। वे हम भाई-बहनों का झगड़ा शान्त करते। अम्माँ को मीठी झिड़की देते – "तुम्हीं यह नाम रखी हो।" अम्माँ सिर नीचे करके मुस्कराती।

आज बाबू जी के पैर में गुदगुदी नहीं लग रही है। वे निस्पृह-से ऊपर पंखे की ओर देख रहे हैं।

''बाबू जी, सो जाइये। आँखें बन्द करिये तब न नींद आयेगी।''

''बेटा, आँखें बन्द करते ही घबड़ाहट-सी हो रही है।''

''कोई बात नहीं। खोले रहिये। कुछ बात करिये मुझसे।''

''क्या बात करूँ?''

''कुछ भी। जब तियरी गाँव से साइकिल से लेकर मुझे आप जाते थे। रास्ते-भर अंग्रेज़ी का ट्रान्सलेशन पूछते थे। याद है बाबू जी, एक बार मुझे नहीं आया था तो आपने गुस्से में मुझे वहीं साइकिल से उतार दिया था और कहा था कि पैदल आओ। अभी स्कूल वहाँ से पाँच किमी. दूर था।''

मैं आनन्दित होकर हँस रही थी परन्तु बाबू जी के चेहरे पर पश्चात्ताप का भाव तेज़ी से पसरने लगा। मैंने बात बदल दी –

''आप करवट बदलिये तो मैं यहवाला पैर दबा दूँ।'' आपको आराम मिलेगा।''

''अब रहने दो। थक जाओगी। जाओ, खाना खा लो। बहुत देर हो रही है। मुझे नींद आयेगी तो मैं सो जाऊँगा।'' बाबू जी ने करवट ले ली। उनकी साँस तेज़ी से फूल रही थी। मैंने एक हाथ से उनकी पीठ सहलाते हुए एक हाथ से पैर दबाना जारी रखा। इन्हीं पैरों से साइकिल खींचकर बाबू जी ने हम सभी भाई-बहनों को स्कूल पहुँचाया। दो-दो रुपये बस का किराया बचाने के लिए वे आगे की हैण्डिल पर गमछा बाँध मुझे उस पर बैठा बीस किलोमीटर दूर अपने कॉलेज ले जाया करते थे ताकि अपनी देख-रेख में मुझे पढ़ा सकें। कई बार आगे हैण्डिल पर बैठे-बैठे मेरे पैरों में झुनझुनी भर जाती तो मैं सोचती कि काश बाबू जी आज बस से चले चलते तो कितना आराम मिलता। कितना कुछ कष्ट झेला है बाबू जी ने हम सबके लिए। कितने थक चुके हैं मेरे बाबू जी के ये सूजे हुए पैर। अपनी कार में बैठाकर गाँव से यहाँ या यहाँ से गाँव पहुँचाने में मेरा मन उस कृतज्ञता बोझ से कभी नहीं उबर पाता। नहीं लगता कि इतनी लम्बी कार में बैठाकर भी मैं बाबू जी की उस थकान का लेशमात्र भी मिटा पाती हूँ। बाबू जी की उस थकान को याद कर करके मेरा मन बराबर थकता रहता है। सोचती हूँ कभी ये सूजे हुए दोनों पाँव भी अम्माँ की तरह ओझल हो जायेंगे। हम उनके चिह्न ढूँढ़ते रह जायेंगे। ओह, इतनी बेबसी, इतनी टीस, इतनी बेचैनी।

मैं घड़ी पर निगाह डाल रही हूँ। दोपहर ढल रही है। घड़ी के पास टँगी मेरी बड़ी-सी फ़ोटो पर एक चार-इंच का मकड़ी का जाला कब से झूल रहा है। बच्चों से कहती हूँ हटाने के लिए तो इधर-उधर टाल जाते हैं। मेरे हाथ वहाँ तक पहुँच नहीं पाते या फिर उसे हटाने की उतनी आवश्यकता ही नहीं समझ में आती, अन्यथा कोई-न-कोई

व्यवस्था तो हो ही जाती। मेज़ पर चढ़कर, या डण्डे में झाड़ू बाँधकर या फिर किसी और तरह। जो बातें प्राथमिकता पर होती हैं, वे हो ही जाती हैं। नहीं होने पर लाख बहाने हैं। बाबू जी के लिए ही मैंने क्या रास्ता नहीं खोज निकाला? कितने दुःखी थे पिछले वर्ष पितृपक्ष में। फ़ोन पर ही मुझसे बोले थे –

"बेबी, हमारे पितरों को इस बार कुछ नहीं मिला। बस दही मँगाकर चढ़ दिया हमने।"

"क्यों, भाभी ने दोनी चढ़ाने के लिए कुछ नहीं बनाया?"

मैं चौंक उठी थी। अम्माँ के लिए पितृ-पक्ष से बढ़कर कुछ नहीं होता था और उनकी बहुएँ ऐसी लापरवाह। मन क्रोध से भर उठा था। उधर से बाबू जी बता रहे थे –

"दरअसल उनको रिकँवच नहीं बनाने आता। तुम्हारी अम्माँ थी तो बाबू के लिए रिकँवच और माई के लिए दालभरी पूड़ी वगैरह बनाती थीं। इन लोगों को बनाना ही नहीं आता। हमने कह दिया कि जाने दो। दही चढ़ा देंगे। अरे, तुम्हारी अम्माँ को तो क्या पसन्द था, मैं ही नहीं जान सका तो बहुएँ क्या जानेंगी बेटा। वह तो हमीं लोगों की पसन्द में जीती-मरती थीं।"

बाबू जी का दुःख उनकी छाती को विदीर्ण कर रहा था और मुझे भी। मैंने झट एक रास्ता निकाला था –

"बाबू जी, आप अभी किसी को बाज़ार भेजकर गरम-गरम जलेबी और दही मँगा लीजिये। दोने में चार-चार जलेबी और दही सभी पितरों के नाम रख दीजिये। मीठा भी हो जायेगा, अन्न भी हो जायेगा और दही तो सबसे अच्छी है ही। अम्माँ को जलेबी पसन्द भी थी। अब आप हर वर्ष ऐसे ही कर दिया करिये। मैं तो यहाँ अम्माँ के निमित्त ब्राह्मण को भोजन कराती ही हूँ। मैं भी तो उनकी अपनी सन्तान हूँ। बहुएँ ही क्यों करें? वे तो फिर भी पराये घर से आयी हैं। आप बिलकुल दुःखी न हों।"

मैंने फ़ोन पर ही बाबू जी की भावनात्मकता को एक नया रास्ता सुझाव दिया था। जलेबी-दही से दोनी चढ़ाकर आये थे तो तुरन्त मुझे फ़ोन किया –

"बेबी, तुमने सही सुझाव दिया है बेटा। यह आसान है। किसी को भार भी नहीं पड़ेगा और जब तक मैं ज़िन्दा रहूँगा तब तक करता रहूँगा। तुम्हारी अम्माँ पितरों के लिए... आज उन्हीं की पसन्द का कोई खाना नहीं बना।" उनकी आवाज़ भर्रा रही थी।

"कहाँ निकाले थे दोनी बाबू जी?"

मैंने उनका मन मोड़ना चाहा।

"छत पर गये थे बेटा। तुम्हारी अम्माँ वहीं दोनी चढ़ाती थीं न? हाँफ गये थे सीढ़ियाँ चढ़ने में। दो-तीन बार बीच-बीच में दोनी लिये-दिये सीढ़ियों पर बैठना पड़ा बेटा।"

मेरा कलेजा मुँह को आ रहा था। मैंने बाबू जी को एक रास्ता और सुझाया –

"अगले वर्ष से दरवाज़े के बाहर पेड़ के नीचे ही ज़मीन पर दोनी निकाल दीजियेगा। ज़रूरी नहीं कि छत पर ही हो। खुला होना चाहिए, बस्स।"

"सबसे छोटी हो पर बुढ़िया दादी हो।"

बाबू जी हँस रहे थे।

इस समय पैर दबाकर मैं बाबू जी के सिरहाने आकर खड़ी हो गयी। उनकी पलकें मुँदी थीं पर उनमें नींद नहीं थी। मैंने अपने सिर पर हाथ फेरा। कल दोपहर मैं पोर्च में उनके सामने खड़ी हुई कुछ बातचीत कर रही थी। एकाएक उनका ध्यान मेरे सिर की ओर चला गया था। मेरे आधे से अधिक सफ़ेद हो गये बालों को देखकर जैसे उन्हें सदमा-सा लगा था। वे हताश स्वर में बोले थे –

"बेबी, तुम्हारे बाल भी सफ़ेद हो गये? कितने वर्ष की हो गयी बेटा?"

वे अवाक्-से कभी मेरे बालों की ओर और कभी मुझे देखते। उनके चेहरे पर बुझते हुए दीये का धुआँ-सा छा गया था। मैंने उसे फूँक मार उड़ाने का प्रयास किया –

"अभी कहाँ बहुत उम्र हुई बाबू जी। ये तो बस...।"

जान-बूझकर मैं उनके सामने से हट गयी थी। उन्हें कोई तनाव नहीं देना चाह रही थी। वे बहुत उदास हो गये थे। पता नहीं अपनी बेबी की बढ़ती उम्र देख या उसके बालों की सफ़ेदी में छिपे महाकाल का अँधेरा देख।

मैंने शाम को ही दाई से मेंहदी मँगवायी थी और आज अपने बालों में चुपड़ लिया।

आज तक इसकी आवश्यकता नहीं महसूस हुई थी पर आज बाबू जी के सुकून के लिए मैंने बालों में मेंहदी लगायी है। बाबू जी संसार में रहने तक उनकी बेबी कभी बूढ़ी नहीं होगी। उसके बाल सफ़ेद नहीं दिखायी देंगे। वह केवल उनकी बेबी रहेगी, गोल-मटोल, हँसती-बोलती। बेटी, नींद और मृत्यु तीनों सिरहाने खड़ी हैं बाबू जी के। मैं नींद से प्रार्थना कर रही हूँ – मेरे बाबू जी के आँखों में आ जाओ। उन्हें विश्रान्ति के कुछ पल दे दो। "ओ स्लीप, मटेंन नॉट ऑफ़ पीस।"

❐

कमासुत

चूल्हे पर चढ़ी बड़ी-सी बटुली में अदहन खौल रहा था। बिन्दो कच्चे आँगन में गड़े हैण्ड पम्प को ज़ोर-ज़ोर से चलाकर बाल्टी भरने का प्रयास कर रही थी पर पानी थोड़ा-थोड़ा निकल रहा था। हैण्ड पम्प पर लगे मोर्चे और जर्जर अवस्था को देखकर ही समझ में आ रहा था कि उसकी अनुमानित आयु क्या है। आँगन में भोर का कोहरा अभी तक छाया हुआ था। बिन्दो के हाथ-पैर की उँगलियाँ गलन से लाल होकर सूज-सी गयी थीं। पुरानी लाल रंग की शाल को सिर से ओढ़े वह थोड़े-से ही पानी से चावल-दाल धोने बैठ गयी थी। खिचड़ी बनाने की तैयारी थी।

''क्या, नहीं चल रहा है? मैं आऊँ क्या?''

चूल्हे की आँच के पास बैठे-बैठे पण्डित आँगन की ओर ही देख रहा था। बग़ल में उसका बारह वर्षीय बेटा दमड़ी सटकर बैठा बार-बार बह रही नाक सुड़क रहा था।

''हमारे दोनों हाथ से नहीं चल रहा तो तुम एक हाथ से कौन-सा खोप उखाड़ लोगे?''

बिन्दो तिलमिलायी थी। पण्डित ने चुप रहना ही उचित समझा। औरत के मुँह सुबह-सुबह क्या लगे? उसने चूल्हे की आँच खिसकाकर तेज़ कर दी। लकड़ी जल उठी। कुछ राहत मिली। उसने सिर ऊपर उठाकर देखा। ओसारे की पुरानी बाँस की धरन धुएँ से काली हो गयी थी। जगह-जगह लगे मकड़ी के जाले भी काले हो गये थे। ओसारे के एक कोने में छोटे-बड़े घड़े, कमोरी, सुराही, कलश और दीया, पुरवा औंधा-औंधाकर रखे गये थे। कुछ मिट्टी की ग्वालिनें दोनों हाथों और सिर पर दीया रखे खड़ी थीं। दीपावली में कुछ बिक्री हो जाती है ग्वालिनों और दीया, पुरवा की अन्यथा पूरे जाड़े भर तो धन्धा चौपट ही रहता है। ज़माना बदल गया है। अब कौन दीपावली पर दीया में तेल भर बाती पूरे। सभी के घर तो चाइना झालरों से जगमगाते हैं। काजल पारने के लिए एकाध घण्टी-परई बिक जाती है। पूजा-पाठ में थोड़े-से दीये जलाकर काम पूरा। नवरात्र पूजन में कलश और परई न तो गर्मी में कुछ घड़े कमोरी बिक जाते हैं। अब तो प्लास्टिक की बोतलों में पानी भरकर फ्रिज़ में रखने का फ़ैशन गाँवों तक में आ चुका है। कौन पूछता है मिट्टी के बर्तनों को? पुश्तैनी धन्धा चौपट हो गया है। खपरैल का घर बहुत कम दिखायी पड़ता है, नहीं तो थपुआ नरिया गढ़ने

और आँवाँ में पकाने की कितनी मज़दूरी मिल जाती थी पहले। बाबू के साथ पूरा परिवार थपुआ पाथने बड़के-छोटके घर जाता रहता था।

पण्डित ने निराशा से आँगन में एक ओर पड़े चाक को देखा। सूख गया था। यही एक कोठरी, ओसारा और आँगन उसके हिस्से में आया था। बाक़ी तो पट्टीदार लोग बाबू के ज़माने में ही बाँट-बूँट लिये थे। उसकी निगाह पुनः ओसारे की धरन पर से सरकती हुई कोठरी के भीतर चली गयी।

ज़मीन पर पुआल का मोटा बिस्तर लगा था। बिन्दो की पुरानी साड़ियोंवाली कथरी बिछाने-ओढ़ने के लिए काफ़ी होते थे। कोठरी का दरवाज़ा बन्द हो जाने के बाद सारी ठण्डक ओसारे से होती हुई आँगन में भर जाती थी। कोठरी में बस एक छोटा-सा रोशनदान था। जाड़े में उसे भी दफ़्ती लगाकर वह बन्द कर देता था। इस समय भी वह बन्द था। बस खपरैलवाली छत के बीच-बीच एक दो फाँकों से आती थोड़ी-थोड़ी धुँधली रोशनी कोठरी को काल-कोठरी होने से बचा रही थी। शायद उस जगह से थपुआ-नरिया खिसक गया हो। छवाये भी तो हो चुका कई बरस।

पण्डित की चिन्तित निगाहें छत से फिसलकर कोठरी के अँधेरे की परिक्रमा करने लगीं। कथरी में लिपटा सोया छह महीने का बेटा अनोखे कुनमुना रहा था। कथरी हिल रही थी। शायद गीला कर दिया हो।

"जा, ज़रा देख तो दमड़ी! अनोखे पेशाब कर दिया क्या?"

उसने पास बैठे बड़े बेटे दमड़ी की कुहरी से टिहोका-सा दिया।

दमड़ी बेमन से उठा और कोठरी के भीतर अनोखे की जाँच करने चला गया। आँच के पास से उसका मन उठने का नहीं हो रहा था।

बिन्दो चावल-दाल धोकर आ चुकी थी। चूल्हे के पास झुककर खौलते अदहन में उसने दोनों चीज़ें डाल दी। बग़ल में गउखा में रखे डिब्बे से अन्दाज़ कर नमक और हल्दी निकालते हुए उसने कनखी से पण्डित की ओर देखा और धीरे से बोली –

"चाय भी दूसरी ओर चढ़ा दूँ? जाओ हाथ-मुँह धो लो।"

"दूध है क्या?" वह निराश भाव से बोला।

"अब बकरी मुर्रा भैंस तो हो नहीं जायेगी। जाती हूँ, देखती हूँ। पाव-छँटाक दे-दे तो बन जाये चाय। हाड़ कँपानेवाली शीत है। नहीं देगी तो तुलसी पत्ती डालकर ही पी लेना। कुछ तो गर्मी रहेगी।"

"मुँह में क्या लगा है? चाय के बाद धो लूँगा। बनाओ तुम।"

"हुँः।" बिन्दो न जाने किस पर खिसिया उठी। पता नहीं पास आकर खड़े हो चुके दमड़ी पर, या पण्डित पर या फिर पूरी परिस्थिति पर। नन्हें से अनोखे को छोड़ सभी भीतर-भीतर अदहन की तरह खौल रहे थे।

आज उन सबको शहर जाना है। दमड़ी की नौकरी जो लगनी है। पहले तो पण्डित के इस प्रस्ताव पर बिन्दो चौंकी थी –

"इतने छोटे बच्चे को कौन देगी नौकरी?"

यह देख, यह पता लिखा है। बुद्ध गन्ध विहार मन्दिर, सारनाथ। वहीं मिलेंगी लखपत्ती देवी। मोबाइल नम्बर भी लिखा है। बात हो चुकी है। भला हो...।"

उसने मध्यस्थ का नाम ओंठों के बीच दबा लिया। बिन्दो का क्या भरोसा? उखड़ ही पड़े।

शायद बिन्दो ने उस पर ध्यान नहीं दिया था। उसने हैरानी से पूछा –

"पर दमड़ी काम क्या कर पायेगा? अभी तो इतना छोटा है।"

"अरे कुछ काम ऐसे होते हैं जिसे बच्चे ही अच्छी तरह कर पाते हैं, हम तुम जैसे नहीं।"

उसने कृत्रिम हँसी ओढ़ने की कोशिश की।

"जैसे?" बिन्दो संशंकित थी।

"जैसे भदोही में कालीन बुनाई होती है। होती है न? सरकार लाख मना करे पर पुश्तैनी धन्धे के नाम पर बच्चों से काम लिया जाता है। बच्चों की उँगलियाँ पतली होती हैं। महीन डिजायन आसानी से बना लेती हैं। वैसे ही वहाँ भी कोई काम होगा। चलकर पता चल जायेगा। इतनी कम उमिर में कमासुत बेटे की माँ बन जायेगी तू। चार पैसा आने लगेगा तो हमारे भी दिन फिरेंगे। पढ़ने-लिखाने में कितना समय लगेगा और कोई तय भी नहीं कि तब भी नौकरी लग ही जायेगी।"

पण्डित ने अपनी बात तर्क के साथ रखी तो थोड़े से ना-नुकुर के बाद बिन्दो तैयार हो गयी। अपनी बदहाली से वह तंग आ चुकी थी। मन में यही एक सन्तोष था कि दमड़ी की मालिक कोई औरत है। कितनी भी बुरी होगी तो औरत तो रहेगी। मर्द की तरह कसाई तो नहीं ही होगी कि छोटे-से बच्चे से दिन-रात खटनी करवायेगी। उसने दुःखी भाव से दमड़ी की ओर देखा जो चूल्हे की आँच के सामने हाथ फैलाये सेंक रहा था। पण्डित ने उसे पुनः काम सौंपा –

"दमड़ी, जा ज़रा बाहर से एक मुट्ठा तुलसी की पत्ती तोड़ ले आ।"

"रहने दो, मैं जाती हूँ। उसे ठण्ड लग जायेगी।"

वह आँचल से आँखें साफ़ करते हुए आँगन के दरवाज़े की ओर बढ़ी थी। उसकी आँखें लाल थीं। पता नहीं धुएँ से या फिर ममता की अधिकता से।

कितनी मन्नतों और उताजोग के बाद तो दमड़ी गोद में आया था। शुरू के दोनों बच्चे पैदा होते ही ख़त्म हो गये तो उसके ससुर को चिन्ता हुई थी। ओझा ने ऊपरी हवा बताया तो झाड़-फूँक भी करवाया। पड़ोसवाली काकी ने ही उताजेग बताया –

"इसवाले बच्चे को पैदा होते ही किसी को एक रुपये में बेच दो। तुम्हारा नहीं रहेगा तो बच जायेगा।"

बात जँच गयी थी। पैदा होते ही एक रुपये में पड़ोसी को बेच दिया। तभी से नाम पड़ गया था दमड़ी। वैसे भी बहुत अच्छा नाम रखने से बच्चों के जीवन पर खतरा रहता है। दमड़ी जिये, नाम में क्या रखा है। ससुर सन्तुष्ट थे।

पुश्तैनी धन्धा मन्दा चल रहा था। जहाँ कार-परोजन में पानी पीने के लिए पुरवा की ज़रूरत होती थी वहाँ अब प्लास्टिक की गिलासें ज़्यादा सस्ती पड़ने लगीं। मिट्टी के खिलौनों की पूछ कब की ख़त्म हो चुकी थीं। प्लास्टिक के खिलौनों से पूरा बाज़ार पट चुका था। सस्ता और टिकाऊ। न टूटने का डर और न रंग छोड़ने का। कभी-कभी दशहरे के मेले में कुछ मिट्टी के खिलौने जैसे जाँता, डोली, तोता, गाय, मैना कुछ ग्राहकों को अपनी ओर खींचते पर उनकी संख्या बहुत कम होती। धन्धा मन्दा होने पर भी दस बिस्वा खेत में कुछ-न-कुछ पैदावार हो ही जाती थी। ज़िन्दगी खींच-तानकर तो चल ही रही थी पर पाँच वर्ष पहले थ्रेशर में फँसकर पण्डित का एक हाथ कट गया तो पूरे परिवार पर मानो पहाड़ टूट पड़ा था। अकेला मेहनत करनेवाला आदमी अपंग होकर बैठ गया। मजदूरी भी नहीं कर सकता था क्योंकि दाहिना हाथ कटा था। ससुर ने बिस्तर थाम लिया तो चाक पर मिट्टी के बर्तन गढ़ने का काम बिन्दो के हाथों ने सँभाल लिया। खेत धीरे-धीरे बिककर केवल दो बिस्वा रह गया। नेनुआ, लौकी, पालक, कोहड़ा बोकर उससे गृहस्थी की गाड़ी खींचने में बिन्दो की ज़िन्दगी घिसट रही थी। ससुर भी बहुत दिनों तक नहीं चल सके। उनके काम-किरिया में घर की रही-सही आमदनी भी जाती रही थी।

तुलसी की पत्ती लेकर बिन्दो वापस चूल्हे के पास आयी तो छोटावाला अनोखे उठ चुका था। वह रो रहा था। दमड़ी उसे हाथों में थामे हिला-हिलाकर चुप करा रहा था। बिन्दो ने चाय के लिए खौल रहे पानी में तुलसी की पत्ती, चाय और चीनी डालते हुए झपटकर अनोखे को अपनी गोद में ले लिया, और आँचल के नीचे ढँककर दूध पिलाने लगी। पण्डित बायें हाथ से चाय छानने की कोशिश कर रहा था। दमड़ी उसे मदद करने लगा।

"चाय पीकर जल्दी से खिचड़ी का पानी ठण्डा करके दे दो। थोड़ा-सा अनोखे को पिला दूँ। पता नहीं कब तक सारनाथ पहुँचेंगे और क्या खाने-पीने को मिलेगा?"

बिन्दो ने बैठे-बैठे दमड़ी का सिर सहलाते हुए कहा।

"हाँ, खिचड़ी खाकर चलेंगे। एक घण्टे में तो पहुँच जायेंगे। मुनारी बाज़ार से सीधे ऑटो वहाँ तक जाती है।"

पण्डित ने ओंठों से चाय सुड़कने की एक तेज़ आवाज़ निकालते हुए कहा।

"दमड़ी वहीं रहेगा?" वह पूछ रही थी।

"हाँ, रहना तो पड़ेगा ही।"

"कब तक?"

"जल्दी ही हम लोग उसे अपने पास वापस बुला लेंगे। बस साल-दो-साल कमाकर इतना दे दे कि कोई छोटी-मोटी दुकान हम भी बाज़ार में खोलकर बैठ पाऊँ।" पण्डित अपनी टूटी-फूटी भाषा में बोल रहा था।

"कितना देंगी मालकिन?"

"अब वहाँ चलकर ही पता चलेगा।"

"क्या दाम-काम तय नहीं किये हो?" बिन्दो सशंकित हो उठी।

"हम पूछे पर वह बोली कि लड़के को देखकर ही दाम-काम होगा।"

"अच्छा।" वह मायूस हो उठी।

"पहली कमाई में तेरे लिये एक कूकर और दूसरी में छत पर अलबस्तस की छाजन... फिर उसके बाद कुछ और।"

वह हँसा। उसकी आँखों में उम्मीद की नदी हिलोरें लेने लगी थीं। उस नदी में हिचकोलें लेती नाव पर सवार हुए-हुए ही उन सबने खिचड़ी खायी, पानी पिया। बदलने के नाम पर नये कपड़े तो नहीं थे। पुराने को ही खींच-तानकर ठीक किया। बालों को कंघी से झाड़कर चिकना किया और पुरानी शाल को कसकर गले में लपेट लिया। दमड़ी को पुराने स्वेटर के ऊपर गमछा लपेट दिया ताकि कान में हवा न घुसे। छह महीने के अनोखे के ऊपर फटा-सा स्वेटर तो था पर नीचे की ओर वस्त्र की ज़रूरत नहीं समझ में आयी थी। बार-बार गीला ही करना है तो पहनाने की क्या ज़रूरत? वैसे भी छह महीने का अनोखे दो महीने का लगता था। बिलकुल दुबला-पतला और पीला। टाँगें आवश्यकता से अधिक लम्बी दिखायी देतीं। सिर के थोड़े से बाल सरसों के तेल और मिट्टी के कारण भूरे और ऊपर की ओर तनकर खड़े हुए, झूठे स्वाभिमान की तरह। जरा-सी हवा के साथ भहराकर मुँह की ओर गिर जाते।

पण्डित का पूरा परिवार घर में ताला बन्द कर अपने गन्तव्य के लिए गाँव से चकरोड पर चल पड़ा था। दोनों तरफ़ गेहूँ की फ़सल पकने के लिए तैयार खड़ी थी। कुछ में हरी-हरी बालियाँ उकस आयी थीं। सूरज अभी नहीं निकल पाया था। कुहरे के कारण पूरा वातावरण साँय-साँय कर रहा था। कहीं-कहीं अलाव के धुएँ की गन्ध कुहरे को चीर रही थी। पुरानी हवाई चप्पल पहने दमड़ी का दाँत रह-रहकर किटकिटा जा रहा था। बिन्दो ने अनोखे को अपने सीने से चिपका शॉल ओढ़ा लिया था और दमड़ी का सिर अपनी कमर के साथ टिकाये उस पर हाथ रखे चल रही थी। उसका

कलेजा उमड़ रहा था पर विवश थी। इस कड़ाके की ठण्ड में दमड़ी को कहीं काम पर भेजने के नाम पर ही उसका दिल बैठा जा रहा था।

''ला, अनोखे को मैं अपनी गोद में ले लूँ।''

पण्डित ने बेटे को सीने से चिपका कुछ गर्मी पा जाने की उम्मीद में कहा।

''नहीं रहने दो। यहाँ शॉल में दनदा गया है। फिर खुलेगा तो चिल्लाने लगैगा।''

बिन्दो ने चलते-चलते दमड़ी को अपने और पास सटा लिया मानो अपनी ममता की ऊष्मा से उसकी ठण्ड हर लेना चाह रही हो। पण्डित बेचारगी के साथ अपनी शॉल से सिर ढँकने लगा था।

''वहाँ टाइम से खा लेना। ठण्ड में मत निकलना। और हाँ, कुछ पैसे मालकिन से माँगकर एक सस्ता ही सही, कम्बल खरीद लेना। रात को ओढ़ने के लिए।''

बिन्दो दमड़ी को समझा रही थी।

''हाँ अम्माँ।'' उसकी आवाज़ भर्रायी थी।

''किसी से झगड़ा-फ़साद मत करना। तुम्हारी तरह और भी तो लड़के काम कर ही रहे होंगे।''

बिन्दो मानो स्वयं को समझा रही थी।

''हाँ, अम्माँ।'' आवाज़ रुँधी हुई थी।

''सड़क पर अकेले मत जाना। पार करते समय दोनों ओर देख लेना। कोई मोटर-गाड़ी आवे तो रुक जाना। चली जाय तो पार करना सड़क।''

''हाँ।'' इस बार आवाज़ और रुँध गयी थी दमड़ी की।

''ई पैसा रखे रहो। वहाँ जाकर कहीं हम देना भूल गयी तो...।'' बिन्दो एक हाथ से अपने ब्लाउज में खुँसे कुछ फुटकर सिक्कों और दस-दस के पाँच नोटोंवाली रूमाल निकालने लगी थी। दीपावली में बेचे गये दीये और ग्वालिन से मिले पैसे थे ये।

''कहाँ रखेंगे। जेबा तो फटा है।''

दमड़ी की रुलाई फूट पड़ी थी।

बिन्दो का दुःख दूसरे ही रूप में फूट पड़ा –

''वहीं नहीं बताना था। सुई-डोरा से सिल देती। जा मर अभागा कहीं का।''

◆ ◆ ◆

पूरे रास्ते-भर सभी चुप रहे। ऑटो में से बाहर की ओर देखते हुए सब में अपने-अपने विचार हिलोरे ले रहे थे। दमड़ी सोच रहा था, कैसी होंगी उसकी मालकिन लखपत्ती देवी। क्या काम करवायेंगी उससे? बिन्दो दमड़ी के बारे में सोच रही थी। कैसे काम कर पायेगा नन्हीं-सी जान। खाने-पीने, ओढ़ने-बिछाने की न जाने क्या

व्यवस्था होगी वहाँ। रात-बिरात डर लगे तो...। बिन्दो ने दमड़ी को अपने से और अधिक चिपका लिया। पण्डित का मन उड़ा-उड़ा-सा था। पता नहीं कैसी होंगी लखपत्ती देवी? गुस्सैल होंगी तो कैसे दाम-काम पूछेगा वह? हुँह, जो होगा, देखा जायेगा। अब वहाँ तो पहुँच ही रहे हैं।

उसने सड़क के किनारे तेज़ी से गुज़र रहे पेड़ों और घरों पर निगाहें टिका दीं। घर ही अधिक दिखायी दे रहे थे। पेड़ तो कम हो गये थे। इसका मतलब शहर आ रहा है। पक्की छतें, लोहे के बड़े-बड़े गेट। खपरैल की छत मुश्किल से कहीं-कहीं दिखायी दी थी। गरीब-से-गरीब घर भी सीमेण्ट की शीट ओढ़े हुए थे। ज़माना बदल गया है – पण्डित ने सोचा। पहले अपनी लड़िकइयाँ तक में उसने देखा था कि घर छवाने के लिए लोग थपुआ नरिया पथवाते थे। आँवाँ में पककर लाल हो जाने तक वह बाबू के साथ लगा रहता था। माटी का लोंदा बनाकर लाइन से बिछाना, थपुआ गढ़नेवाले लकड़ी के गुटके को बीच-बीच में पानी से धोना ताकि थपुआ बन सके, अढ़िया में पानी भर-भर बाबू माई और कक्का के पास रखना, ये सब छोटे-छोटे काम उसके जिम्मे रहते। जजमान के दरवाज़े पर या चिकने बग़ीचे में दूर तक कच्ची मिट्‌टी के थपुए और नरिया गढ़कर धूप में सूखने के लिए छोड़ दिये जाते। बाद में उन्हें आँवाँ में पकाकर सरिया दिया जाता। यही हाल किसी विशेष कार-परोजन में पुरवा ढकनी बनाने या दीपावली आदि में दीया घण्टी बनाने के लिए भी होता। तब बाबू अपने द्वार पर ये सब चीज़ें गढ़कर आँवाँ लगाते। माल तैयार हो जाने पर उदरी में भर-भरकर एक-एक जजमान के घर पहुँचा आते। बदले में अनाज, पुराना कपड़ा, गुड़, खाँड़ और अन्य खानेवाली चीज़ें दउरी में भर जातीं। अनाज कटने के मौसम में बिना किसी हो-हल्ला के खेत में से ही एक बड़ा बोझ अनाज का बाँधकर बाबू घर ले आते। जजमान पर यह परजा का अधिकार था। धोबी, बारी, कहार, बढ़ई, लोहार सभी का हिस्सा लगता। एक-एक बोझ अनाज चाहे जितना बड़ा गट्‌ठर कोई बाँध सके, ले जाये। यह रईसी अब कहाँ? अब तो सामान बेचो, नक़द पैसा ले जाओ। कौन परजा, कौन पहुनी?

ऑटो के झटके से उसके विचारों की शृंखला भंग हुई। सारनाथ आ गया था। दस-दस के दो मुड़े नोट उसने बिन्दो से लेकर ड्राइवर को पकड़ाया और चलने को हुआ।

“हे-हे – इस लड़के का भाड़ा?” ड्राइवर भड़क उठा।

“अरे, ये तो गोद में बैठा था हमारे?” पण्डित ने तर्क किया।

“तो अपनी औरत को भी क्यों न दूसरी टाँग पर बैठा लिया। उसका भी किराया बच जाता। चलो निकालो पाँच रुपया और।” ड्राइवर व्यंग्य से बोला।

"घर में माई-बहिन हैं कि नहीं भइया? काहे ऐसे कुबोली बोलते हो?" कहते हुए बिन्दो ने पाँच का सिक्का उसके ऊपर झटककर फेंक दिया।

"हुँह, फिलासफी बूक रही हैं।"

कहते हुए वह ऑटो बढ़ा ले गया।

"लूट मची है, लूट।" पण्डित बड़बड़ाते हुए चौराहे पर ऐसे किसी आदमी को खोजने लगा जिससे बुद्ध गन्ध विहार मन्दिर का पता पूछ सके। एकाएक उसका ध्यान सामने विशाल मन्दिर की ओर ही चला गया था।

"अरे यही तो है।" कहते हुए वह बिन्दो को अपने कटे हाथ से टिहोका देते हुए बढ़ चला था।

बिन्दो ने अनोखे और दमड़ी को अपने से और सटा लिया। उसका जी डूबने-उतराने लगा। कैसे इस लम्बी-चौड़ी दुनिया में वह दमड़ी को अकेला छोड़कर जायेगी। वह दूर तक फैले चौराहे, ठेलों पर बिक्री के लिए लगे फल, आइसक्रीम, माला और बुद्ध की छोटी-बड़ी पत्थर की मूर्तियों को देखने लगी। एक-से-एक अपरिचित चेहरे। कुछ गोर भभूक तो कुछ दूसरी भाषा में बोलते-बतियाते। कुछ औरतें उसकी तरह साड़ी ब्लाउज में तो कुछ लुंगीनुमा घाघरा या पैण्ट शर्ट पहने। किसी-किसी का पैण्ट तो घुटने के ऊपर ही ख़त्म हो गया था। टाँगें खुली और पैरों में ऊँची एड़ीवाली चमचमाती जूती। कुछ तो मुँह से धुआँ भी उड़ा रही थीं। बिन्दो ने उनकी उँगलियों में सिगरेट फँसा देखा तो एकबारगी हँसी तैर गयी ओंठों पर। ये सब तो आदमियों के कान काट रही हैं। वह सोच रही थी। दमड़ी के बाबू ठीक ही कहते हैं कि अब औरतें पहलेवाली नहीं रहीं। लखपत्ती देवी के बारे में ही तो बता रहे थे। फ़ोन पर कैसे कड़ककर बात कर रही थी। बाज़ार के पी.सी.ओ. से ही उन्होंने फ़ोन मिलाया था तो बोली – आकर बात करो। लड़के को देखकर दाम-काम होगा।

बिन्दो के पैर अकस्मात् तेज़-तेज़ मन्दिर की ओर बढ़ने लगे। पण्डित सीढ़ियों के पास पहुँच रहा था। वह अनोखे को लेकर चलने में हाँफ रही थी। दमड़ी थोड़ा भयभीत लग रहा था।

सीढ़ियों पर तीन-चार छोटे-बड़े बच्चों के साथ एक भिखारन जैसी औरत बैठी हुई थी। उसके बाल रूखे-सूखे और उलझे हुए मानों महीनों से उसमें कंघी ने फेरा नहीं डाला था। शरीर पर एक मैली-सी बदरंग साड़ी और ब्लाउज के नाम पर कुछ नहीं। आँचल से ही अपने सीने को छिपाये वह चेहरे से दीन-हीन लग रही थी। साड़ी में कई जगह खरोंच लगी थी और वहाँ का कपड़ा बेतरतीब झूल रहा था। पुराने कपड़े की एक झोली बग़ल में रखे वह सामने सड़क की ओर देख रही थी जहाँ अभी-अभी एक बड़ी टूरिस्ट बस आकर रुकी थी।

"जी, यहाँ कोई लखपत्ती देवी रहती हैं?"

पण्डित उस औरत से पूछ रहा था। वही थोड़ी अपनी-सी लग रही थी। बाक़ी तो सब पढ़े-लिखे अँगरेज़ बाबू जैसे घूम रहे थे।

बिन्दो भी पीछे खड़ी हो गयी।

"क्या काम है?" वह औरत उल्टे पूछ रही थी।

"जी मिलना है उनसे।" पण्डित ने स्पष्ट किया।

"हाँ बोलो, क्या काम है? हम ही हैं लखपत्ती।"

उसका स्वर लापरवाही से भरा था।

"जी, दो दिन पहले फ़ोन से आपसे बात हुई थी मेरी... वह एक नौकर रखने के लिए?"

वह चौंकने के साथ हिचकिचाया।

"हाँ, हाँ, कोई गाँव से न?" वह औरत सोचनेवाली मुद्रा बनाकर सिर खुजलाने लगी थी।

"जी साहिब पुरवा से।" पण्डित ने याद दिलाया।

"का नाम बताया था?"

"पण्डित।"

"बाभन हो का?" लखपत्ती सजग हो उठी।

"नहीं, नहीं, वो लड़िकइयाँ में हम मांस-मछली नहीं खाते थे तो सब घरवाले पण्डित-पण्डित कहने लगे। सो नामै पड़ गया। असली नाम तो दलपत प्रजापति है।" पण्डित ने स्पष्ट किया।

"हाँ भाई, बाभन-वाभन का लड़का नौकर रखकर कौन पाप बटोरे।"

उसने दोनों हाथों से अपना कान छुआ।

"आपको नौकर चाहिए?" बिन्दो आश्चर्य से पूछ रही थी।

"ये दोनों बच्चे तुम्हारे ही हैं?" उसकी बात का जवाब न देकर वह पूछते हुए उठ खड़ी हुई।

आसपास बैठे सभी बच्चे भी उठ खड़े हुए। झोली को बग़ल में टाँगते हुए लखपत्ती देवी ने झपटकर बिन्दो की गोद से नन्हें अनोखे को अपनी गोद में लेते हुए कहा –

"एक टराई मारकर आती हूँ तो दाम-काम तय करती हूँ।"

अनोखे डरकर रोने लगा था। लखपत्ती देवी ने उन दोनों को आश्वस्त करते हुए कहा –

"यहीं बैठो तब तक। मैं आ रही हूँ।" और वह उन विदेशी यात्रियों की ओर बढ़ गयी जो अभी-अभी बस से उतरकर आपस में बातें करते हुए मन्दिर की ओर आ रहे

थे। बिन्दो, दमड़ी और पण्डित अवाक् से खड़े उधर ही देख रहे थे जिधर लखपत्ती देवी रोते हुए अनोखे को गोद में लिये हिला-हिलाकर चुप करा रही थी। उसके साथ के बच्चे रिरियाते हुए एक-एक विदेशी यात्री की शर्ट या हाथ पकड़कर माँग रहे थे –

"पापा, पापा, भूख लगी है... मम्मा, मम्मा भूख लगी है।"

लखपत्ती देवी अनोखे को लिये-लिये संकेत से बच्चे के भूखा होने का वर्णन कर रही थीं। कभी वह अनोखे का स्वेटर उठाकर पेट दिखाती और कभी कुछ रुपये मिल जाने पर उसे माथे से लगा अपनी झोली में डालती जाती। अनोखे रोये जा रहा था और लखपत्ती की टोली पचासों विदेशी यात्रियों के आगे गिड़गिड़ानेवाले स्वर में कुछ माँग रही थी।

बच्चे पुरुषों के आगे पापा-पापा और औरतों के आगे मम्मा-मम्मा कहते हुए कुछ देने का आग्रह कर रहे थे तो लखपत्ती उन सभी बच्चों को अपना बताते हुए दो दिन से भूखा रहने की बात दुहरा रही थी। अनोखे की ओर कई आँखें सहानुभूति और दया से उठ रही थी। लखपत्ती की झोली समृद्ध हो रही थी।

कुछ ही मिनटों का खेल था यह। सभी यात्रियों के मन्दिर में चले जाने के बाद लखपत्ती उन तीनों के क़रीब आयी थी और संकेत से मन्दिर के पिछवाड़े चलने को कहा। बिन्दो जल्दी-जल्दी उसके पीछे क़दम बढ़ा रही थी ताकि रोते हुए अनोखे को अपनी गोद में ले सके। लखपत्ती तेज़ क़दमों से मन्दिर के पीछे की ओर जा रही थी। भीख माँगनेवाले बच्चों की टोली भी उसके साथ-साथ दौड़ती हुई चल रही थी।

इस दृश्य से सकपकाया पण्डित कुछ पूछने की मुद्रा में आता तब तक लखपत्ती देवी बोल उठी –

"हम अपने धन्धे में बहुत ईमानदार हैं। यह लो, तुम्हारे छोटे ने जो कमाया उसका पचास परसेण्ट।"

उसने दो सौ पचास रुपये पण्डित की हथेली में पकड़ाते हुए अनोखे को बिन्दो की गोद में दे दिया।

माँ की गोद में आते ही अनोखे चुप हो गया। वह भयभीत होकर कभी लखपत्ती की ओर तो कभी माँ की ओर देख रहा था। उसके गालों पर आँसू ढुलके हुए थे।

"हाँ, तो अब बताओ। यह जो तुम्हारा बड़ावाला लड़का है, इसकी कमाई का चालीस परसेण्ट देंगे और छोटेवाले का पचास परसेण्ट।" लखपत्ती देवी सौदा तय कर रही थी।

"क्या?" बिन्दो का चौंकना अनोखे के लिए था परन्तु लखपत्ती ने उसका दूसरा अर्थ निकाला –

"हाँ, तुम चाहो तो साल भर भी छोड़ सकती हो छोटेवाले को। हम दूध-वूध की व्यवस्था करते रहते हैं घर पर। चिन्ता मत करो। छोटे बच्चों पर दया ज़्यादा आती है लोगों को, इसलिए कमाई भी ज़्यादा करते हैं ये बच्चे। बहुत दिन से मैं छोटे बच्चे को नौकरी पर रखना चाह रही थी।"

"भीख माँगेगा मेरा बच्चा?" बिन्दो लगभग चीख़-सी पड़ी।

"शिट्... भीख दूसरों के लिए, हमारे लिये बिजनेस है यह। कभी-कभी तो सौ डॉलर तक मिल जाते हैं। यानी पाँच मिनट में पाँच हज़ार। ढाई हज़ार तुम्हारे, ढाई हमारे। सोच लो, जल्दी सोचो। दो ही साल में तुम्हारी क़िस्मत पलट जायेगी। दो-दो कमासुत बच्चे तुम्हारी नयी तक़दीर लिख देंगे। बड़े हो जाने पर तो कोई पूछेगा भी नहीं। बोलो, नौकरी मंजूर है?"

लखपत्ती देवी उन दोनों की ओर देख रही थी और वे दोनों एक-दूसरे की ओर। आँखों में सहमति-असहमति का भाव था। अनोखे रह-रहकर सुबक रहा था, दमड़ी मौन था। एक भारतीय शिल्पकार का भविष्य सामने खड़ा मुस्करा रहा था।

□

पुश्ते में मकान नम्बर

एकाएक पीठ पर पैर की ठोकर से वे दोनों ही चिहुँककर उठ बैठे थे। ठोकर मारनेवाला आदमी अब उनके सामने खड़ा था। अँधेरी रात में कुछ दूरी पर जलती दो-तीन चिताओं की रोशनी उसके चेहरे और भद्दे शरीर पर पड़ रही थी। जटाजूट की तरह उसके उलझे-उलझे से बड़े बाल दोनों ओर की कनपटियों पर झूल रहे थे। मोटे ओंठों से सुर्ती की पीक दायें-बायें पानी की बूँदों की तरह बहती हुई चमक रही थी। रोशनी में वह भी लाल लग रही थी। आँखों में ग़ज़ब का वहशीपन, जैसे अभी उन दोनों को लील जायेंगे। उसके कन्धों से फटा कम्बल झूल रहा था। शायद काले रंग का या फिर धूसर या फिर कोई और रंग। चिता की रोशनी में उसका वास्तविक रंग किसी को नहीं समझ में आ सकता था। पैरों में मोटा पुराना जूता। उसी जूते की ठोकर से उन दोनों को शायद जगाया गया था।

''उठ बे। चल यहाँ से। चिता सजानी है यहाँ। बाप का बँगला समझकर शाम से ही लम्बलेट हो जाते हो स्साले।'' उसने भद्दी-सी गाली उछालते हुए सुर्ती की पीक उन दोनों के बग़ल में उगल दी और अपनी मोटी-सी लाठी से वहाँ पड़ी जली-अधजली लकड़ियों को हटाने-बढ़ाने लगा। लकड़ियों के नीचे राख में दबी एकाध चिन्गारी चिट्-चिट् की आवाज़ के साथ पुनः शान्त हो जा रही थी।

लाले डर के मारे उठकर खड़ा हो गया। नींद तो उसे पहले से ही नहीं आ रही थी। निगमबोध घाट पर सोने का यह उसका पहला मौक़ा था। उसकी हिम्मत इधर आने की नहीं पड़ रही थी पर डॉन ने उसे समझा-बुझाकर राज़ी कर लिया था –

''यार लाले, देखो इस पुश्ते में तो ठण्ड से अकड़ जाओगे। अच्छा है वहीं चले चलते हैं। आग की गरमी से कुछ तो राहत मिलेगी। अपुन की तो आदत है यार वहाँ सोने की। जाड़ा यहाँ और गर्मी बरसात...।''

''उठे नहीं अभी तक तुम दोनों?''

वह फिर जल्लाद की तरह लाले और डॉन को देखकर गुर्राया। उसकी लाल-लाल आँखें डरावनी लग रही थीं।

लाले ने घबड़ाकर डॉन की ओर देखा। वह अभी भी ज़मीन पर पड़ी प्लास्टिक की बोरी पर बैठा नींद में झुलमुला रहा था। लाले ने खड़े-खड़े ही अपने घुटने से उसे दो-तीन टिहोका मारा –

''डॉन! डॉन, चलो भाई यहाँ से। उठो।'' घबड़ाहट में एक बार वह सामने खड़े भयानक शक्लवाले आदमी को देख रहा था और दूसरी बार अपने साथी डॉन को।

''ऊँ, हूँ, क्या है बे, सोने नहीं देता अपुन को।''

''चलो उठो, यहाँ चिता बनेगी।'' लाले ने झपटकर ज़मीन पर बिछी बोरिया उठा ली और डॉन को कन्धे से दबोचते हुए लगभग घसीटने लगा।

''क्या यहीं पुश्ते में रहते हो?'' वह भयानक आदमी लाले से पूछ रहा था। उसका स्वर अपेक्षाकृत नरम था।

''जी, जी, हाँ वहीं। आज ठण्डक ज़्यादा थी तो यही ले आया यहाँ। कहा, जाड़ा नहीं लगेगा वहाँ। हम चले आये।'' लाले की आवाज़ घबड़ाहट से भरी थी। उसका कलेजा ज़ोर-ज़ोर से धड़क रहा था।

''उधर सीढ़ी पर जाकर बैठ जाओ। तीन-चार घण्टे में यह जगह खाली हो जायेगी। फिर सो जाना। अभी तो रात के नौ ही बजे हैं।''

उसने अपनी कलाई घड़ी पर नज़र डाली। पता नहीं उसे समय दिखायी भी दिया या नहीं। घड़ी का शीशा धीरे से चमक उठा था।

''हूँ, नहीं, हम चले जाते हैं अपनी झुग्गी में।'' वह अत्यधिक डर गया था। पूरा वातावरण उसे भयानक और रहस्यमय लगने लगा था।

''हा, हा, हा, हा। जम जायेगा बे। देख उधर। कुहरे में कुछ दिखायी पड़ रहा है?'' रात के सन्नाटे में उस डरावने आदमी की हँसी गूँज उठी।

''चल यार, तब तक यहीं बिछा।'' डॉन ने प्लास्टिक की बोरी उसके हाथ से छीनकर पास की खुरदुरी सीढ़ी पर बिछा दिया और धप् से बैठ गया। उसे नींद आ रही थी। लाले की आँखों से नींद तो कब की उड़ चुकी थी। वह भी सीढ़ी पर बैठ गया। उसने अपनी पुरानी मोटी चादर को सिर से लपेट लिया और दोनों हथेलियों को कसकर बन्द करते हुए अपनी जाँघों के बीच दबा लिया। थोड़ी राहत मिली लेकिन पीठ पर ठण्ड का भभका लगातार उसे हिला रहा था।

''तुमको नींद नहीं आ रही लाले?''

''नहीं।''

''मैं तुम्हारी गोद में अपना सिर रखकर सो जाऊँ।''

जब तक लाले कुछ कहता, तब तक डॉन उसके पेट में अपना सिर छिपा वहीं सीढ़ी पर लेट गया था। लाले को उसके स्पर्श से थोड़ी और गर्मी मिली थी। चलो,

कम-से-कम एक से दो भले। इस पूरे देश में कोई साथी तो है जिससे वह अपने मन की सारी तो नहीं पर आधी-अधूरी बातें तो कर सकता है।

सामने चिता की लकड़ियाँ सजायी जा रही थीं। दस-पन्द्रह आदमी अन्तिम संस्कार की तैयारियों में इधर-उधर इन्तजाम करने में जुट गये थे। कोई चन्दन चूरा का पैकेट हाथ में लिये था तो कोई आग का मोल-भाव कर रहा था। बाँस की टिकठी पर बँधी लाश एक किनारे रखी थी। लाले सिहर उठा। पता नहीं लाश किसकी है? औरत की या आदमी की? मरने के बाद एक ही तरह का कफ़न तो दोनों को ओढ़ा दिया जाता है।

उसने जाँघों के बीच दबा एक हाथ निकालकर अपने सिर की चादर को घूँघट की तरह बना लिया। हाँ, अब ठण्ड भी नहीं लगेगी चेहरे पर और सामने रखी लाश भी नहीं दिखायी देगी। पर इन आती आवाज़ों का क्या करे? रामायण पाठ तो करेंगे नहीं सब। बेचारे किस मुसीबत में होंगे। कौन होगा यह उनके घर का? हो सकता है, मेरे जैसे...।

उसके विचारों को एक ब्रेक-सा लगा। गोद में लेटा डॉन कुनमुनाते हुए बड़बड़ा रहा था –

"ये बड़े लोग मरने के बाद भी ज़्यादा जगह घेरते हैं।"

"अरे भाई चुप रहो। तुम्हारी आवाज़ वहाँ तक पहुँच जायेगी तो बवाल ही हो जायेगा। ऐसे समय में नहीं बोला जाता कुछ। आत्मा सराप देती है।"

लाले ने डॉन को समझाते हुए लाश को मन-ही-मन प्रणाम किया। माई ने बताया था बचपन में कहीं भी लाश देखो तो सिर पर हाथ रख लिया करो।

माई याद आयी तो कलेजा उमड़ उठा। बाबू भी याद आये और छोटे भाई-बहिन भी। चानन गाँव का अपना वह जंगली इलाक़ा भी याद आया। छोटे-छोटे पहाड़, नदी, जंगल और जंगलों को रौंदते पहरा देते पुलिस के जवान। कभी-कभी गोलियों की तड़तड़ाहट से पूरा चानन और आसपास का इलाक़ा थर्रा उठता। बचपन से ही उसे तो यह सब देखने-सुनने की आदत हो चुकी थी।

अब भी कलेजा धड़कता था, पर रुलायी नहीं फूटती थी। नक्सली आक्रमण और गोलियों की तड़तड़ाहट सुन सभी अपने-अपने घरों के कोनों में दुबक जाते। सुबह होते ही सभी के घरों की तलाशी और दबिश का काम शुरू हो जाता। पुलिस को शक होता कि गाँववाले ही नक्सलियों को पनाह देते हैं। गालियों और लाठियों के बीच कई लोग अपना जुर्म कबूल भी कर लेते, तब दूसरे चैन की साँस लेते। पर एक ख़ौफ़ सभी घरों में पसर जाता। कहीं नक्सली उनके इस अपराध का बदला न लें।

माई लाले को अपनी चारपाई के बग़ल में सुलाती और फुसफुसाते हुए समझाती –

"किसी के बहकावे में कभी मत आना। अपने राह-पैंड़े आओ, जाओ। कोई कितना भी कहे कि तुमको यह देंगे, वह देंगे, भूलकर भी मत हाँ कहना। थोड़ा पढ़-लिख जाओ, अपने पैर पर खड़े होने लायक़ बन जाओ तो चुपचाप शहर चले जाओ। बनारस, दिल्ली, बम्बई। कहीं भी। छोटे भाई-बहन को भी वहीं रख लेना, पढ़ाना-लिखाना। हम बूढ़ी-बूढ़ा यहाँ देख लेंगे। हे बन्नी भाई, बाल-बच्चों को तुम्हीं सिरजना।" माई की फुसफुसाहट मनौती में बदल जाती।

"ये सब काहे मार-काट मचाते हैं भाई?" उसकी नन्हीं खोपड़ी में तब नक्सली आतंक की बातें नहीं घुसती थीं। माई की घृणा बाहर आती –

"मार फुकौनन के। दहीजार सब कहते हैं कि ई जंगल, ई पहाड़, ई ज़मीन सब हमारी है। हम इसके मालिक हैं। दूसरे क्यों यहाँ की लकड़ी, पहाड़, गिट्टी-चूना का व्यापार करते हैं? हम बनेंगे राजा इहाँ के। इसीलिए सरकारी अफ़सरों अउर पुलिसवालों पर दाँव देख के घात करते हैं सब मट्टीमिला।"

पन्द्रह वर्ष में ही उसकी लम्बाई देख उसके सहपाठी उसे लकड़बग्घा कहकर चिढ़ाते। एक दिन पड़ोस के चच्चा ने मज़ाक में माई से कह दिया – "भउजी, ई तो दिन-रात ऊँट की तरह लम्बा हो रहा है। जल्दी से बियाह करो। भोज-भात मिले।" माई भीतर-ही-भीतर कुनमुना उठी थी। रात में सोने से पहले उसे चप्पल से ओइंछकर दरवाज़े से बाहर फेंक आयी थी –

"अलाय बलाय सब दूर होय।" माई बुदबुदा रही थी।

"आँख फूटता है सबका देखके।" माई अब भी बड़बड़ा रही थी।

वह झिलँगा चारपाई पर लेटा सुन रहा था। दोनों भाई-बहन बगलवाली चारपाई पर सोये थे। बाबू गाँववालों के साथ पहरा पर थे। स्कूल से आने के बाद बाबू माई उसे घर से निकलने नहीं देते थे। कब नक्सलियों की नज़र उस पर पड़ जाये और उसे संगठन में भेजने का फ़रमान जारी कर दें। इधर बीच बड़ी तेज़ अफ़वाह फैली थी कि नक्सली कमाण्डर चानन गाँव और आसपास के इलाक़ों के हर घर से एक-एक बच्चे को संगठन के लिए दान कर देने का फ़रमान जारी कर रहे हैं।

"हे भाई, उठो अब। पैर में झुनझुनी चढ़ गयी।" एकाएक लाले पिछली यादों से वर्तमान में आते हुए डॉन को झिंझोड़कर जगाने लगा। झुनझुनी से ज़्यादा उसे सामने जलती लाश देखकर डर लग रहा था। चिता धधक रही थी। जलती लकड़ियों के बीच से चट्-चट् की आवाज़ से सन्नाटा भंग हो रहा था। शायद लाश की हड्डियाँ चटक रही हों। सोचकर ही लाले की घिग्घी बँध गयी। उसने पुनः डॉन को झिंझोड़कर जगाया। डॉन उसकी गोद से अपना सिर हटा ज़मीन पर रखकर पुनः सो गया।

“अरे याद डॉन, हमें डर लग रहा है। चलो, पुश्ते चलते हैं। और सब भी तो हैं वहाँ।”

“छोड़ो यार! उन सबों के पास कथरी-गुदड़ी सब है ओढ़ने के लिए। अपुन के पास तो यही तीन-चार प्लास्टिक की बोरिया ही है न। बहुत है तो तेरी यह चादर। इतने से जाड़ा कैसे जायेगा? बैठा रह चुपचाप। कम-से-कम गर्मी तो आ रही।”

“तुम सोओ, मैं तो चला।” लाले ने थोड़ा खिसकते हुए डॉन को धमकी दी पर वास्तव में उसकी हिम्मत हार चुकी थी। डर के कारण अकेले पुश्ते तक जाना भी कठिन था उसके लिए। फिर उस पर से हाड़ कँपानेवाली यह ठण्ड।

उसने एक नज़र कुहरे में डूबे पुश्ते पर डाली। यमुना नदी का यह बाँधवाला क्षेत्र था जो निगमबोध घाट से लगा था। लाशों के जलने से निकलनेवाला धुँआ सीधे दिल्ली के इस उजड़े इलाके में रहनेवाले बेसहारा, बेछत दिहाड़ी करनेवाले मज़दूरों के फेफड़ों में भरता रहता है। इस उपेक्षित इलाक़े में लगभग चार-पाँच हज़ार लोग दूर-दराज के गाँवों, शहरों से कमाने के लिए आकर यहीं रात में रहते हैं। दिनभर मेहनत-मज़दूरी करने के बाद भी इतनी आमदनी नहीं होती कि वे किराये पर कमरा ले सकें। यदि ले भी लेंगे तो गाँव में छूटे बीबी-बच्चों को भेजने के लिए कुछ बचेगा ही नहीं। इसलिए दिन-भर दिल्ली की सड़कों, दुकानों, बिल्डिगों में दिहाड़ी करने के बाद ये कुछ खाना-पीना ख़रीद पुश्त की इस वीरान धरती को आबाद किये रहते हैं। खाने से अधिक पीना ज़रूरी लगता है उन्हें ताकि धुएँ और मच्छरों की आपसी टकराहट के बीच वे कुछ घण्टे सो सकें। अब पी लेने के बाद घर की याद आती है तो कोई बिरहा की तान भरने लगता है और कोई धोबऊ गीत का टेर ऊँचा उठाने लगता है। औरतों-बच्चों की संख्या तो पुश्ते में न के बराबर है।

डॉन बता रहा था कि पहले तो इधर कोई झाँकने भी नहीं आता था पर जब से बन्धा पर दिहाड़ीवाले मज़दूर लोग रात-बिरात रुकने लगे तो कुछ बिल्डरों की भी आँख इधर नाच रही है। कोई एन.जी.ओ. वाला तो सरकार से मदद लेकर पूरे पुश्ता में शेल्टर हाउस बनाना चाह रहा है।

उस दिन भी हँस रहा था डॉन। कह रहा था – “ये सब बड़े लोग, मर-मरकर दिल्ली में एक-एक बिगहा घाट घेर लिये हैं। अब पुश्ता भी एन.जी.ओ. वाले लोग ले लेंगे। धीरे-धीरे शेल्टर से होटल और बिल्डिंग बना-बनाकर बेच डालेंगे सबको। सब शहरी बाबू बनने गाँव से शहरै की ओर तो भागे आते हैं। ख़रीद लेंगे एक फ़्लैट यहीं पर। अश्मशानै में रह लेंगे। क्या फ़र्क़ पड़ता है? गाँव में खेती तो नहीं करनी पड़ेगी न? रोपनी कटनी से मतलब तो नहीं रहेगा न? स्साले कुक्कुर सब... दौड़े चले आते हैं शहर की तरफ़।”

डॉन हँस रहा था घृणा से और वह मन-ही-मन लाज से गड़ा जा रहा था। वह भी तो अपने माई बाबू को गाँव में छोड़कर ही भाग आया था।

''तुम्हारा नाम डॉन कौन रखा भाई? बिलकुल सटीक। हँसते हो तो डॉन लगते हो।'' उसने बात बदलने की कोशिश की। डॉन की हँसी उसे बेध रही थी। लग रहा था कोई उसे नंगा कर रहा है। डॉन, और ज़ोर से ठहाका लगाकर हँसा। कुछ-कुछ फ़िल्मी स्टाइल में। अकसर वह फ़िल्मी स्टाइल में ही बोलता और चलता है। पीठ पर लटकी कबाड़वाली ख़ाली बोरिया को स्टाइल से घुमाते हुए उसने पान मसाला की पीक बग़ल में थूकी थी और बताने लगा –

''अपने से रख लिया। मम्मी अस्पताल में थी तो एक आदमी से भिड़न्त हो गयी मेरी। दादा बनता था। उसी के बाद से अस्पताल की दाई, नर्स, चपरासी सब डॉन कहकर बुलाने लगे। हमने भी सोचा, चलो स्साले को यही ठीक है। मम्मी का रखा नाम गँधिया उन्हीं के साथ जला दिया।''

वह किसी हिन्दी फ़िल्मों के हीरो की तरह बोल रहा था। बालों में उँगलियाँ फिराते हुए, बेपरवाह।

''अच्छा, तो तुम्हारा नाम गाँधी था?''

''हाँ, रहा होगा।'' वह लापरवाही से मुस्करा रहा था।

''मम्मी को क्या हुआ था?''

''कुछ नहीं। बस कमर की हड्डी टूट गयी थी। ऑपरेशन होना था। सरकारी अस्पताल का हाल जानते ही हो। टाल-मटोल... कभी बड़े डॉक्टर नहीं, तो कभी ऑपरेशन के लिए उनका शरीर नहीं तैयार। सब आफ़त-ही-आफ़त।'' डॉन ने अपने सिर पर हाथ से चपत जड़ा।

''ओह, कैसे टूटी थी कमर?'' वह दुःखी हो रहा था डॉन की मम्मी के लिए।

''अब क्या बताऊँ?'' अमीरों की गाड़ी ग़रीबों के ऊपर ही न चढ़ेगी? फ़ुटपाथ पर मुझे लेकर सोयी थी रात में। वह तो ग़नीमत समझो कि मैं उनकी आड़ में बच गया बाल-बाल। दो लोगों को रौंदते हुए गाड़ी मम्मी की कमर पर ठोकर मारत-मारते रुक गयी थी, पर हड्डी तो टूट ही गयी तब तक। नशे में धुत गाड़ी का मालिक गाड़ी स्टार्ट ही छोड़ भागा दूसरी ओर। हो-हल्ला मचा। पुलिस आयी। एम्बुलेन्स आयी। अस्पताल, दवाएँ, मरीज, ऑपरेशन, चीख़ पुकार...।''

वह अपना हाथ सिर के पीछे लगा सोचने की मुद्रा बना रहा था।

''फ़ुटपाथ पर सो रहे थे?''

''तो क्या महल में? हम लोग फ़ुटपाथ पर ही पैदा भी होते हैं और वहीं मर भी जाते हैं।''

डॉन के स्वर में कोई दुःख नहीं था। ऐसा लग रहा था जैसे वह कोई रटा-रटाया डायलाग बोल रहा हो।

''लेकिन पुश्ता में क्यों नहीं?'' वह पूछ बैठा।

''तब नहीं मालूम थी यह जगह। मम्मी के साथ कूड़े पर प्लास्टिक, बोतल बीनता। उस बेचता और ब्रेड वगैरह खाकर किसी फ़ुटपाथ पर सो रहता। ज़िन्दगी आराम से कट रही थी यार।''

''सड़क पर तो ख़तरा रहता ही है। रात-बिरात कौन झोंक में गाड़ी चढ़ा दे, क्या पता? किसी पार्क में सोना चाहिए। बेंच भी रहती है वहाँ।'' उसने मानो स्वयं को सुझाव दिया।

''हुँह, अभी नये-नये आये हो दिल्ली में। सब समझ जाओगे। पार्क में पहले तो गार्ड भगायेगा और उससे बच गये तो मच्छर उड़ा ले जायेंगे स्साले। कई बार टराई मारा बे, पर लगे जैसे सब चिचोर जायेंगे।''

डॉन अपने स्वाभाविक रूप में था अब। वह आगे बता रहा था –

''कुछ दिन शेल्टर-हाउस में भी गया। बाप-रे-बाप, वहाँ की ठेलमठेल और नरक देखकर लगा कि सबसे अच्छा अपना फ़ुटपाथ या फिर डिवाइडर। आती-जाती गाड़ियों का धुआँ मच्छर को पास भी नहीं फटकने देता। कुल्ला पेशाब अपना खुले में निपट आओ। वहाँ तो लैट्रिन के लिए ऐसी धक्कामुक्की कि स्साला अपना कपड़ा ही ख़राब हो जाय।'' वह हँसा था ठहाका लगाकर और फिर सिर को थोड़ा पीछे की ओर झुका आसमान निहारते हुए बोल उठा –

''अरे ऐक्सीडेण्ट रोज़ थोड़े ही होता है। कभी-कभार तो किसी के साथ भी हो जाता है। संजय गाँधी हेलीकाफ्टर से ऐक्सीडेण्ट कर गये थे। कितने नेता परेता गोली खाकर मर जाते हैं। हम फ़ुटपथिया लोग ही क्यों अपने ऐक्सीडेण्ट पर हाय तोबा मचायें।''

''कुछ मुआवजा नहीं मिला गाड़ीवाले से?''

''क्या मिलता? मम्मी को मरना ही था तो उसी समय मर गयी होती। कुछ मिल-मिला गया होता। भरती हुईं। थोड़ा-बहुत इलाज का ख़र्च मिला। इलाज में लग गया। मर गयी, मुनसपिलटी की गाड़ी में राम नाम सत्त हो गयीं। हम फिर वही अपने ठिकाने।''

''तुम्हारे पिता जी?''

''हुँह, पता नहीं। लापता। कोई रहे होंगे। फ़ुटपाथ पर अगिन के फेरे और सात जमन का बन्धन थोड़े बँधता है। आये राम, गये राम।''

''डॉन गोलमाल बोल रहा था। उसे और कुरेदना अच्छा नहीं लगा।

वे दोनों दूर तक फैले पुश्ते में बनी प्लास्टिक की झुग्गियों के बीच बने रास्ते पर टहलते हुए बातें कर रहे थे। शाम का अँधेरा गहरा रहा था। जाड़े की शुरुआत ही थी उस समय। कुछ भी ओढ़कर झुग्गी में सो जाने से नींद आ जाती थी। मच्छरों से बचने के लिए पूरा मुँह ढँक लेने और केवल नाक को गमछे से बाहर निकाल देने से काम चल जाता था। डॉन उस पर भी हँसता था – "मच्छरों का नाक राज्य चलो उन्हें दे देते हैं, और हम अपने राज्य में सो जाते हैं।"

वह और डॉन एक ही झुग्गी में रहकर काम चला लेते थे। दिनभर अपना-अपना काम, फिर शाम होते ही दोनों पुश्ते लौट आते। रात होते-होते पूरा पुश्ता तीन-चार हज़ार की दिहाड़ीवाले मज़दूरों की आबादी से गुलजार हो उठता। कहीं चूल्हे पर रोटियाँ सेंकी जातीं तो कहीं चिकनी ज़मीन पर बिस्तर लगाने के लिए दो लोगों के बीच कहा-सुनी होती। दो-तीन घण्टों में ही वहाँ एक सन्नाटा पसर जाता। बस कभी-कभी किसी-किसी की बेलगाम खाँसी आसपास के लोगों की नींद में खलल डाल देती। पास ही निगमबोध घाट पर लगातार जलती चिताओं का धुआँ कई मज़दूरों के पहले से जर्जर फेफड़ों को खाँसी और बलगम की सौगात देता रहता। गाँव में बसे परिवार के भरण-पोषण के लिए इस सौगात को स्वीकार करना था, अन्यथा क्या बचा पायेंगे उनके लिए? डॉन बता रहा था कि बरसात के मौसम के लिए पुश्ते बिलकुल बेकार होता है। गन्दा-सन्दा पानी पूरे पुश्ते को दुर्गन्ध और बजबजाहट से भर देता है। सूखा रहने की स्थिति में भी रहने लायक़ तो नहीं ही रहता है। उस समय यहाँ के निवासी किसी फ़ुटपाथ शेल्टर-हाउस या पार्क में शरण लेते हैं। कुछ तो दो-तीन महीने के लिए अपने गाँव वापस चल जाते हैं। जाड़ा शुरू होते ही फिर कमाई करने आ जाते हैं।

बरसात के मौसम में ही तो वह भी अपना गाँव चानन छोड़कर शहर की ओर भाग आया था, जबकि जंगल और हरे, और घने हो उठे थे। पास बहनेवाली छिछली पहाड़ी नदी में बाढ़-सी आ गयी थी। पहाड़ियों के बीच से गुजरते कँकरीले सँकरे रास्ते जंगली झाड़ियों से और अधिक ढँक गये थे। ऐसे में वह नक्सलियों द्वारा दिये जा रहे घातक प्रशिक्षण को छोड़कर भाग आया था। दस-दस बच्चों के बाल दस्ते को लाठी, भाला, तलवार, बन्दूक़ चलाने और घिर जाने पर पहाड़ियों के बीच से सरपट दौड़ लगाने का प्रशिक्षण दिया जा रहा था। यहाँ आने पर ही उसे पता चला था कि उसकी तरह अनेक स्कूली लड़के-लड़कियाँ नक्सली प्रशिक्षण शिविरों में ट्रेनिंग ले रहे हैं। उन सबका नाम स्कूलों में लिखा है परन्तु भयवश प्रत्येक परिवार का एक बच्चा यहाँ के बाल दस्ते से जुड़ा हुआ है। अपनी तथा अपने गाँव की सुरक्षा के नाम पर इन बाल दस्तों को तैयार किया जा रह था। उसे भी अपनी कक्षा आठ की पढ़ाई छोड़नी पड़ी थी। माई बिलकुल

नहीं चाहती थी कि वह बाल दस्ते में शामिल हो पर बाबू की ज़िद और मज़बूरी को देखते हुए तथा पूरे परिवार की सुरक्षा के कारण माई ने भारी मन से हामी भर दी।

जिस दिन पहली बार उसे बाल दस्ते की ट्रेनिंग में जाना था उस रात उसे भी और माई को भी नींद नहीं आयी थी। कई तरह की शंकाएँ और डर उसके हृदय की धुक-धुक बढ़ा देता। रातभर उठकर वह पानी पीता रहा था और माई की आँखों से लगातार गिरते खारे पानी को महसूस करता रहा था।

लाले ने अपनी आँखों को हथेली से रगड़ा। इस समय उसकी आँखें भी खारे पानी से नम थीं। पता नहीं ठण्ड से या पिछली बातें याद करते हुए अनायास ही दुःख से। उसने सिर पर चादर को और ज़ोर से कसते हुए बग़ल में सीढ़ी पर लेटे डॉन को देखा। चादर की घूँघट के नीचे से उसने एक नज़र सामने जलती चिता पर भी डाली। धधकती चिता में से लाश का एक हाथ धीरे-धीरे पिघलकर ऊपर की ओर उठ रहा था। आसपास खड़े किसी आदमी ने डण्डे से उसे दबा दिया। लपटें फिर से ऊपर की ओर उठने लगी थीं। लाले सिहर उठा। सामने पुश्ता कुहरे में डूबा था पर यहाँ निगमबोध घाट पर दूर-दूर तक कुहरा न था। बस दो-चार आवारा कुत्ते घूम रहे थे। उनमें से एक उसे सूँघते हुए बग़ल में सीढ़ी पर टाँग उठा पेशाब कर चला गया था। लाले दुर्र-दुर्र करता रह गया था।

उसने पुनः कनखी से सामने जलती चिता को देखा। इस बार कमर की हड्डी पर लाठी से वार किया जा रहा था। कोई कह रहा था – "तोड़ दो। डरो मत। जल्दी जलेगी, नहीं तो पड़ी रह जायेगी।"

उसके रोंगटे खड़े हो गये। अपनी पन्द्रह वर्ष की उम्र में आज तक उसने लाश सामने ही जलते नहीं देखा था। उसे याद आया था कमाण्डर का फ़रमान जब दो पुलिसवालों की हत्या करने के बाद उसके बाल दस्ते के दो सदस्यों को ज़िम्मेदारी दी गयी थी – "ले जाओ, इस लाश को घसीटते हुए सड़क के बीचोबीच डाल आओ, जहाँ आते-जाते लोगों की निगाह पड़े। कमर पर लाठी मार-मारकर हड्डी चकनाचूर कर दो स्सालों की।"

ख़ून से लथपथ वर्दी में जवानों की लाशें देख वह भयभीत हो उठा था। उसके गले से आवाज़ नहीं फूट रही थी। इन दोनों सिपाहियों को अभी कल शाम ही तो उसने जंगल में गश्त करते देखा था। बेचारों का क्या गुनाह था? वे तो अपने परिवार का पेट भरने के लिए ही यह ड्यूटी कर रहे थे। उनके परिवार पर क्या बीतेगी? हाथ में पकड़े भाले पर उसकी हथेलियाँ थरथराने लगीं। टाँगों का काँपना रुक ही नहीं रहा था।

शाम को घर न लौटकर वह वाराणसी जानेवाली बस में चढ़ गया था। ट्रेनिंग भर जेब में इतने पैसे होते थे कि वह कहीं आ-जा सके। उसने बनारस से दिल्लीवाली ट्रेन पकड़ी थी और चुपचाप दिल्ली की भीड़भाड़ में एक गुमनाम लड़के की तरह शामिल हो गया। अधिकतर समय वह गमछे से अपना मुँह बाँधे रखता ताकि उसे कोई पहचान न सके। धीरे-धीरे उसे विश्वास हो गया था। दिल्ली उसके लिए सुरक्षित थी। दुकानों और फ़ैक्टरियों में वह माल उतारने-चढ़ाने का काम करके कुछ-न-कुछ कमा लेता। रेलवे प्लेटफ़ार्म के किसी बेंच पर सो रहता। पैसों की कमी होने पर पाव या बिस्कुट से काम चल जाता।

वहीं प्लेटफ़ार्म नम्बर चार पर खाली रेलवे लाइन के बीचोबीच गन्दगी में फेंकी प्लास्टिक की बोतल उठाते हुए डॉन को उसने पहली बार देखा था। सुबह का समय था। अलसाया हुआ वह बेंच पर ही लेटे-लेटे कूड़ा बीननेवालों को देख रहा था। प्लेटफ़ार्म पर झाड़ू लगानेवाला बिना किसी यात्री को पूर्व सूचना दिये कूड़े का अम्बार शरीर से छुआते हुए निकाल रहा था। ट्रेन के इन्तज़ार में यात्री स्वयं को उस गन्दगी से बचाते हुए इधर-उधर खिसक जा रहे थे। इस बीच डॉन अपनी बोरिया में एक पिचकी-सी बोतल भरते हुए उसकी बेंच पर एक ओर आकर बैठ गया। वह थोड़ा खिसक गया। उसे घिन आयी थी डॉन को छूने में। रेल की पटरियों के बीच पसरी गन्दगी को अभी भी देख सकत था वह।

"क्यों, घर से भागकर आये हो?" डॉन ने पान मसाला का पाउच दाँत से काटते हुए उसे अपने मुँह में भुरभुराते हुए पूछा। इस अप्रत्याशित प्रश्न से लाले अचकचा उठा था। कैसे इसे पता चल गया कि वह घर से भागकर आया है। उसने हकलाते हुए उत्तर दिया – "हाँ... नहीं... हाँ, काम की तलाश में।"

डॉन ठठाकर हँसा।

"सब काम की तलाश में ही तो इधर भागकर आते हैं स्साले। अपने गाँव घर में काम उन्हें दिखायी नहीं देता। खेत-क्यारी, फरसा-कुदाल, हल-बैल, गाय-गोरू और माँ-बाप की सेवा उन्हें काम नहीं लगता। एक चाय की दुकान ही खोलकर बैठ जाते भइया। क्या बुरा था। काम नहीं था वह?"

वह किसी फ़िल्मी हीरो की तरह अपने बालों को झटकते हुए भारी आवाज़ बनाकर बोल रहा था। लाले सिटपिटा उठा। लगा, कोई उसे रँगे हाथों चोरी करते पकड़ लिया हो।"

"पढ़ते थे गाँव में?" डॉन ही फिर पूछ रहा था।

"हाँ, आठवीं में।" उसने अपने ओंठों पर जीभ फिराते हुए कहा।

"मन नहीं लगा होगा या फिर पड़ गये होंगे लड़की-सड़की के चक्कर में?" आँऽऽ हैं न?"

डॉन फिर हँसा। अपनी उम्र से बड़ों की तरह का उसका व्यवहार लाले को चुभने लगा। नाटे क़द के डॉन की उम्र लगभग उसकी अपनी उम्र के बराबर ही रही होगी पर उसकी बड़ी-बड़ी बातों से लाले का जी उकता रहा था। वह कुछ कड़ा जवाब देने के लिए मन-ही-मन सोच रहा था कि तब तक डॉन पुनः बोल उठा –

"क्या, कोठरी लेने भर का कमा लिया तुमने?"

"हज़ार पाँच सौ की कोई छोटी-सी लूँगा पहले। बाद में कमाई बढ़ेगी तो देखा जायेगा।"

लाले की आँखों में एकाएक सपना मचल उठा। मन-ही-मन वह अपने परिवार को चानन गाँव की घुटन से बाहर निकाल ले आने की तरकीब सोचने लगा था पर डॉन के ठहाके से उसके विचार छिन्न-भिन्न हो उठे। डॉन ठठाकर हँसते हुए कहा रहा था –

"पाँच सौ में यहाँ एक मुर्गी का दड़बा भी किराये पर ना मिले, तुम कोठरी की बात कर रहे हो? सुना है किराये पर देने से पहले लाखों रुपये तो मालिक पगड़ी का वसूल लेता है।"

डॉन की आँखें हँसी से पनीली हो उठी थीं।

"पगड़ी क्या?" लाले विवशता में पूछ रहा था। उसकी आशाओं पर क्षण-भर में पानी फिर गया था।

"कमरा लेने से पहले सिकोर्टी मनी।"

डॉन उसकी नदानी पर अब भी मुस्करा रहा था। लाले की उदासी गहरा उठी।

"तुम कहाँ रहते हो?" लाले ने थके स्वर में पूछा।

"मैं तो पुश्ता में रहता हूँ। अपुन की एक आठ-बाई-आठ की झुग्गी है प्लास्टिक की।"

"उसका भी किराया देते हो?"

"नहीं। अभी तो पुश्ता का कोई मालिक नहीं। सरकारी ज़मीन है वह।" डॉन ने दोनों पैर बेन्च पर फैलाते हुए जवाब दिया।

लाले की आँखों में चमक जाग उठी।

"क्या मैं...?"

"हाँ, मैं वही कहना चाहता था। चाहो तो मेरी झुग्गी में मेरे साथ रह सकते हो। रहना कहाँ होता है। दिन-भर दिहाड़ी और रात में कभी-कभार ही उसमें सो पाते हैं। कभी मच्छर तो, कभी बदबू। अपुन तो हाईवे के डिवाइडर पर ही मज़े में रहता है। न कुल्ला पेशाब की दिक़्क़त और न मच्छर, साँप, गोजर की।"

"क्या वहाँ साँप रहते हैं?" लाले को अपने गाँव का झाड़-झँखाड़ से भरा रास्ता याद आ गया जहाँ बरसात होते ही विषैले साँप-बिच्छू इधर-उधर रेंगने लगते हैं।

"अरे भाई, उन सबों के रहने के लिए भी तो दिल्ली में जगह चाहिए? उनके लिए नहीं न कोई एन.जी.ओ. वाला शेल्टर हाउस बनवायेगा? पुश्ते से अच्छा क्या होगा?"

डॉन हँसा ज़ोर से।

"ये पुश्ते कहाँ हैं?" लाले पूछ बैठा।

"अरे, वही जमुना नदी के बाँधवाला इलाक़ा जो निगमबोध घाट से लगा है। उजाड़ इलाक़ा है दिल्ली का। पर हमारे-तुम्हारे जैसे हज़ारों लोग वहाँ रहते हैं। चलोगे मेरे साथ?" डॉन पूछ रहा था।

"क्या लोगे किराया?" लाले सब-कुछ साफ़-साफ़ पूछ लेना चाह रहा था। उसे एक ऐसे स्थान की तलाश थी जहाँ वह दिहाड़ी करने के बाद सस्ते में रह भी सके और सुरक्षित भी रहे।

"मैं कोई किराया तो देता नहीं वहाँ का कि तुमसे भी लूँ। हाँ, कभी खाना पकाया जायेगा तो ख़र्च को मिल-बाँट लेंगे। वैसे तो ज़्यादातर मैं यहीं प्लेटफ़ॉर्म से ही पूड़ी-सब्ज़ी या रोटी-वोटी ख़रीद लेता हूँ। तुम भी यही करना। पैसे-वैसे सँभालकर रखना। वहाँ छोड़कर आने लायक़ नहीं।"

डॉन ने बातें साफ़-साफ़ कह दी थीं। उसने डॉन के साथ रहने का निर्णय ले लिया था। तब से दोनों दिन-भर अपने-अपने काम करते और शाम होते ही प्लेटफ़ार्म पर इकट्ठा होते। कुछ खाने-पीने की चीज़ें खरीदते और कभी पुश्ते में तो कभी रोड डिवाइडर पर सो जाते। रोड डिवाइडर पर अधिकतर लाले को नींद नहीं आती। एक हाथ की दूरी से गुज़रती ट्रकें, बसें और गाड़ियाँ उसका कलेजा दहला देतीं। वह लगातार खुली आँखों से दूर से आती गाड़ियों की लाइट को देखता रहता। कहीं ड्राइवर को झपकी तो नहीं आ रही। ज़रा भी गाड़ी लहराती दिखायी पड़ती, तो वह चौकन्ना होकर बैठ जाता। डिवाइडर पर चढ़ते ही वह कूदकर उस पार हो जायेगा। गाड़ी सर्र से आगे निकल जाती तो उसे साँस आती पर तभी पीछे से कोई दूसरी गाड़ी दिखायी दे जाती। वह कुढ़कर डॉन की ओर देखता। वह अपनी चादर में मुँह लपेटे आराम से नाक बजा रहा होता।

"क्या यार, तुम्हें नीद नहीं आ रही है?"

इस समय निगमबोध की सीढ़ी पर लेटे डॉन ने कछुए की तरह अपना सिर चादर से बाहर निकालते हुए पूछा। लाले कब से बैठे-बैठे अपने अतीत के धागे जोड़-तोड़ रहा था।

''ऊँ हूँ।'' उसने घुटनों पर अपना सिर टिकाते हुए छोटा-सा उत्तर दिया। सामने चिता जल रही थी। वह भयानक चेहरेवाला आदमी अब चिता के ठीक दूसरी ओर खड़ा था। उसकी लाल आँखें और झूलती लटें और भयानक लग रही थीं। उसने अपना कम्बल उतारकर कहीं रख दिया था। मोटी-सी बदरंग टी शर्ट के ऊपर आधे बाँह का काला जैकेट और कमर पर बँधी लुंगीनुमा धोती में वह विचित्र लग रहा था। एकटक चिता की ओर देखते हुए वह कुछ बुदबुदा रहा था। आसपास खड़े लोग चिता के जल्दी जल जाने की प्रतीक्षा कर रहे थे। बीच-बीच में लाठियों से लकड़ियों को अन्दर की ओर ठेल रहे थे।

अब डॉन उठकर अपनी जगह बैठ गया था। उसने जम्हाई लेते हुए सामने चिता पर निगाह डाली और बड़बड़ाया –

''क्या यार, इनको रात ही में मरना था? चैन से सो रहे थे हम।''

''अरे, ऐसे नहीं कहते यार।'' लाले ने तुरन्त चिता की ओर देखते हुए हाथ जोड़ लिया। सामने देखा तो चिता की लकड़ियों के बीच से कोई चीज़ ऊपर की ओर उठ रही थी।

''वो देख्ख बे, टँगिया कैसे उठ रही है लाश की?''

डॉन निडर-सा उधर की ओर देखते हुए बोल उठा। लाले ने भी चादर की ओट हटाकर देखा। दो लोग लाठियों से दबाकर उसे पुनः चिता में ढकेल रहे थे।

''मुझे तो डर लग रहा है।'' लाले फुसफुसाया।

''आज पहली बार यहाँ सोने आये हो न? इसलिए। धीरे-धीरे आदत हो जायेगी। जाड़े के लिए इससे अच्छी जगह पुश्ता के आसपास कोई नहीं।''

उसे समझाकर, डॉन फिर चिता की ओर देखने लगा।

लाले के बदन में झुरझुरी-सी दौड़ रही थी।

''अभी चिता ठण्डी हो जायेगी तो इसमें आलू भूनने लायक़ खूब अच्छी आग होती है। एक किलो ले आना चाहिए था। सुबह उठते ही गर्मागर्म आलू और नमक का नाश्ता तैयार।''

बोलते हुए डॉन अपने पैण्ट की जेब में पुड़िया टटोलने लगा था। इस समय उसे पान मसाला की तलब लगी थी शायद।

''चिता में आलू भुनोगे?'' लाले हैरान था डॉन के प्रस्ताव पर।

''तो क्या गुरु? वह जो खड़ा है डोमराजा, उसके परिवार का पूरा खाना ही पकता है यहाँ। आटे की गोल-गोल बाटी, आलू-बैगन भूनकर चोखा और बहुत हुआ तो घर में दाल-चावल बना लिया।''

लाले को उबकायी-सी आयी थी भीतर से यह सोचकर कि किसी की जली लाश के ऊपर खाना पकाया जाये।

उसके बाद उन दोनों के बीच एक लम्बा सन्नाटा खिंच गया था। दोनों ताक रहे थे निर्निमेष।

''चलो बेटा, माँ की चिता ठण्डी कर दो। यह घड़ा का जल अपने कन्धे पर रख पीछे की ओर लुढ़का देना और फिर पीछे मत देखना।''

लाश का अन्तिम संस्कार करवा रहे आदमी की आवाज़ रात के सन्नाटे में लाले के कानों को भी बेध गयी थी। उसे अपनी माई याद आयी थी और आँखें डबडबा आयीं। उसने दोनों हाथ जोड़कर सामने चिता की ओर आत्मा को प्रणाम करते हुए सोचा – सुबह होते ही वह अपनी माई को पत्र लिखेगा। झूठ ही सही, उसके सन्तोष के लिए लिख देगा कि वह एक फौजी के बँगले पर नौकरी कर रहा है। तनख्वाह अच्छी है। जल्दी ही पैसा भी भेजेगा वह। इससे माई को सन्तोष होगा कि उसका बेटा कहीं गलत लोगों के हाथ में नहीं पड़ा है। नयी दिल्ली में पुश्ता का पता माई को लिख भेजेगा। यह भी लिख देगा कि पुश्ता में मकान नम्बर नहीं होता। पत्र उसके नाम से ही मिल जायेगा और यह भी लिखेगा कि पुश्ते में अपने चानन की तरह डर नहीं लगता।

लाले का मन हलका हो उठा था। वह अब अपलक चिता की ओर देख रहा था।

डॉन ने पान मसाला की पीक मुँह में लिये-लिये कहा –

''कल चलो यार, माल में सिनेमा देखते हैं। रोज़-रोज तो यही किच-किच रहेगी।''

लाले उसे बिना सुने अब भी एकटक चिता की ओर देख रहा था।

❑

छोटू

छोटू, आज फिर उन्तीस तारीख है। शाम के पाँच बजने जा रहे हैं। पिछली उन्तीस तारीख को अक्षय नवमी थी। अक्टूबर का अन्त। हवा में हलकी ठण्ड। आज ही की तरह सूरज उस दिन भी अपनी लाल किरणें समेटकर रात के आँचल में छिपने की तैयारी कर रहा था। तुम उस समय अस्पताल में मरीजों की सेवा में जुटे थे। तुम्हारा जीवन भी कुछ घण्टों में सिमट चुका था उस दिन। पर तुम्हें कहाँ ख़बर थी? हम सब भी तो हमेशा की तरह निश्चिन्त थे। तुम एक-एक मिनट खिसककर मृत्यु की ओर जा रहे थे और त्योहार के हँसी-ठहाकों के बीच तुम्हारी ओर महाकाल के बढ़ते क़दमों की आहट कोई नहीं सुन रहा था। सुन भी नहीं सकता। मनुष्य कितना भी अहंकार पाल ले अपने विकास का, पर है कितना बौना प्राणी। एक बुलबुले के समान। कब पैदा हुआ, कब फूट गया, पता ही नहीं।

पर तुम्हें बुदबुद-सा नश्वर मान लेने को मन तैयार नहीं होता छोटू। क्यों लगता है कि तुम्हारे आधे-अधूरे जीवन की कहानी लिखे बिना मेरी लेखनी बेचैन रहेगी? नहीं जानती कि मेरी तर्जनी और अँगूठे के बीच पितृतीर्थ से झरते हुए ये अधोमुखी मुट्ठी-भर शब्द तुम्हारी स्मृति को सहला भी पायेंगे या नहीं? तुम्हारे सूक्ष्म अस्तित्व को धीरे से छूकर तुम्हें चौंका भी पायेंगे या नहीं? पञ्चमहाभूतों में विलीन हुए तुमको हवा, जल, अग्नि, पृथ्वी या आकाश से क्षण-भर के लिए ही सही, खींचकर तुम्हारी छोड़ी हुई यह दुनिया तुम्हें दिखा पायेंगे भी या नहीं?

जहाँ आज भी सूनी-सूनी आँखों से तुम्हारी माँ देखती है तुम्हारा रास्ता गली के उस मोड़ तक जिधर से आते थे तुम अपनी मोटर साइकिल पर अपने पापा को बैठाये। आज भी देती है वह सूर्य को अर्घ्य उसी तरह, पर ओंठों की बुदबुदाहट में तुम्हारी कुशलता की कामना नहीं होती। होती है एक प्रश्नाकुलता, "आख़िर क्या गुनाह था मेरा या मेरे बच्चे का?"

हर दिन तुम्हारी माँ के इस निर्दोष प्रश्न से घायल होता है सूरज और उसकी पीड़ा की लाली कुछ और गहराकर पूरी पृथ्वी पर छितर जाती है। छोटू, हम जिसे कहते हैं सूर्योदय, दरअसल वह धरती की अनगिनत माँओं की सम्मिलित उच्छ्वासों की दाहकता से पैदा हुआ रक्तवर्णी वृत्त है। माँएँ, जो किसी भी माँ की पीड़ा और प्रेम दोनों को बख़ूबी

महसूस कर सकती हैं। मैं भी तुम्हारी माँ की उस पीड़ा को महसूस कर पा रही हूँ। अकथनीय है, शब्दों में कहाँ बाँध पाऊँगी? बिखर जाते हैं शब्द भी आकार लेते-लेते। तुम्हारी माँ और पापा की दुर्दान्त पीड़ा जिनके लिए शुक्ल पक्ष की नवमी की वह रात बन गयी थी काली अमावस। तुम्हारे लिये छाती पीटती तुम्हारी माँ के चेहरे पर फैली थी वही सियाही, अमावस से भी काली, जंगल से भी भयावह, हिमालय के आकाश की ओर उड़ जाने से भी अविश्वसनीय, सागर के कुएँ में सिमट जाने से भी अकल्पनीय।

हम सब एक भयानक समय में खड़े थे। शब्द साथ छोड़ चुके थे। सान्त्वना के बोल गूँगे हो उठे थे। सबकी आँखों से झरते आँसू ईश्वर के अस्तित्व पर प्रश्न खड़े कर रहे थे। ऐसा क्रूर मज़ाक? क्या सचमुच यह मज़ाक ही था या कुछ और छोटू? अब जबकि तुम उस ईश्वर के अधिक निकट हो, जहाँ से सब-कुछ देखा जा सकता है, तुम्हें तो सब पता होगा? तुम देख सकते होगे अपने मम्मी-पापा की निरन्तर बरसती आँखें, स्वजनों का करुण क्रन्दन और अपनी होनेवाली जीवनसंगिनी के चकनाचूर हुए सतरंगी सपने। क्या काँच की तरह झनझनाकर टूटे उसके सपनों की किरचें तुम्हें भी चुभी थीं जब तुम हमेशा के लिए इस धरा को छोड़कर जा रहे थे? उसी के घर के पास तो तुम ट्रक से टकराकर धराशायी हुए थे छोटू। उसी घर के पास जहाँ ठीक चालीस दिन बाद तुम बारात लेकर जानेंवाले थे। वह तुम्हारा प्यार थी। बड़ी मुश्किल से पापा-मम्मी को तुम इस रिश्ते के लिए मना पाये थे। विवाह में पहननेवाले तुम्हारे सूट का ट्रायल दिलाकर ही तो लौटी थी वह उस रात। तुम उसे उसके घर तक छोड़ने गये थे। तुम्हें दरवाज़े से विदा करने के बाद वह कुछ देर तुम्हें पीछे से देखती रही थी। उसकी आँखों के झिलमिल सपनों ने अँगड़ाई ली थी। उसे नहीं पता था कि सपनों की विदाई की वेला आ गयी थी। उसके स्वप्न आकाश की ओर उड़ चले थे। पीछे से तुम्हारे प्राण भी।

तुम आवाज़ देकर रोक लेना चाहते थे उसके आकाश छूते सपनों को पर तुम्हारी आवाज़ उन सपनों तक नहीं पहुँच पा रही थी। सपनों को आकाश में ही उड़ने के लिए छोड़ तुम घबड़ाकर समय की गति से भी तेज़ चलकर आये थे उसके पास। वह मुस्करा रही थी आईने के सामने अपने नये-नये सिलकर आये लहँगे को सीने से सटा। तुम्हारी पसन्द का चटक नारंगी सुनहरे कामवाला झिलमिलाता लहँगा। तुमने उसे झकझोरकर बताया था पर वह सुन नहीं रही थी। बस उसके खुले बाल हवा के झोंकों के साथ उस चेहरे पर आ गये थे। लहँगा सरसराकर हाथों से छूट गया था। उसने झट झुककर उसे उठाया था और शीशे के सामने से हट गयी। बिस्तर पर फैलाकर वह अपना लहँगा तहाने लगी थी। उसके ओंठों पर संयोग के गीत फूट रहे थे। उसने सिरहाने रखे मोबाइल की ओर देखा था। मुस्कराकर बुदबुदायी थी – सोते समय रात में बात करूँगी।

तुम हैरान थे। बिजली की गति से अपने मोबाइल के पास पहुँचे थे जो छिटककर तुम्हारे शरीर से बहुत दूर सड़क के किनारे झाड़ी में जाकर गिरा था। पुलिसवालों की नज़र तक नहीं पड़ी थी। तुमने देखा था अपने मोबाइल की ओर। घण्टी बज रही थी।

''आण्टी।'' निःसन्देह तुम बोलना चाह रहे होगे पर बोल नहीं पाये थे। कॉल रिसीव भी नहीं कर पाये होगे।

हाँ छोटू, यह मैं ही थी जो घबड़ाहट में तुम्हें फ़ोन कर रही थी अपने घर से। सम्भवतः तुम्हारे मोबाइल पर यह अन्तिम ही कॉल रही हो। थानाध्यक्ष ने तुम्हारी मोटर साइकिल के काग़ज़ात से तुम्हारे घर का पता ढूँढ़ा था और तुम्हारे अंकल से परिचित होने के नाते उनसे जानकारी ली थी – ''क्या आपकी कॉलोनी में कोई वैभव नाम का डॉक्टर रहता है?''

''हाँ, क्यों?'' उन्होंने पूछा था।

''उसका ऐक्सीडेण्ट हो गया है। चेहरा पहचान में नहीं आ रहा है। किसी को अपनी मोटर साइकिल तो नहीं दिया रहा होगा न?'' थानाध्यक्ष ने एक उम्मीद की रेखा छोड़ दी थी। सुनकर मैं परेशान हो उठी थी। मेरे बेटे ने सान्त्वना दी थी – ''हो सकता ख़बर झूठी हो?'' पर भय और अनहोनी की आशंका से उसके भी ओंठ काँप रहे थे।

''भगवान् करे बेटा, ऐसा ही हो। एक महीने बाद ही तो उसकी तिलक और शादी है। ऐसा करो, छोटू को फ़ोन मिलाओ। अगर उठा लेगा तो बताना मत कि इतनी रात में हम लोग उसे किस बात के लिए फ़ोन मिला रहे थे। बस, रिसीव कर ले तो पता चल जायेगा कि वह ठीक-ठाक है।''

फ़ोन मिलाया था तुम्हें छोटू। तुम्हारी घण्टी पूरी बजकर ख़त्म हो गयी थी पर कॉल रिसीव नहीं हुई थी। मन आशंका से धड़क उठा था। तुम्हारे मम्मी-पापा को यह सूचना कैसे दी जाय? कहीं सदमें में उनके भी जीवन ने साथ छोड़ दिया तो? डर के मारे मेरे पेट में एक तेज़ मरोड़-सी उठी थी। मैं बदहवास-सी बाथरूम की ओर जाने लगी थी। बिलकुल बग़ल में तो घर है तुम्हारा। इस तरह की कोई नकारात्मक घटना सुनकर मैं ऐसे ही बदहवास-सी हो उठती हूँ। एक बार तुम्हीं ने तो कहा था – ''आण्टी, आप अपने को मज़बूत करिये। यह नर्वस डायरिया है।'' तुम और याद आये थे छोटू उस समय।

तुम्हारे उसी मोबाइल फ़ोन में तुम्हारी मम्मी का भी मिस-कॉल पड़ा रहा होगा। वह भी तो तुम्हें शाम से कई बार मिला चुकी थीं। चाहती थीं कि तुम जल्दी घर आ जाओ। तुमने नहीं उठाया था उनका फ़ोन। शायद मरीज़ों को देखने में व्यस्त रहे होंगे। हो सकता है कहीं और का कार्यक्रम बना चुके थे, इसलिए मिस-कॉल पर पलटकर बात नहीं की। यह तो तुम्हारे स्वभाव के विपरीत था छोटू। तुम्हारी मम्मी यही कहकर दहाड़ें मारकर रो रही थीं। फ़ोन उठा लिये होते तो शायद यह मनहूस घड़ी टल गयी

होती। माँ की इच्छा पर जल्दी घर आ गये होते। अक्षय नवमी का पर्व मनाया जा रहा था। फलों से लदे आँवले के वृक्ष के नीचे सुलगा अहरा। अहरे के ऊपर मिट्‌टी की बड़ी-सी हँड़िया में चुरती दाल और बुझते अँगारों के बीच सेंकी जाती बाटी का सोंधापन। अपने-अपने पुण्य को अक्षय कर लेने की हड़बड़ी में लोग। ब्राह्मण को आँवले के नीचे भोजन कराते, दान देते लोग। अभी-अभी बीती दीपावली, अन्नकूट, गोपाष्टमी जैसे त्योहारों की थकन उतारते, घर से बाहर आँवले के नीचे हँसी-ठहाकों के बीच रिश्तों को सहेजते लोग। तुम्हारे भी तो सभी रिश्तेदार आँवले के नीचे जुटे थे।

खाना शुरू करने से पहले तुम्हारी मम्मी ने एक बार फिर तुम्हें फ़ोन मिलाया था। तुमने फिर नहीं उठाया था। बेमन से उन्होंने खाना खाया था और तुम्हारे लिये टिफ़िन में भरकर घर ले आयी थीं। अकसर तुम रात को देर से ही लौटते थे। खाना खाने के बाद रात में अपने लॉन में टहलते हुए हम सब तुम्हारी मोटर साइकिल की आवाज़ से पहचान लेते थे क्योंकि गली में मुड़ते ही तुम उसकी स्पीड बिलकुल धीमी कर लेते थे। कारण, मैंने एक बार तुम्हें डाँटते हुए समझाया था कि तेज़ न चला करो। दो बार पहले भी तुम अपना पैर ऐक्सीडेण्ट में तोड़ चुके थे। पता नहीं यह मेरे मना करने का असर था या तुम छोटू से एक गम्भीर डॉक्टर वैभव में परिवर्तित हो चुके थे उसका परिणाम था, पर मोटर साइकिल तुम धीमे चलाने लगे थे। तुम पर कुछ अधिक ही मैं अपना अधिकार मानती थी। क्योंकि डॉ. वैभव आज तक मेरे लिये छोटू ही रहा। तुम्हें छोटे से बड़ा होते देखा मैंने। मेरे अहाते में मेरे बेटे के साथ क्रिकेट खेलते तुम, मेरी गाय की नाद पर बैठ घण्टों अपने दोस्त से बतियाते तुम, अमरूद के पेड़ से कच्चे-पक्के अमरूद तोड़कर बिना धोये ही खाने पर मेरी डाँट सुनते तुम, होली, दीवाली पर पैर छूकर आशीर्वाद लेते तुम, सब पल में कैसे ख़त्म हो गया छोटू? हर दिन बाहर निकलने से पहले अपनी मम्मी और पापा का पैर छूकर आशीर्वाद लिये बिना तो तुम नहीं जाते थे। क्या वे आशीर्वाद भी उस रात कवच नहीं बन सके थे छोटू? उन नन्हीं-नन्हीं चीटियों ने भी तो 'दूधो नहाओ पूतो फलो' का आशीर्वाद मन-ही-मन दिया होगा जब-जब उन्हें आटे का चारा तुम्हारी मम्मी ने दिया था।

घर के भीतर सम्पन्नता थी या विपन्नता, यह बाहर के लोग कब जान सके थे? तुम उस परिवार के वैभव थे। डॉक्टरी की पढ़ाई पूरी करके आये थे तुम तो पापा-मम्मी की आँखों में वैभव छलक रहा था। रोम-रोम से वैभव प्रकट हो रहा था। छोटी-सी क्लीनिक में वैभव, लेटर पैड पर वैभव, घर के बाहर-भीतर वैभव। दुःख भरे वे दिन बीत चुके थे जब तुम्हारे पापा ने बैंक से क़र्ज़ लेकर तुम्हें मेडिकल की पढ़ाई करवायी। शर्ट के नीचे बनियान थोड़ी फटी भी चल जाती थी। जैकेट के नीचे सिकुड़कर छोटा हो गया स्वेटर भी काम देने लगा था। तुमने उसे महसूस भी किया था।

पापा-मम्मी के सुख के लिए तुम्हारी आँखों में कई स्वप्न पल रहे थे। उन्हें तीर्थ कराना, चार पहिया गाड़ी ख़रीदकर देना, ब्रैण्डेड कपड़े और जूते ख़रीदना जैसी तमाम अपनी इच्छाएँ तुम धीरे-धीरे पूरी कर रहे थे। अपनी होनेवाली पत्नी को तुमने अपने मम्मी-पापा के संघर्षों के बारे में बताकर उनकी ख़ूब सेवा करने का वादा भी ले चुके थे। पर नियति का चक्र कितना गन्दा और विद्रूप हो चुका था। जिस घर में उसे दुल्हन बनकर एक महीने के बाद आना था, उसी घर में वह बदहवास-सी उसी रात भागी आयी थी और मम्मी-पापा से लिपटकर बिलख पड़ी थी। पत्थर का भी कलेजा विदीर्ण हो जा रहा था। जिसे अपने घर में प्यार से लाने के लिए तुमने फूलों से सजी डोली तय किया था वह नंगे पाँव गली के पत्थरों पर ठोकरें खाते हुए तुम्हारे घर की ड्योढ़ी पर पहुँची थी। प्रतिदिन तुम्हारे निमित्त गरुड़ पुराण सुनते हुए और अन्त में आरती करते हुए उसे देखकर सभी की आँखें भींग जातीं। सभी ईश्वर को कोसते, पर ईश्वर तब भी तस्वीरों में मुस्कराता रहता जैसे तुम अपनी तस्वीर में मुस्करा रहे होते। मुस्कराहटें काग़ज़ की निर्जीव तस्वीरों में सिमट गयी थीं और जीते-जागते चेहरों से मुस्कराहटें ग़ायब हो गयी थीं।

जानते हो छोटू, तुम्हारे पापा के कन्धे झुक गये हैं। उन पर कितना भारी बोझ तुमने रख दिया। दुनिया का सबसे भारी बोझ...। किसी बाप के कन्धे पर बेटे की अर्थी। कन्धों को तो झुकना ही था। अपनी कोई ज़िद मनवाने के लिए जब तुम उनके कन्धों पर झूल जाया करते थे तो उनका दिल फूल की तरह हलका महसूस करता था, परन्तु उनके कन्धों पर इस तरह लदकर जाने की क्या ज़रूरत थी पगले कि हमेशा के लिए उनके कन्धे बोझ से झुक जायें। जिन कन्धों पर चढ़कर बचपन में तुमने किलकारी भरी उन्हीं कन्धों को इस तरह चरमराकर रख दिया कि वे कभी अब तनकर ऊँचे ही न हो सकेंगे। तुम्हारी मोटर साइकिल पर पीछे बैठ जिस तसल्ली और विश्वास से वे तुम्हारे कन्धे पर हाथ रखकर जाते थे उसे ही अपने कन्धों पर लादकर जब वे हरिश्चन्द्र घाट की ओर बढ़े थे तो उनकी आत्मा फट गयी थी और उसमें बैठा ईश्वर एकाएक मर गया था। गीता के वचन झूठे लगने लगे थे कि आत्मा को कोई शस्त्र काट नहीं सकता। वह तो चिथड़े-चिथड़े हो गया था।

तुम पापा के कन्धे पर अपनी देह के पास बैठे सब देख रहे थे। उनकी आत्मा का चिथड़े-चिथड़े होना, ईश्वर की मौत, स्वजनों का विलाप। तुम्हें अपने ऊपर भी क्षोभ हो रहा होगा। क्यों नहीं ट्रक आते देख बाइक एक ओर खड़ी कर रुक गये थे? ट्रक ड्राइवर नशे में था। पुलिसवालों की वसूली के डर से भागकर उस सँकरी सड़क पर तेज़ गति से जा रहा था। बस, सब-कुछ समाप्त। अब तो क्षोभ या सोचने का विषय। ईश्वर के एक क्रूर मज़ाक को घटित होते देखना। ऐसे न जाने कितने मज़ाक हर दिन

ईश्वर करता रहता है। आत्माएँ मरती हैं, उसमें बसा ईश्वर भी मर जाता है। फिर भी संसार चलता रहता है। नहीं मरती है तो भूख और प्यास। आदमी की भूख नहीं मरती, प्यास भी नहीं मरती। अब यदि भूख-प्यास ज़िन्दा है तो संसार के सारे कार्य भी फिर से शुरू हो जाते हैं। सृष्टि का चक्र घूमता ही रहता है अनवरत।

तुम्हारे जाने के बाद भी सृष्टि चल रही है छोटू। मौसम बदल रहा है। ठण्ड कुछ अधिक हो चली है। इसके बाद बसन्त और ग्रीष्म आ ही जायेंगे। बरसात भी होगी। तुम्हारे जाने के दो-तीन दिन बाद ही सामनेवाले घर में संगीत की कक्षाएँ चलने लगी थीं कौन गली गये श्यामऽऽऽ। पिछवाड़ेवाले घर में किसी का विवाह भी हुआ। डी.जे. पर बजता गाना चुभ रहा था, पर किसी के जाने से दुनिया थम तो नहीं जाती छोटू। दूल्हा-दुल्हन की आँखों में स्वप्नों का झिलमिलाना तो नहीं रुकेगा।

तुम्हारे घर संवेदना प्रकट करने आये रिश्तेदार धीरे-धीरे विदा होने लगे थे। तुम्हारी तिलक में खाना बनाने के लिए तुमने जिस हलवाई को तय किया था उसी ने सिसकते हुए तुम्हारे निमित्त अन्तिम भोजन पकाया था। यह सब हृदय-विदारक था। पर समय के पास कहाँ समय है कि वह ठिठककर इस दारुण समय को देखे। वह तो गान्धारी बन चलता चला जाता है। संसार अपनी गति से चल रहा है छोटू। तुम्हारे पापा रोते हुए मुश्किल से कुछ खाते हैं। किसी मोटर साइकिल की आवाज़ सुनकर उन्हें आभास होता है जैसे तुम लौट आये हो। उनकी हताश निगाहें गली के उस मोड़ तक बरबस घूम आती हैं जिधर से तुम आते थे। मम्मी की अनवरत बरसती आँखें अब भी सूर्य को अर्घ्य देती हैं पर ओंठों की बुदबुदाहट में पहले जैसी तुम्हारी कुशलता की कामना नहीं रहती बल्कि होती है एक अव्यक्त शिकायत भगवान् से जो पूछती है बार-बार – "क्या गुनाह था मेरा? कौन-सी कमी थी मेरी पूजा में?"

साँझ ढल रही है। सूरज अपनी किरणें समेट रहा है। समय-चक्र चल रहा है। हो सकता है कुछ दिनों बाद तुम्हारी भी स्मृति धुँधली पड़ जाय। संसार का यही नियम है छोटू। तुम्हारे घर पर लगा यह मयूरपंखी पेण्ट, जिसे तुमने अपने विवाह की तैयारी में अपनी पसन्द से लगवाया था, हो सकता है दो-चार साल में बूढ़ा हो जाय और अपनी चमक खो बैठे। तुम्हारे कमरे के सामने बालकनी को हिल-हिलकर छूती नीम के पेड़ की हरी डालियाँ छिनगा दी जायें, तुम्हारे कमरे में पड़ा स्टेथस्कोप किसी की धड़कन न सुन सके, वह मोटर साइकिल औने-पौने दामों में बिक जाय जिस पर तुम अन्तिम बार बैठे थे, तुम्हारे कपड़े भिखारियों में बाँट दिये जायँ, पर तुम्हारी धड़कनों का स्वर हवाओं में घुला-मिला अब भी यहाँ-वहाँ डोल रहा है। तुम्हारी आवाज़ के स्पन्दन का हस्तक्षेप वातावरण के कोलाहल में हमेशा रहेगा। तुम्हारी छत की मुँडेर पर बैठी चिड़िया कई बार मन में एक विश्वास-सा दिला जाती है कि तुम देह बदलकर

अपने घर आये हो। विश्राम कर रहे हो। मम्मी को देख रहे हो, पापा को भर आँख निहार रहे हो, कमरे में बिखरे अपने सामानों को देख रहे हो जिसे ठीक करने की हिम्मत तुम्हारी मम्मी में आज तक नहीं आ पायी है। लोग कहते हैं कि किसी-न-किसी रूप में आत्मा अपने स्वजनों को आकर देखती है। पता नहीं, कितना सच है, कितनी कल्पना?

तुम्हारे द्वादशाहवाले दिन अकाल मृत्यु के कारण मिली प्रेतयोनि से मुक्ति दिलाने और ईश्वर के चरणों तक पहुँचा देने के लिए नारायण-बलि दी गयी थी छोटू। जल से भरे नारियल के गोले को जीवात्मा का प्रतीक मान तुम्हारे पापा के हाथों में पकड़ाया गया था। उस नारियल के गोले को उन्होंने उसी तरह सँभालकर पकड़ा था जैसे तुम्हारे जन्म लेने पर उन्होंने अपनी दोनों हथेलियों के बीच तुम्हें पहली बार सँभालकर उठाया था। नारियल के गोले को हृदय से सटा वे बिलख पड़े थे। यह अत्यन्त आश्चर्यजनक ही तो था छोटू कि भगवान् की मूर्ति के पास उस नारियल को रखते ही वह अपने-आप चिटक गया था। पण्डित जी मन्त्रोच्चार कर रहे थे। मन्त्र समाप्त कर बोल पड़े — "पूजा सफल हुई। जीवात्मा प्रेतयोनि से मुक्त होकर ईश्वर के चरणों में पहुँच गयी।"

यह मन्त्रों की शक्ति थी या कोई चमत्कार, कोई नहीं समझ सका था। उस कठोर नारियल का अपने-आप चिटक जाना सभी को हतप्रभ किये था। तसल्ली भी हुई — चलो, छोटू अब ईश्वर के सान्निध्य में है। सनातन धर्म के मन्त्रों में आस्था और गहरा उठी थी।

संसार की इन सब आस्थाओं, अनास्थाओं के बीच तुम्हारी यह आधी-अधूरी कहानी लिखते हुए, तुम्हारे लघु जीवन को विराट् शब्दब्रह्म में समाहित करते हुए कुछ अक्षर उछालती हूँ आकाश की ओर। अब जबकि धरती पर सब यह मानते हैं कि तुम ईश्वर के पास हो, सम्भव हो तो इन अक्षरों को अपनी दिव्य हथेली में चुनकर तुम ईश्वर के सामने फूल की तरह बिखरा देना और बता देना कि जब-जब वह धरती पर इस तरह का क्रूर मज़ाक किसी के साथ करता है तो आत्मा विदीर्ण होती है और आत्मा में बसा वह ईश्वर भी मर जाता है। ईश्वर से कहना कि वह मनुष्य का सृजन करता है और मनुष्य अपनी आत्मा में ईश्वर का सृजन करता है। दोनों एक-दूसरे को अपनी कल्पना के अनुसार गढ़ते हैं। पर जब-जब मनुष्य के भीतर ईश्वर मरता है कुछ दिनों बाद वह उसे अपनी आस्था से पुनः उसी रूप में जीवित कर लेता है। इतना उदार है मनुष्य कि फिर से ईश्वर को मन के सिंहासन पर बैठा पूजने लगता है। पर बोलो ईश्वर, तुम्हारे पास भी वह क्षमता है क्या कि किसी को पुनः उसी रूप में जीवित कर सको? छोटू, पूछना ज़रूर। यह आस्था का प्रश्न है।

□

सैल्यूट

हेमचन्द्र की आत्मा उसके शरीर से सिर के कटते ही जब अलग हुई तो वेग के नियम के अनुसार वह तेज़ी से ऊपर की ओर चली थी। कुछ इतनी तेज़ कि कुछ पलों में ही उसने सूर्य तक का अपना सफ़र तय कर लिया था। सूर्य, पृथ्वी को प्रकाशित करने के लिए अनजान क्षितिज के द्वार पर टँगा सबसे बड़ा बल्ब। एक ऐसा रहस्यमय बल्ब जो पृथ्वीवासियों को समुद्र के गर्भ से निकलता दिखायी देता है तो आकाश में रोशनी बिखेरते छोटे-छोटे तारों को अपने बीच का कोई प्रभावशाली महानायक मालूम पड़ता है। ब्रह्माण्ड के हर ग्रह पिण्ड को वह अपने-अपने ढँग-से दिखायी देता प्रतीत होता है।

हेमचन्द्र की आत्मा जब सूरज के पास पहुँची तो उस समय पवन उसके मुखमण्डल को धुँधला करनेवाले कुहरे को हाथ बढ़ा-बढ़ाकर साफ़ कर रहा था। स्वर्ग के अधिष्ठाता से उसे आदेश मिला था कि हेमचन्द्र की आत्मा के सामने कोई व्यवधान नहीं होना चाहिए, अस्तु पवन उसके आने की तैयारी में जुट गया था। सूरज का बल्ब अब साफ़-सुथरा चमक रहा था। आकाश से लेकर पृथ्वी तक उसकी सुनहरी आभा फैल गयी। एक शहीद की अगवानी में सूरज ने भी पलकें बिछा दी थीं।

"तुम आ गये हेम?" पवन धीर-गम्भीर पूछ रहा था। कोई उत्तर न पा उसने आगे जोड़ा –

"यह जो चन्द्रमा की सफ़ेद घण्टी दिखायी पड़ रही है, उसे बजा दो। द्वार तुरन्त खुल जायेगा। ऐसा ही आदेश है कि तुम्हारा रास्ता बिलकुल न रोका जाय। नन्हा ध्रुव तारा अपने साथियों संग तुम्हें मोक्ष-द्वार तक छोड़ आयेगा। वहाँ सभी मुक्तात्माएँ तुम्हारे अभिनन्दन के लिए व्यग्र हैं हेम। इस चन्द्रमा की घण्टी को हिला दो जोर से।" पवन अनुनय कर रहा था।

परन्तु हेमचन्द्र की आत्मा चन्द्रमा से टकराकर पुनः धरती की ओर तीव्र वेग से उड़ चली। तारे द्वार खोल नीचे की ओर झाँकने लगे। उनकी छाया में सूरज थोड़ा छिप-सा गया। पृथ्वी पर अँधेरा पसर गया था। हेमचन्द्र की आत्मा भारत-पाकिस्तान की सीमा पर गोल-गोल चक्कर काटने लगी। सीमा के उस पार उसके कटे सिर को

ज़मीन पर रख फ़ुटबाल की तरह एक ओर से दूसरी ओर उछला जा रहा था। पहाड़ की वादी में वहशी अट्टहास गूँज रहा था।

अपमान से चीड़ वन दहक उठा। सीमा समाप्त कर देने के लिए भारतीय सेना का शौर्य मचलने लगा। मुट्ठियाँ भिंचने लगीं। मशीनगनें आग उगलने को बेताब हो उठीं। सैनिकों के रगों का लहू खौलने लगा। हेमचन्द्र की आत्मा अपने सिरविहीन धड़ ज़मीन पर पड़ा देख रही थी। पूरी वर्दी ख़ून से तर-बतर। उसके हथियार ग़ायब थे जिन्हें लेकर वह अपने साथी के साथ पैदल ही अँधेरे में अपनी सीमा का निरीक्षण करने निकल पड़ा था।

टॉर्च की रोशनी में वे अलग-अलग पहाड़ी रास्तों पर बढ़े चले जा रहे थे। कुछ महीनों पहले ही तो इस चौकी पर तैनाती हुई थी। प्रतिदिन सुबह-सुबह परेड में अपने कमाण्डर की जोश भरी आवाज़ उसे और जोशीला बना देती। वह दोगुनी शक्ति महसूस करने लगता अपने भीतर। कँटीले तारों के उस पार की पहाड़ियों और चीड़ के जंगल हाथ हिला-हिलाकर मानो उसे अपना बना लेने के लिए आमन्त्रित करने लगते। उसने पढ़ा था भारत विभाजन का इतिहास। उसने देखा था भूगोल के अखण्ड भारत का नक्शा। उसने ली थी भारत माँ की सेवा की शपथ। इसीलिए सीमा की इस चौकी पर तैनाती को उसने पूरे ज़ज्बे के साथ स्वीकार किया था। जब तब अपने साथी के साथ अकेला ही निकल पड़ता सीमा की सुरक्षा देखने। उसे पता था चोरों की तरह भारतीय सीमा में घुसपैठ करनेवाली कायरों की जमात का। कितनी बार तो उसके सैनिकों के साथ मिलकर कितने घुसपैठियों को ढेर कर दिया था। मक्खी की आदत होती है – आप उड़ाते रहिये वह आपके आसपास भिनभिनाती रहेगी। एकमात्र वार करना ही विकल्प होता है। पर कभी-कभी थोड़ी-सी भी दृष्टि चूक से वह गर्दन पर बैठ जाती है। घुसपैठियों ने वैसी ही दृष्टि चूक का लाभ उठाया था इस बार। पहले से घात लगाकर बैठे उन आतंकी घुसपैठियों ने उस ओर उसे अकेला पाकर वार कर दिया था। सिर काटकर अपनी कायरता का प्रमाण देने के लिए साथ लेते चले गये थे।

हेमचन्द्र की आत्मा इस समय अपने सिरविहीन शव को देख रही थी। शव सैनिक शिविर के बाहर खुले में रखा गया था दर्शनार्थ। पुष्प चक्र उसके पैरों के पास पड़ा था। पूरा शव फूलों से ढँका हुआ। उसे ताबूत में रखा जा रहा था। सेना के सर्वोच्च अधिकारी आ चुके थे। उनकी आँखों की लाली में साफ़ पढ़ा जा सकता था कि वे उस पार की धरती और आकाश को भी लाल कर देना चाह रहे हैं। उनकी मुट्ठियाँ भिंची हुई थीं, जबड़े खिंचे हुए थे और चहलकदमी करते बूटों की धमक से घाटी का सन्नाटा भंग हो रहा था। वादियाँ धधक रही थीं। सभी चुप थे पर सभी खौल रहे थे। बर्फीले पहाड़ों पर सैनिकों के दिलों की आग लहक रही थी। एक सैनिक से रहा नहीं गया, पूछ बैठा –

"यूँ हम लोग कब तक चुप रहेंगे सर? हमें ऑर्डर दीजिये।"

"विवशता है मेजर। हमें ऊपर से आदेश नहीं मिल पा रहा। तुम्हारे दिलों में जो सुलग रहा है वही यहाँ भी है जवान!" उच्चाधिकारी ने अपने सीने को ठोंककर कहा था।

"तो क्या हमारे सैनिक ऐसे ही एक-एक...।"

"नहीं, हम ऐसा नहीं होने देंगे।" कड़क आवाज़ गूँजी।

"फिर कैसे लें हम अपने वीर हेमचन्द्र की शहादत का बदला?" दूसरी दहकती आवाज़ गूँज उठी।

"सैनिक की सबसे बड़ी उपलब्धि उसकी शहादत है पर उसकी शहादत का अपमान दुनिया का सबसे घृणित अपमान है।" सेनाधिकारी की आँखें शिकार पर वार करने से पहले शेर की आँखों की तरह सिकुड़ी थीं।

"एक मन्त्री ने तो यह भी टिप्पणी कर दिया कि शहीद होने के लिए ही लोग सेना में जाते हैं।"

मेजर की आवाज़ में बैचेनी थी। आज यहाँ पर संवाद की अघोषित छूट थी। छोटे-बड़े सभी अपने-अपने ढंग से आक्रोश व्यक्त कर रहे थे।

"कुछ कूटनीतिक फ़ैसले होते हैं जिन पर हम कुछ नहीं बोल सकते, परन्तु हमारी शहादत को एक सामान्य घटना मानकर चलना उचित नहीं है।"

सेनाधिकारी एक हाथ की मुट्ठी को अपने दूसरे हाथ की मुट्ठी पर ज़ोर से मारते हुए बोल पड़ा।

"हमारे ताबूत तक के नाम पर तो घोटाले हो चुके। इससे बड़ा अनुचित कार्य और क्या होगा?"

एक सैनिक धीरे से बड़बड़ाया।

"हम घर-परिवार छोड़ बर्फ़ीली चोटियों पर, जंगलों में क़दम ताल करते, सरहदों की रक्षा करते हैं और वे वातानुकूलित कमरों से कूटनीतिक स्टेटमेण्ट जारी करते हैं।" मेजर के नथुने फड़क उठे।

"सुना है शहीद हेमचन्द्र की पत्नी भूख हड़ताल पर बैठ गयी है। सरकार से उनकी माँग है कि शहीद हेमचन्द्र का सिर वापस लाने पर ही वह शव लेंगी।"

एक अधिकारी ने चिन्ता व्यक्त की।

"तब भी सरकार नहीं फ़ैसला ले रही? अरे हमें आदेश करें। हम हेमचन्द्र का एक सिर ही नहीं, उसके बदले एक सौ एक और सिरों को काटकर उसे शहीद की विधवा के पैरों में चढ़ा देंगे।"

मेजर की आवाज़ के समर्थन में सैकड़ों भिंची मुट्ठियाँ आकाश की ओर तन गयी थीं।

"चलो वीरो! शहीद हेमचन्द्र के ताबूत को पूरे सैनिक सम्मान के साथ कन्धे पर उठाओ।" सेनाधिकारी की मार्महत-सी वाणी गूँजी।

देश के मज़बूत सैनिकों के मज़बूत कन्धों पर रखे ताबूत से टकराकर हेमचन्द्र की आत्मा पुनः ऊर्ध्वमुखी हो तेज़ गति से ऊपर की ओर उड़ चली। ताबूत की कठोरता चन्द्रमा से कम न थी। इस बार की गति में पवन भी साथ था। दोनों एक-दूसरे से बिना कुछ बोले ऊपर की ओर उड़ रहे थे।

"मैं सोचता हूँ मित्र, इस बार तुम चन्द्रमा की घण्टी अवश्य हिला दोगे। सभी तुम्हारी अगवानी के लिए तत्पर हैं। सूरज, चाँद और आकाश की सार्वजनिक बत्तियाँ तारे भी। उस पार का आनन्दमय लोक तुम्हारी प्रतीक्षा कर रहा है दोस्त।"

पवन ने अपनी वायवीय सीमा से पार जाते हुए हेमचन्द्र की आत्मा के लिए हाथ हिलाते हुए विदावाले स्वर में कहा, परन्तु कुछ ही पलों में चन्द्रमा से टक्कर ले वापस आती आत्मा को देखकर उसने गहरी निःश्वास छोड़ी –

"पृथ्वी का आकर्षण तुम्हें बार-बार नीचे की ओर खींच रहा है न हेम? चलो, मैं तुम्हारे साथ चलता हूँ।"

इस बार पवन के साथ हेमचन्द्र की आत्मा अपने गाँव में उतरी थी। पूरे गाँव के लोग उमड़कर शहर से गाँव को जोड़नेवाली सड़क को देख रहे थे जिधर से सेना की ट्रक उसके ताबूत को सैनिक सम्मान के साथ लिये आ रही थी। फूलों की जगह आँसुओं की वर्षा हो रही थी। सभी की आँखें भीगी थीं।

पवन के साथ हेमचन्द्र की आत्मा अपने घर के सामने उपस्थित हुई थी। पवन हाहाकार कर उठा। घर के आसपास के वृक्ष ज़ोर-ज़ोर से हरहराने लगे। सूखी पत्तियाँ टूट-टूटकर गिरने लगीं। हेमचन्द्र की आत्मा कराह उठी। सामने ज़मीन पर पत्नी किरनबाला निढाल-सी बैठी थी। उसके दोनों हाथ अपनी गोद में अस्त-व्यस्त पड़े थे मानो उनमें जान ही न हो। सिर का घूँघट बार-बार नीचे गिर जा रहा था जिसे गाँव की औरते जब तब ठीक कर दे रही थीं। किरनबाला अपनी छाती पर रह-रहकर हाथ से मुक्का मार रही थी और सिर हिलाते हुए दहाड़ रही थी –

"पहले मेरे शेर का कटा सिर वापस ले आओ।"

लोगों द्वारा समझाये जाने पर भी उसे कुछ सुनायी नहीं पड़ रहा था। वह आँखें मूँदे बस एक ही रट लगा रही थी – "मेरे शेर का कटा सिर लाओ पहले।"

हेमचन्द्र की आत्मा तड़प उठी। हवा की सरसराहट में उसकी कराह निकल पड़ी थी –

"किन्नो, यह क्या हाल हो गया तुम्हारा? कहाँ गयी तुम्हारी वह लाल बिन्दी और सिन्दूर? हाथों की चूड़ियाँ भी तोड़ डालीं तुमने?"

"अरे मेरा श्रृंगार लूट ले गये सब कायर? पीछे से वार क्यों किया रे नीचो। सामने से लड़कर दिखाते। काट डालता मेरा हेम तुम लोगों को।...मेरे शेर का सिर लाओ... सिर लाओ...।"

वह दहाड़ें मार-मारकर रोने लगी थी। कुछ सरकारी अधिकारी अपराधी की तरह सिर झुकाये पेड़ की छाया में खड़े थे। उन्हें पता चल गया था कि किरनबाला पति के सिर के लिए आमरण अनशन पर बैठ गयी है। आनन-फानन में सरकार ने मामले को तूल पकड़ने से पहले सुलटाने के लिए आला अधिकारियों को मौक़े पर भेज दिया था। कुछ इसमें राजनीतिक षड्यन्त्र की गन्ध तलाशने में लग गये तो कुछ किरनबाला का अनशन तुड़वाने के लिए जूस का गिलास हाथों में थामे खड़े हो गये।

किरनबाला को कुछ भी होश न था। वह लगातार बड़बड़ा रही थी – "मेरे शेर का सिर लाओ।"

गाँव की औरतें आपस में फुसफुसाकर सलाह-मशविरा करने लगीं –

"किन्नो के बेटे को बुलाओ। उसे देख शायद कुछ सँभले तबीयत।"

"बेचारा, अभी आठ वर्ष का भी तो नहीं हुआ और यह पहाड़ टूट पड़ा। बाप का साया उठ गया उस ग़रीब के सिर से।" दूसरी महिला भावुक हो सुबक पड़ी।

"हाँ बहन, पेट जो न करवाये। उसी के लिए न बेचारा हेमचन्द्र सेना में भर्ती हुआ। ये खा-खाकर चर्बियाये नेता-परेता के बाल-बच्चे नहीं न जाते सेना में भर्ती होने। उन्हें क्या दुःख होगा?"

"देश को लूटने के लिए वे लोग हैं और देश को बचाने के लिए हमारे बाल-बच्चे।"

दूसरी औरत का गुस्सा फूट पड़ा था। यह सावित्री चाची थीं। इनके पति और दोनों लड़के सेना में थे। उनकी आँखों से लगातार आँसू गिर रहे थे।

"बेचारा हेमचन्द्र, माँ-बाप का अकेला था और उसका बेटा बीनू भी अकेला।"

"अरे किन्नो और हेमचन्द्र की उम्र ही क्या थी अभी? दस-बारह वर्ष पहले ही तो ब्याह हुआ। और आज ये दिन देख रही बेचारी।"

सावित्री चाची बिलख पड़ीं। एक औरत उन्हें सान्त्वना देने लगी –

"जिज्जी चुप रहो नहीं तो बेचारी किन्नो पागल ही हो जायेगी तुमको भी रोती देख।"

वह भी आँखें पोंछ रही थी। पेड़ के नीचे एक टूटी चारपाई पर बैठे हेमचन्द्र के पिता को गाँववाले घेरे बैठे थे। इकलौटे बेटे के इस तरह शहीद होने की ख़बर मिलते

ही वे ठकुआ से गये थे। आँखों में आँसू और मुँह से बोली दोनों ही नहीं निकल रही थी। बस बारी-बारी से वे गाँववालों का चेहरा पथरायी आँखों से देख रहे थे। बीच-बीच में सिर उठाकर आकाश की ओर देख लेते मानो अपनी सम्पूर्ण घृणा कहीं भेजने की कोशिश कर रहे हों।

''बीनू, बीनू ऽऽऽ।'' एक स्त्री की आवाज़ सुनायी पड़ी, तब लोगों का ध्यान उधर गया था जिधर खेत की मेंड़ पर नन्हा बीनू अकेले सिर झुकाये बैठा था। वह अपनी नन्हीं हथेलियों में चेहरा छिपाये सुबक रहा था।

हेमचन्द्र की आत्मा तड़प उठी। ज़रूर नन्हा बीनू उसे ही याद कर बिलख रहा था। अभी कुछ दिनों पहले ही तो छुट्टी लेकर आया था वह तो बीनू को साथ लिये इस खेत में सब्ज़ियाँ बो रहा था। वह कुदाल से गोंड़कर बीज डाल रहा था और बीनू उसे अपनी नन्हीं हथेलियों से समतल कर रहा था। छुट्टी में घर आने पर बीनू उसे पलभर के लिए भी नहीं छोड़ता था। पिता जी को खेत में अधिक काम न करना पड़े इसलिए वह ऐसी फ़सल बोता जिसमें उसके न रहने पर भी अधिक देखभाल की आवश्यकता न पड़े। सब्ज़ियाँ वगैरह तोड़कर सट्टी में आसानी से पहुँचायी जा सकती थी। खीरे का बीज डालते हुए हेमचन्द्र ने बीनू के गाल को थपथपाते हुए कहा था –

''अगली बार जब तुम्हारे बर्थ-डे पर आऊँगा, तब तक इसमें फल लग जायेगा। हम लोग खायेंगे।''

''कब है मेरा बर्थ-डे?'' बीनू उदास हो पूछ बैठा।

''दो महीने बाद। नवम्बर में। बारह तारीख को।''

उसने उसकी आँखों में झाँकते हुए कहा।

''हर महीने बर्थ-डे क्यों नहीं मनाते पापा?''

वह भोलेपन से पूछ रहा था।

''मेरा बेटा इसलिए पूछ रहा है न कि पापा हर महीने घर आ सकें। आँ ऽऽऽ आँऽऽऽ।''

हेमचन्द्र ने बीनू को गोद में उठा उसके पेट में गुदगुदी की। बीनू हँसने के स्थान पर रो पड़ा।

''हाँ, अच्छा नहीं लगता तुम चले जाते हो तो। मम्मी भी रोती हैं।''

''बेटू, तुम तो रहते हो न? मम्मी को मत रोने दिया करो। मेरा समझदार बेटा।''

''मैं बड़ा होकर तुम्हारी तरह नौकरी नहीं करूँगा। बाबा को और मम्मी को छोड़कर कहीं नहीं जाऊँगा।''

बीनू रुँआसा था।

''और मुझे? मुझे छोड़ दोगे?''

"नहीं ।" बीनू उसकी गर्दन पकड़कर लिपट गया था।

"चलो, इसे भी बो दें फिर घर चलते हैं। किन्नो से पकौड़ियाँ बनवायेंगे, हम दोनों खायेंगे।"

इस समय बीनू दरवाज़े के पासवाले उसी खेत की मेंड़ पर बैठा था। सब्ज़ियों के हरे पौधे अपनी-अपनी औकात के अनुसार लहरा रहे थे। बीनू रो रहा था। पापा की मौत का सूचना उसे भी मिल चुकी थी। दो दिन से घर में चूल्हा नहीं जला था। उसे भूख लगी थी तो बग़लवाली बड़ी मम्मी उबले आलू के साथ एक लोटा चाय दे गयी थीं। मम्मी और बाबा ने तो नहीं खाया पर उसने थोड़ा-सा खा लिया था।

"पापा ऽऽऽ पापा ऽऽऽ।" खेत की मेंड़ पर बैठा वह सब-कुछ याद कर रो पड़ा। उसे खल रहा था। सुबह से न जाने कितने लोग शहर से आ-आकर बाबा और मम्मी को समझा रहे थे पर उससे कोई बात नहीं कर रहा था। उसके पापा होते तो ऐसा न होने देते। उसे भला अकेले खेत की ओर क्यों आने देते? हमेशा तो मना करते थे। अकेले कहीं नहीं जाना। वह तो आज जान-बूझकर इस समय अकेले इधर चला आया। पापा को चिन्ता हो तो आकर रोकें उसे। नहीं तो वह अकेला ही खेत की मेंड़ पर बैठा रहेगा। साँप आये, काटे-तो-काटे। पापा को चिन्ता है क्या कि बीनू अकेले मेंड़ पर बैठा है।

बीनू पुनः हिलक-हिलककर रोने लगा था।

"ओह! शहीद होने से अधिक कठिन है इस स्थिति को बर्दाश्त करना।"

हेमचन्द्र की आत्मा टूटकर बिखरना चाह रही थी। पवन ने उसे सहेजा।

"हेम! बहुत देर यहाँ तुम्हारा रुकना सम्भव नहीं। चलो, सुनहरा द्वार तुम्हारी प्रतीक्षा कर रहा है। आकाश गंगा की साँकल इन्तज़ार कर रही है तुम्हारा, कि कब तुम आओगे और साँकल को स्पर्श करोगे। चन्द्रमा की घण्टी बज उठेगी और आनन्द लोक में अभिनन्दन का मौन स्वर मुखर हो उठेगा –

"हाँ, जाना ही होगा। मैं अपना वेग थाम नहीं पा रहा।"

हेमचन्द्र की आत्मा उद्वेलित थी।

◆ ◆ ◆

इस बार अरुन्धती तारे को आदेश मिला था कि हेमचन्द्र की आत्मा को पूरे ब्रह्माण्ड में घुमाओ। वहाँ समय अधिक लगेगा तो पृथ्वी की ओर आकर्षण की उसकी गति भी कम होगी। अतः पवन के राज्य की सीमा से ही अरुन्धती उसके साथ हो ली थी। वे तारों के बीच से गुजर रहे थे। एक के बाद एक अनगिनत तारे टिमटिमा रहे

थे। कोई उनके आगे, कोई अग़ल-बग़ल। सभी मुस्करा रहे थे और उनके अभिनन्दन में अपनी ज्योत्स्ना लुटा रहे थे।

हेमचन्द्र की आत्मा रोशनी में नहा उठी।

"क्या यहाँ पृथ्वी की तरह जीवन नहीं है?" आत्मा पूछ बैठी।

"नहीं, यहाँ क्षणिक जीवन नहीं है। अनन्त जीवन है यहाँ।"

अरुन्धती ने एक नन्हें तारे को धीरे से पार करते हुए कहा।

"तुम कौन हो?" हेमचन्द्र की आत्मा पूछ रही थी।

"मैं, अरुन्धती। अरुन्धती न्याय की कथा तो तुमने सुनी होगी पृथ्वी पर। परब्रह्म के अस्तित्व को प्रमाणित करने के लिए, नेति-नेति को समझाने के लिए मेरा ही तो उदाहरण दिया करते हैं।"

अब वे दोनों आकाशगंगा पार कर चुके थे।

"हम कहाँ चल रहे हैं?" हेमचन्द्र की आत्मा व्याकुल थी।

"हम ब्रह्माण्ड में घूम रहे हैं। उसी ब्रह्माण्ड में जिसे भगवान् कृष्ण ने मिट्टी खाने के बाद मुँह खोलकर माँ यशोदा को दिखाया था।" अरुन्धती ने खिलखिलाते हुए अपनी ज्योत्स्ना की उँगलियों से तारों के एक झुण्ड को बगल हटाकर निकलने की राह बनायी। उनके आगे-आगे एक विशाल चमकदार तारा निर्द्वन्द्व चला जा रहा था।

"अर्थात् हम इस समय परब्रह्म के मुखमण्डल में विचरण कर रहे हैं?" हेमचन्द्र की आत्मा पूछ रही थी।

"फिर भी वह इससे दस अँगुल ऊँचा और परे भी है।"

"तुम कभी इससे परे भी जा पायी?"

"नहीं परे होते हुए भी वह हम सब में समाया है। हम अपने से परे कहाँ जा सकते हैं? तुम्हारी आत्मा स्वयं से परे कहीं जा पायी है?"

हेमचन्द्र आकुल हो उठा। उसे पृथ्वी याद आ गयी। उसने अरुन्धती से पूछा –

"कितना समय हो गया हमें परिभ्रमण करते? अभी कुछ ही पल...।"

"काल से परे है यहाँ सब-कुछ। फिर भी तुम पृथ्वी के काल को जानना चाह रहे हो?"

अरुन्धती तारों के बीच ठिठकी थी। सप्तर्षि मण्डल पास आ गया खिसककर।

उसका मुखमण्डल दिपदिपा रहा था। हेमचन्द्र की आत्मा की आवाज़ वह भलीभाँति सुन रही थी। उसे आदेश था कि उसकी आत्मा के प्रतिकूल कुछ भी न होने पाये। अरुन्धती ने मुस्कराकर बताया –

"पृथ्वी का एक वर्ष बीत चुका है।"

"मैं इस बड़े तारे के पीछे चलते-चलते थक गया हूँ। धरती पर वापस जाना चाहता हूँ। किन्नो के पास, बीनू के पास।"

"चलो, जैसी तुम्हारी इच्छा। फिर भी, वापस तो आना ही होगा। यही गति और नियति का नियम है।"

अरुन्धती से बिछुड़ते हुए उसे थोड़ा दुःख हो रहा था। वह चला जा रहा था धरती की ओर, अपने किन्नों की ओर, अपने बाबू और बीनू की ओर।

◆ ◆ ◆

जिस समय हेमचन्द्र की आत्मा धरती पर पुनः पहुँची उसकी गति शिथिल हो चुकी थी। उसमें वह वेग न था। किन्नो खेत में गाय के लिए चरी काटने गयी थी। वह किन्नो के एक हाथ में पकड़ी चरी के एक पत्ते पर जमी ओस के भीतर बैठ गया। अब वह उसे साफ़-साफ़ देख सकता था। किन्नो पहले से बहुत दुबली हो गयी थी। गालों की हड्डियाँ उभर आयी थीं। सूनी माँग और बिन्दीविहीन ललाट मानो आज तक हाहाकार कर रहे थे। आसपास के खेतों में दूर तक हरियाली फैली थी परन्तु किन्नो के चेहरे पर सूखा स्थायी भाव से घर बना चुका था। आँखें मानो गड्ढे के भीतर से निगरानी कर रही हों। वह कटी हुई चरी को छोटे-से गट्ठर की तरह हाथ में उठाये बग़ल में बैठी गाँव की ही अपनी सखी बन चुकी दयावती से बात कर रही थी।

दयावती पूछ रही थी –

"ससुर जी अब चल-फिर नहीं पाते न?"

"नहीं, थोड़ा-थोड़ा चल-फिरकर अपना काम कर लेते हैं। अब खेती-पाती के लायक़ तो नहीं ही रह गयी शरीर।"

"हेम भइया का सदमा उनको तोड़ डाला।"

"हाँ, किसको नहीं तोड़ा।"

किन्नो ने चरी का छोटा बोझ आँखों के सामने कर लिया। शायद यूँ ही दिल बहलाने को। ओस की बूँद में समायी हेमचन्द्र की आत्मा किन्नो की आँखों के बहुत पास थी अब। किन्नो की आँखों से ओस की तरह ही दो बूँदें ढुलकी थीं।

"कुछ हुआ नहीं न अब तक?"

"पेन्शन का काग़ज़ आ गया। और क्या?"

वह निराश लग रही थी।

"चलो जीने खाने का सहारा देकर ही गये हेम।"

"हूँ।" अब वह चरी के बोझ को धीरे-धीरे हवा में हिला-डुला रही थी। उसका चेहरा उदासी में डूब गया।

दयावती पूछ रही थी –

''जैसे कि सरकार तुम्हारा अनशन तुड़वाने के लिए इतना एड़ी चोटी का पसीना एक कर रही थी, उसका क्या हुआ?'' दयावती ने कुरेदा तो हेमचन्द्र की आत्मा भी उत्सुक हो उठी।

''बीत गयी सो बात गयी बहन। उस समय वादा कर लिया। अखबार में छप गया। उसके बाद अखबारवाले आते हैं कि टी.वी. वाले? क्या करेंगे पता करके? हम जीये चाहे मरें।''

''पर अब तो नयी सरकार आ गयी है। इससे तो बहुत उम्मीद लगाये हैं लोग। हो सकता है यह सरकार कुछ कर पाये?''

''हाँ, उम्मीद तो हम भी किये हैं। मेरे पति का सिर तो अब नहीं ला सकते पर उन गद्दारों को गले लगाने की बात तो नहीं करेंगे।'' उसकी उदासी कुछ और गहरा उठी। उसने चरी का गट्ठर लिये-लिये आसपास नज़र दौड़ायी। बीनू बग़ल में ही हाथों से चरी नोचकर माँ की मदद कर रहा था। उसकी शर्ट एक तरफ से फट गयी थी। माथे पर पसीने की बूँदें चुहचुहा आयी थीं। कुछ ही दिनों में कितना बड़ा लगने लगा था बीनू।

''बीनू, यह चरी का गट्ठर ले चल। घर पर बाबा इन्तज़ार कर रह होंगे। चाय पीकर अब तक ऐसे ही पड़े होंगे। कुछ खाया नहीं होगा।'' किन्नो मानो स्वयं से कह रही थी।

'बीनू, पढ़ने जाते हो तुम?'' दयावती पुचकारते हुए पूछ रही थी।

''हाँ।''

''हाँ बेटा, ख़ूब मन लगाकर पढ़ लो। नौकरी करो ताकि तुम्हारी मम्मी का दुःख कटे।''

''नौकरी नहीं करूँगा। मैं फ़ौज में जाऊँगा। पापा की तरह। लेकिन घुसकर उन सबके सिर काटूँगा जिन्होंने मेरे पापा का काटा था।'' वह हाँफ रहा था। ओठों के ऊपर पसीने की बूँदें उभर आयी थीं जिन्हें वह जीभ बढ़ाकर चाट रहा था।

''अच्छा, चुप रह। हमेशा एक ही बात। चल यह गट्ठर कन्धे पर लाद और घर चल। मैं थोड़ा-सा और काटकर आती हूँ। रसोई में दूध ढँका है, पी लेना।''

''अच्छा।'' बीनू चरी का छोटावाला गट्ठर कन्धे पर लादे मेंड़ पर चल पड़ा। हेमचन्द्र की आत्मा को सन्तोष हुआ। इसलिए कि उसे बीनू का कन्धा मिल गया था। इसलिए भी कि जीवन पटरी पर लौट रहा था। इसलिए भी कि उम्मीद की नदी फिर उमड़ने लगी थी। कुछ देर पहले का बेटे का नन्हा आक्रोश हेमचन्द्र की आत्मा के लिए किया गया शान्ति-पाठ था। आत्मा ने धीरे से बेटे के गाल को स्पर्श किया। चरी के

पत्ते पर अँटकी स्नेह से लबालब ओस की बूँद बीनू के गाल पर मोती की तरह चिपक गयी।

एक बार फिर हेमचन्द्र की आत्मा ने ऊर्ध्वमुखी उड़ान भरी थी। अबकी बार उसकी गति में वह आकुलता न थी। गति सन्तुलित थी। सूर्य उसके मार्ग में अपनी किरणें बिछाये था। चन्द्रमा की घण्टी प्रतीक्षा में थी। तारे मोक्षद्वार पर बन्दनवार की तरह टँक गये थे। मुक्तात्माएँ अगवानी के गीत गुनगुना रही थीं। किसी शहीद की अभ्यर्थना का दिन था यह। धरती सैल्यूट कर रही थी अपने लाल को।

❐

शब्द जो तुम तक पहुँचे

हे इक्कीसवीं सदी के घोर लेखकों, मुझ पर और देश-विदेश में फैले मेरे बन्धु-बान्धवों पर रहम करो। मैं पुस्तकालय हूँ, कुड़ालय नहीं, जहाँ अपने भीतर का पचा-अधपचा बाहर निकालकर फेंक जाओ। मैं काशी के किसी विश्वविद्यालय का हूँ या कोच्चि के, कोई फ़र्क़ नहीं पड़ता। एक-सी स्थिति, एक-सा भाव, हर जगह। मैं जहाँ कहीं भी हूँ, निचाट सूनापन मेरी नियति है। लाखों-लाख पुस्तकें अपने सीने से लगाये मैं किसी पारखी पाठक की तलाश में पलक पाँवड़े बिछाये दिन-रात बैठा रहता हूँ। पहले केवल दिन की बात होती थी और रात मेरे दरवाज़े पर मोटा-सा ताला लटक जाता था, पर अब साइबर लाइब्रेरी का ज़माना आ जाने से रात में भी मैं अपनी दोनों बाँहें फैलाये सीने पर पुस्तकों का बैनर चिपकाये आतुर आँखों से सबकी राह निहारता हूँ। पहले जो भी आते थे, सचमुच पढ़ने आते थे। ज्ञान की पिपासा थी उनमें। अब ज्ञान की जगह अधिकतर काम या विश्राम पिपासु आने लगे हैं। वातानुकूलित कक्ष का एकान्त भला किसे नहीं लुभायेगा? उस पर से अब छोटे-छोटे केबिन भी बन गये। प्रेम-भरी फुसफुसाहटों और हाथ-से-हाथ की, पाँव-से-पाँव की लता पादप-सी अरुझाहटें मुझे अशान्त करती हैं, पर क्या करूँ? चुपचाप देखना मेरी नियति बन चुकी है। कभी-कभी सुरक्षा गार्ड या किसी सचमुच के पढ़नेवाले उम्रदराज़ प्रोफ़ेसरनुमा व्यक्ति की पदचाप से सतर्क हो ये अपनी निगाहें सामने रखी पुस्तक पर गड़ा देते हैं, मानो किसी नये शोध में तल्लीन हों। उसके जाते ही एक-दूसरे को मुस्कराकर यूँ देखते हैं जैसे घर की किसी नवेली बहू और बेटे ने खाँसते-खँखारते आते हुए ससुर जी का सम्मान कर दिया हो।

कुछ लोग तो खाली समय में इसलिए यहाँ चले आते हैं कि उतनी देर घर की किच-किच से दूर आराम से रहेंगे। ऐसे लोग अधिकतर कोनेवाली मेज़ या केबिन की ओर लपकते हैं जहाँ झपकी मारने पर इन्हें कोई देखे नहीं। ना, ना, झपकी या नींद लेने के लिए कोई मनाही नहीं होती पुस्तकालयों में। बस अपनी नाक के खर्राटों के कारण या जगहँसाई के डर से ये विश्राम के लिए कोना तलाशते हैं। कोई भी पुस्तक रैक से निकालते हैं और उसे सामने खोलकर रख देते हैं। आराम की मुद्रा में सिर पीछे कुर्सी से टिका लें या मेज़ पर औंधे रख दें। कई बार झपकी लेते हुए किसी के द्वारा

देख लिये जाने पर ये खिसियाहट में अपने मुँह से नींद में बह आयी लार को रूमाल से पोंछते हुए सफ़ाई देनेवाले अन्दाज़ में कह उठते हैं –

"क्या बताऊँ, रात में रिश्तेदार आ गये थे। देर तक गप-शप होती रही। सेमिनार में पढ़ने के लिए गाँधी जी पर एक पेपर तैयार करना था। सोचा, आज तैयार ही कर डालूँ पर पढ़ते-पढ़ते झपकी आ गयी।"

"पर सर, आपके सामने तो आफ़त जौनपुरी की किताब पड़ी है। ये तो शायर हैं शायद?"

"हाँ, हाँ, मैंने जान-बूझकर यह पुस्तक ली है भाई। देखूँ आजकल के कवियों में गाँधी के प्रति कोई भाव बचा है कि नहीं? प्रेमिका और पत्नी पर तो सभी चुटकुलेनुमा कविता लिखकर हँसा लेते हैं।"

"अच्छा, अच्छा। और सब कुशल-मंगल है न?"

आपस में परिचित हुए तो हाल-चाल का आदान-प्रदान भी खड़े-खड़े हो जाता है। फिर वह अपनी राह और ये अपनी राह।

ये आफ़त जौनपुरी टाइप कवियों और लेखकों का रैक सबसे पहले ही पड़ जाता है न। इसलिए इस तरह के पाठक आगे से ही कोई किताब खींचकर निकाल लेते हैं ताकि सामने पढ़ने का कोई आधार रहे और वे अपना दूसरा काम या विश्राम कर सकें। पुराने लेखकों का रैक धीरे-धीरे पीछे होता जा रहा है। जगह कम पड़ने लगी है और लेखक ज़्यादा पनपने लगे हैं। सभी को इतिहास के पन्नों में दर्ज होने का शौक नशे की तरह चढ़ चुका है। साहित्यकारों की हनक देख-देखकर उनके भी मुँह में पानी आने लगा है। रवीन्द्रनाथ टैगोर को तो नोबेल प्राइज़ तक मिल गया। पूरा विश्व जान गया उन्हें मात्र एक गीताञ्जलि के कारण। कुछ आधुनिक कवि तो अपने छन्दों को भी मन-ही-मन गीताञ्जलि की तुला में तौलने भी लगे हैं। "टैगोर से ख़राब तो मेरी भी कविताएँ नहीं है," सोचकर उनकी रातों की नींद ग़ायब है। नोबेल नहीं तो कम-से-कम कोई दूसरा ही विदेशी सम्मान मिल जाये। देश में हनक बन जाय। आजकल देश में इस तरह के अनेक भ्रमित कवि और लेखक पैदा हो गये हैं।

अब आप सोच रहे होंगे कि जब मैं इनकी वास्तविकता जान रहा हूँ तब क्यों इन्हें लेखक या कवि कह रहा हूँ। यही तो मेरा दुःख है। मैं मानूँ या न मानूँ पर देश स्तर पर अनेक प्रकाशकों से मोटे कमीशन पर ख़रीद-फरोख़्त कर इनकी पुस्तकों से सभी पुस्तकालयों को पाट देने का एक अजीब सिलसिला चल पड़ा है। बहुत-से लोग इसमें लगे रहते हैं। क्रय समिति के पारखी सदस्यों से लेकर अधिकारियों तक को इन लेखकों के प्रकाशक भारी-भरकम कमीशन देने के लिए तत्पर रहते हैं। क्यों न तत्पर हों? प्रकाशक और सरकारी ख़रीद का अपना गणितीय समाज है। लेखकों से भी उनकी

कूड़ा रचनाएँ छाप देने के लिए प्रकाशन का पूरा ख़र्च वे निकलवा लेते हैं। लाख-दो-लाख या जैसी रचनाकार की हैसियत। एक शर्त और कि लेखक को भी कम-से-कम अपनी पुस्तक की सौ, दो सौ प्रतियाँ पहले ख़रीदनी पड़ेंगी। हाँ, उन्हें दाम में चालीस प्रतिशत तक छूट दयापूर्वक दे देते हैं प्रकाशक। मरता क्या न करता? ये लेखक प्रकाशन का ख़र्च देने के बाद अपनी किताबें सस्ते दामों पर ख़रीद भी लेते हैं ताकि यार दोस्तों का नाम लिखकर सप्रेम भेंट कर सकें और जब तब मिलने पर टोक सकें कि मेरी पुस्तक पढ़ी क्या? अब यदि संकोच में ही बिना पढ़े मित्र ने झूठ-मूठ कह दिया कि, "क्या ग़ज़ब का लिखा है", तो ये लेखक उसके पीछे पड़े जायेंगे – "एक छोटी-सी समीक्षा लिखकर अमुक पत्रिका को भेज दीजिये न। मित्र के लिए समीक्षक तो बन ही सकते हैं।" फिर बिना मतलब की एक गर्वीली हँसी के साथ उनकी लेखकीय गर्दन तन जाती है।

क्यों न तने गर्दन? अब का लेखक वह पुराने ज़मानेवाला फटेहाल लेखक तो रह नहीं गया जिसे दो रुपये भी जल्दी नसीब न हों। स्वाभिमान बेचकर अपनी रचनाएँ बेचने की जिसके भीतर अकुण्ठ लालसा कभी न रही हो। उस प्रकार के लेखकों को अब पूछता कौन है? और अब हैं ही कितने? आज के अधिकांश लेखक या कवि तो अच्छी नौकरियों में आने के बाद निर्मित हुए हैं। कोई जन्मजात कवित्व तो लेकर पैदा नहीं हुए कि मुँह से पहला शब्द राम ही निकलता या परचून की दूकान में बही-खाते के सादे पन्ने पर महाकाव्य लिख मारते। इन्होंने तो स्वयं को ठोंक-पीटकर सधे उद्देश्य के साथ लेखन में स्थापित किया है। अब नौकरी की अलग हनक होती है। छपने-छपाने के लिए प्रकाशकों की जी-हुजूरी नहीं करनी पड़ती। पैसा फेंको तमाशा देखो। सचमुच साहित्य को इन्होंने तमाशा ही बना दिया है। अजब-ग़ज़ब उपनाम रखकर ये महफ़िलें गुलज़ार करते हैं। होली-मिलन से लेकर समृति-सन्ध्या तक ये डटे रहते हैं।

अब इसी आगेवाली रैक में ही देखिये। यह आधुनिक कवियों की कविता-संग्रहवाली रैक है। आप कवियों के नाम पढ़ना शुरू कीजिये – सलीम बेहोश, मीना गुलबदन, गोरखनाथ झण्डू, किशोर कुमार बछेड़ू, धीरजराम ज़ोरदार, जयन्त उपाध्याय डण्डा, अंशुमान विवेक, अवनीश मानव, संज्ञा सावित्री, श्रद्धा चमन और भी क्या-क्या नाम, उपनाम। हज़ारों कवि और कई हज़ार उनकी किताबें। कितनी किताबें तो इस ठूसम-ठूँस से जेहाद कर रैक से नीचे गिर पड़ने को तत्पर दिखायी पड़ रही हैं। जगह कम पड़ने लगी है, तो दूसरा रैक बग़ल में लगा दिया गया है। अभी नयी ख़रीद होनी है। तब इसमें से विद्रोही किताबों को भी निकालकर उसमें सजा दिया जायेगा। इन पुस्तकों की समीक्षाएँ भी इन्हीं की तरह साँचे में ढली निकलती हैं, जैसे – समय के

सरोकारों से जूझती-टकराती कविताएँ, समकालीन सन्दर्भों की ज़रूरी कविताएँ, सामाजिक विसंगतियों पर प्रहार करतीं कविताएँ, साहित्य का ज़रूरी पृष्ठ हैं ये कविताएँ या मानव मन की गहरे तक पड़ताल करती कविताएँ। अब आप ही बताइये कि और क्या बचा जो इस कवि को महाकवि या इसकी पुस्तक को महाकाव्य न घोषित कर दे।

इन महाकाव्यों को अपनी गोद में सजाये मैं याद करता हूँ तुलसी, कबीर, मीराँ, महादेवी, प्रसाद, रहीम, रसखान, सूर, सुभद्रा आदि को जो कहीं पीछेवाली रैक में बिसूर रहे हैं। बाल्मीकि ने राम पर लिखा, तुलसी ने भी राम पर लिखा, केशव ने लिखा और निराला ने भी राम की शक्तिपूजा लिखी। एक तत्त्व राम पर कितने अलग-अलग आयाम, कितनी अलग शैली और भाषा। लेकिन ज़रा इस रैक की बायीं और नज़र दौड़ाइये। वे समकालीन कथा-लेखनवाले छह रैक अग़ल-बग़ल लग चुके हैं। दो-चार जल्दी ही और लग जायेंगे क्योंकि लोग कहते हैं कि साहित्य में इस समय कथा केन्द्र में है। कविता तो हाशिये पर आ चुकी है। निबन्ध और ललित निबन्ध तो लुप्त होने के कगार पर हैं इसलिए उनका रैक अंग्रेज़ी साहित्यवाले रैक के बग़ल में अकेला चुपचाप खड़ा है। कभी-कभी कोई पाठक उधर भी चला जाता है। किसी को सेमिनार में भाषण देने के लिए विषय चाहिए होता है या किसी को अपना ए.पी.आई. मज़बूत करने के लिए लेख छपवाना होता है तो वे इस निबन्धोंवाले रैक की शरण में आते हैं। ए.पी.आई. का चक्कर पहले मुझे भी नहीं समझ में आता था पर शोध-छात्रों या एड-हॉक पढ़ा रहे अध्यापकों की आपस में हो रही बातचीत से समझ में आने लगा। दरअसल प्रोफ़ेसर या असिस्टेण्ट प्रोफ़ेसर बनने के लिए कुछ शोध-पत्र या पुस्तक का छपना अनिवार्य योग्यता में आता है। इन पर यू.जी.सी. के नियम के अनुसार कुछ अंक निर्धारित होते हैं। जैसे मान लीजिये कि किसी का कोई शोध-निबन्ध किसी ऐसी पत्रिका में छपा है जिसे आई.एस.एस.एन. नम्बर मिल चुका है तो उस निबन्ध पर उसे ए.पी.आई. में सात नम्बर मिल जायेंगे। कोई पुस्तक छपने पर कुछ ज़्यादा नम्बर। तो प्रोफ़ेसर बनने के लिए ये लोग इन नम्बरों को अधिक-से-अधिक जुटाने के फेर में पड़े रहते हैं। शोध-छात्र तो रुपये दे-देकर अपने लेख छपवाते हैं ताकि उनकी ए.पी.आई. मज़बूत हो। अब कोई कह सकता है कि क्या पत्रिकावाले अपनी आत्मा बेच चुके हैं जो पैसे लेकर लेख छापते हैं। तो ये अधिकांश शोध-छात्र ही कहाँ अपना मौलिक निबन्ध देते हैं छपने को? अरे कम्प्यूटर-युग है। गुगल पर सब-कुछ उपलब्ध है। कट-पेस्ट करके एक लेख तैयार। कौन जा रहा है छान-बीन करने कि उनका मौलिक लेख है या कॉपी-पेस्ट। हाँ, असिस्टेण्ट प्रोफ़ेसर से प्रोफ़ेसर पद तक पहुँचने के लिए इससे वरिष्ठ और गरिष्ठ चीज़ चाहिए यानी पुस्तकाकार। एक प्रकाशक ने तो इसका भी सरल उपाय ढूँढ़ निकाला। किसी का सूरदास पर लिखा शोध ग्रन्थ प्रकाशित कर

दिया। किसी दूसरे ने चर्चा की कि उसे भी एक पुस्तक छपवानी है। जल्दी ही इण्टरव्यू होनेवाला है। प्रकाशक ने पूछ लिया – "लिखी जा चुकी है पुस्तक?" उसने जवाब दिया – "नहीं।" प्रकाशक ने झट अपना प्रस्ताव रख दिया – "मैं आपको लिखी-लिखाई पुस्तक प्रकाशित करके दे दूँगा। बस आप अपनी पुस्तक का टाइटिल मुझे बता दीजिये।"

ना-नुकुर करते-करते सौदा एक लाख की जगह पचास हज़ार में तय हो गया। प्रकाशक ने सूरदासवाली पुस्तक का कवर पेज बदला था और नयी टाइटिल के साथ नये लेखक को सौंप दिया। इण्टरव्यू बोर्ड में कवर पेज की डिज़ाइन देख ही एक्सपर्ट प्रभावित हो गये थे। अब इण्टरव्यू बोर्ड में बैठ पूरी किताब थोड़े ही पढ़ी जाती है। उलट-पुलटकर देख लिया। सो प्रकाशक भी 'लागो रंग हरी' हो गया और इधर प्रोफ़ेसर साहिबा भी "हर्रे लगे न फिटकरी रंग मिले चोखा।"

अब अपने इस ख़ूबसूरत नुस्ख़े का सदुपयोग भला वे कैसे न करतीं? अपने शोध-छात्रों का ए.पी.आई. मज़बूत कराने के लिए उन्होंने अपने सम्पादन में 'पारखी' पत्रिका निकालने का संकल्प ले लिया। भागदौड़ करके आई.एस.एस.एन. नम्बर लिया और शोध-छात्रों के हज़ार-हज़ार रुपये और कॉपी-पेस्टवाले निबन्धों से निखर-सँवर उठी पत्रिका। उनकी देखा-देखी विश्वविद्यालय के तमाम विभागों में पत्रिकाओं की भरमार हो गयी।

प्रकाशक और सम्पादक के इस बिजनेस की क़लई खुलते-खुलते भी कई दशक लग गये। जब तक यू.जी.सी. अपने इस नियम में परिवर्तन करे तब तक न जाने कितने मज़बूत ए.पी.आई. वाले लोग पैंसठ की अपनी उम्र तक के लिए सभी विश्वविद्यालयों में रोपे जा चुके थे। छात्रों को अपने अनुसार ठोक-पीटकर गढ़ने में लग गये थे।

ओह, लोग कहानी कहते हैं, मैं वैचारिक निबन्ध कहने लगा। क्या करूँ परेशान हूँ, पुस्तकों की बेशुमार जनसंख्या से त्रस्त हूँ, इसलिए राह भटक जाना कोई कठिन बात नहीं है। हाँ, तो मैं आपको इस कथा-साहित्यवाले रैक को दिखा रहा था। गालियों से पटे इन उपन्यासों को रहने दीजिये। इसमें क्या धरा है? गंगा घाट पर चले जाइये। इस तरह की कच्ची गालियों से एक-दूसरे की बहन माताओं के साथ अपने मधुर रिश्ते बखानते मल्लाह, बुनकर, अपढ़ लोग अकसर मिल जायेंगे। उन्हें ही चुन-चुनकर कुछ विद्वानों ने अपने-अपने उपन्यास और कहानियाँ रच डालीं और सदी के बड़े नामचीन लेखक बन बैठे। जैसे एक समय में लोकगीतों को ले-लेकर सफल फ़िल्में बनने लगी थीं वैसे ही लोक में प्रचलित इन कच्ची गालियों ने भी इन लेखकों की सफलता की नींव में रॉ मैटेरियल का काम किया है। किसी ने बनारस के बुनकरों मज़दूरों की

गालियाँ चुनीं तो किसी ने घाटों और मुहल्लों की गालियाँ बीन लीं। मनुष्य से लेकर देवलोक तक इन गालियों का प्रसार करवा पाना इन लेखकों की उपलब्धि है। यहाँ मैं तो बात कर रहा था इस रैक में रखी अनेक आधुनिक लेखिकाओं की किताबों की। कहानी से लेकर उपन्यास तक में ये पुरुषों के कान काटने को तत्पर। ऐसी चटपटेदार और वात्स्यायन के प्रसिद्ध ग्रन्थ की चाशनी में डूबी सीत्कार और चीत्कार की कथा कि एकान्त कोने में भी आपके गाल लाल हो जायें, कान गर्म हो जायें, और समूचे शरीर मे चीटियों के रेंगने का एहसास-सा होने लगे। आप ख़ुद से लजाकर दायें-बायें देखने लगेंगे कि कहीं कोई आपको छिपकर देख तो नहीं रहा इस कुकृत्य को करते हुए? कुकृत्य से मेरा मतलब इन झनझनाहटवाले साहित्य को पढ़ते हुए। आप कुछ और अर्थ मत निकालिये, कुकृत्य का।

हाँ तो मैं बता रहा था कि वाल्मीकि, तुलसी, केशव, निराला आदि अनेक कवियों ने एक तत्त्व राम को चुना, उन पर लेखनी चलायी। इन अधिकांश आधुनिक लेखिकाओं ने भी एक ही तत्त्व को चुना है और अपने-अपने ढंग से अपनी अभिव्यक्ति की क्षमता का भरपूर उपयोग करते हुए अपनी लेखनी चलायी है। उनका वह एकमात्र तत्त्व है स्त्री देह। देह को तथा उसके शोषण को विभिन्न कोणों से इन्होंने ऐसा प्रस्तुत किया है कि ब्रह्मा भी पढ़कर लजा जायें कि उन्होंने सृष्टि में स्त्री की रचना किस प्रकार कर दी थी? अब यदि स्त्री के देह का शोषण पुरुष द्वारा किया जाता है तो स्त्री ही उसकी अभिव्यक्ति सजीव कर सकती है। पुरुष का उसमें हस्तक्षेप क्यों हो? इसी सिद्धान्त पर ये लेखिकाएँ अपना भोगा हुआ सच चिन्दी-चिन्दी कर परोस रही हैं और पूरा-का-पूरा एक विमर्श खड़ा कर रही हैं।

एक दिन इसी रैक के सामने खड़ी दो प्रौढ़ा स्त्रियाँ बातें कर रही थीं। एक के बाल बिलकुल छोटे कटे हुए और दूसरी के बाल कन्धों पर झूलते हुए। एक ने बिना आस्तीनवाले ब्लाउज पर बहुत ही पारदर्शी साड़ी पहन रखी थी तो दूसरे ने गहरे गलेवाली टी-शर्ट पर घुटनों से ज़रा-सी नीचे तक चुस्त पैण्ट पहन रखी थी। चेहरे और हाथ की झुर्रियों से पता चल रहा था कि वे प्रौढ़ा है। बूढ़ी इसलिए नहीं कहूँगा क्योंकि यह शब्द तो गाँव में बैठी पहले ज़मानेवाली दादियों, नानियों के लिए उपयोग होता था जिनकी साड़ियों से हल्दी-मसाले या नाती-पोतों की मालिश के बाद तेल अजवाइन की एक भीनी-सी गन्ध उठती रहती थी। ये दोनों महिलाएँ उम्र में तो वही थीं पर ओंठों पर जलती-सी सुर्ख़ लिपस्टिक और आँखों में मोटे काजल के कारण कुछ अलग-सी लग रही थीं। दोनों यहीं विश्वविद्यालय में प्रोफ़ेसर थीं और बहुत गम्भीरता से स्त्री-विमर्श पर चर्चा करते हुए कह रही थीं – "यह पितृ सत्ता कई स्तरों पर काम करती है। एक पश्चिमी देश में विश्व सुन्दरी प्रतियोगिता का आयोजन हुआ था। प्रतियोगिता के

दौरान कुछ स्त्रीवादियों ने अपनी-अपनी ब्रा उतारकर कूड़ेदान में फेंक दी। इस घटना को ब्रा-बर्निंग के नाम से मीडिया ने ख़ूब उछाला। इन स्त्रीवादियों का कहना था कि पुरुष सत्ता ने अपने मनोरंजन और भोग के लिए यह एक विशेष प्रकार का वस्त्र तैयार किया था, अतः गुलामी के प्रतीक इसको जला देना आवश्यक है।"

दूसरी स्त्री ने जो कहा वह मैं बता नहीं सकता। मेरी भी अपनी एक मर्यादा है। निर्जीव नहीं हूँ मैं। इतनी कहानियों, घटनाओं का साक्षी और आधार हूँ। अपार शब्द रखता हूँ मैं अपने भीतर। भला मुझे कोई निर्जीव कैसे कह सकता है? यह जो रैक में सामने पुस्तक रखी है, वह एक नौसिखुआ लेखिका का उपन्यास है। बड़े रसूखदार अधिकारी की पत्नी है, सो किताब छपी भी शान से और बिकी भी शान से। मेरी ही गोद में कितनी प्रतियाँ आ गिरीं। पूरे देश की लाइब्रेरी का हाल इसी से जान लीजिये। अब इसकी कहानी में भी वही एक अजर-अमर तत्त्व स्त्री-देह की स्वतन्त्रता। वही एक बाँध तोड़ती इच्छा की नदी। एक विवाहिता स्त्री का प्रेम-प्रसंग किसी और पुरुष से भी चल रहा है। उसे वह अपनी कहानी में एक्स्ट्रा साल्ट की तरह ट्रीट करती है और वह मित्र पुरुष उससे अपने बच्चे की माँ बनने का प्रस्ताव रखता है। पहले से ही विवाहिता दो बच्चों की माँ इस स्त्री का चंचल मन चुपके से प्रश्न करता है कि क्या ज़मीन और स्त्री को अधिकार मिलेगा कि एक बार ही सही, वह अपने मन की फ़सल बो सके?

अब न जाने कितने रसिक पाठकों के मन में असमय पक उठी फ़सल अपना सिर कटा देने के लिए कसमसा उठी होगी। स्त्रीवादी ये लेखिकाएँ इस सिर कटा देने के जज़्बे को बख़ूबी जानती हैं। देह का दुखम् सुखम् नहीं लिखेंगी तो पुरस्कारों की लाइन से बाहर कर दी जायेंगी। चर्चा भी कम होगी, जैसे उस कोने में पड़ी राष्ट्रीय चिन्तन और भारतीय संस्कृति के बारे में लिखनेवाली उस लेखिका की पुस्तक पड़ी है। चपरासी उसकी धूल झाड़ने भी जल्दी उधर नहीं जाना चाहता।

अब इस रैक में रखी उस तीसरे नम्बरवाली पुस्तक की लेखिका को ही देखिये। पुरुष रूपी किसी साँप ने एक रात ऐसा डसा कि वे आज तक विष से भरी हैं। मरी नहीं, बल्कि पुरस्कृत की गयीं अपने इस लेखन के लिए। रातों-रात उनकी पुस्तक की लाखों प्रतियाँ बिक गयीं। कई भारतीय भाषाओं में अनुवाद हो गया। मानो विष न हुआ शरद् पूर्णिमा की महारास की अमृत वर्षा हो गयी। इसकी देखा-देखी विष पीने और उगलने की झड़ी लगा दी कुछ लेखिकाओं ने। किसी ने मौसा नाम के पुरुष से अपनी कमसिन नायिका का दैहिक शोषण करवा दिया तो कोई दो हाथ और आगे बढ़ते हुए भाई-बहन के ही रिश्ते को तार-तार कर पाठकों के सामने प्रस्तुत कर दिया। मुझे लगता है कि इन स्त्रियों को डसनेवाले साँप भी एक मुँहवाले नहीं हैं। ये दोमुँहे हैं। एक मुँह से डसते हैं और दूसरे से सहानुभूति जताते हुए उनके साथ खड़े होने का

दावा भी करते हैं। हाँ, इस दौरान ये अपने घर की स्त्रियों के लिए बिल्कुल सामन्ती रहते हैं। वहाँ स्वराज्य नहीं, अंग्रेज़ों का ही राज्य चलता है। इनकी स्त्रियाँ पारम्परिक भारतीय परिधान में रहती हैं। इनके लिए निर्जल तीज, करवा चौथ व्रत करती हैं। माँग में सिन्दूर, पाँव में महावर और किसी के आने पर माथे तक आँचल खिसकाना ज़रूरी होता है।

एक बार किसी पुलिस अधिकारी ने इस विषबुझी लेखिकाओं को पढ़ने के बाद अपने साक्षात्कार में इनके लिए एक प्रचलित पुलिसिया शब्द का प्रयोग कर दिया तो बवाल मच गया साहित्य की दुनिया में। सब एकजुट हो अपना-अपना स्टेटमेण्ट अखबारों में, चैनलों में देने लगीं। अरे भाई अख़बारों या टी.वी. वालों को तो इस तरह की चटकारेदार ख़बरों की तलाश रहती है। ख़ूब हो-हल्ला मचा। पुलिस अधिकारी बेचारे की बड़ी थुक्का-फ़ज़ीहत हुई पर वहीवाली कहावत कि बदनाम होंगे तो क्या नाम न होगा। बेहयाई की हँसी तो इन्हें बोनस में मिली होती है। जी नहीं, इनके पास कोई एफ.आई.आर. नहीं कराने गया था। ये पुलिस अधिकारी तो स्वयं भी लेखक हैं। अब दिन-रात नेताओं, अधिकारियों, बदमाशों, लालबत्ती क्षेत्रों या प्रेम के किस्सों में अपराध की घटनाएँ देखते-सुनते इनके मन में भी एक लम्बी अँगड़ाई लेते हुए कूदकर छलाँग मारी और सोचा कि क्यों न अपने इन रोज़मर्रा की घटनाओं को ही कहानी-उपन्यास बनाकर लिख डालूँ। सो, धड़ाधड़ इनकी किताबें छपकर आनी शुरू हो गयीं। वो देखिये उस रैक में रजनी रमानी की उस किताब के बग़ल में एक साथ दस-बारह किताबें इन्हीं साहब की रखी हैं।

आपका ध्यान रजनी रमानी की किताब में उलझ गया न? हाँ, शीर्षक ही इतना रुन-झुन टाइप दिया है कि आँखें ठहर जाती हैं। भीतर देखने को जी ललचाने लगता है, वैसे ही जैसे पहले ज़माने में एक विशेष-क्षेत्र में गुज़रते हुए तबले की थाप और घुँघरुओं की झनकार सुन रसिकों के पैर ठिठक जाते थे और वे दायें-बायें देखते अपनी जेब का वज़न तौलते हुए सीढ़ियाँ चढ़ने लगते थे। इस पुस्तक के लिए जेब का वज़न तो नहीं तौलना पड़ता पर लोक-लाज के डर से कुछ लोग इसे अख़बार के बीच में रखकर अपनी कोनेवाली मेज़ पर ले जाकर पढ़ते हैं। आपकी उत्सुकता अब अपना धैर्य तोड़ रही है न? मैं पुस्तकालय हूँ। सभी पुस्तकों का मर्म चुपचाप अपने सीने में छिपाये हूँ। एक बार छात्रों के मुँह से मैंने एक फ़िल्म का नाम सुना था – हसीना मान जायेगी। मुझे हँसी आयी थी। ये फ़िल्मवाले भी कैसे सस्ते विषय उठाने लगे हैं। पर जब रजनी रमानी का यह उपन्यास मेरे सीने से आ सटा तो समझ में आया कि ये फ़िल्मवाले तो फिर भी गम्भीर हैं। कहते हैं, इस उपन्यास के प्रकाशन के कुछ दिनों बाद ही रजनी रमानी के पिता की हार्ट-अटैक से मृत्यु हो गयी। लोग इसके लिए रजनी

रमानी के लेखन को ज़िम्मेदार मानते हैं। स्वयं उनकी प्रौढ़ा और अब विधवा माँ भी ऐसा ही मानती हैं। हुआ यूँ कि इस इस प्रकार के अश्लील लेखनवालियों को सफलता की सीढ़ियाँ चढ़ते देख रजनी रमानी का मन भी कल्पना की ऊँची पींगें मारना शुरू कर दिया। वे इन सबसे अलग कुछ बहुत ज़ोरदार धमाका करना चाहती थीं जो साहित्य जगत् में तहलका मचा दे। रातोंरात शोहरत की बुलन्दी पर पहुँचा दे उन्हें। देश के साथ-साथ विश्व के उन तमाम पुरस्कारों की अग्रिम पंक्ति में खड़ा कर दें उन्हें जिसकी वे सही मायने में हक़दार हैं। उन्होंने अपनी समकालीन लेखिकाओं को पछाड़ने के लिए एक नया, अछूता विषय चुना और दिन-रात मेहनत कर चार महीनों में ही पूरा कर डाला। पुस्तक छपने के पूर्व ही कई ज़िलों में घूम-घूमकर उन्होंने उसकी मुँह दिखायी, घुँघट उलटवायी की रस्म अदा की थी। दरअसल जहाँ कहीं साहित्यिक सेमिनार होता, वे कोई-न-कोई जुगाड़ लगा बीच में पाँच मिनट का समय ले लेतीं और मुख्य अतिथि के हाथों पुस्तक की कवर डिज़ाइन का लोकार्पण यह कहकर करवातीं कि यह अभी नयी नवेली की मुँह दिखायी का रस्म हो रहा है।

आपकी भी उत्सुकता बढ़ रही है न कि आख़िर कवर पेज इतना झनझनाकर रख देनेवाला है तो भीतर कितनी आग होगी? जी, आग ही की बात है भीतर। रजनी रमानी ने इसमें एक माँ-बाप के रिश्ते को बड़ी गहराई से व्यक्त किया है। माँ अपनी बेटी से कहती है कि तेरे पिता की आग अब मैं नहीं सँभाल सकती तो लायक़ बेटी माँ की विवशता समझती है और पिता के आग की चिन्ता भी करती है। पिता के लिए वेश्या जुटाने का काम बेटी बड़े मनोयोग से पूरी पुस्तक भर करती है। तरह-तरह की वेश्याएँ, तरह-तरह उनके अनुभव। पुस्तक प्रकाशित होने के बाद रजनी रमानी के पिता के हाथों भी लग गयी थी। जिस बेटी को इतने संस्कारों और अच्छे वातावरण में पाला, उसकी लेखनी से झड़ती इस अश्लीलता और आवारगी को उनकी आत्मा स्वीकार नहीं कर पायी थी। उनका हार्ट-अटैक हुआ तो लोगों ने हवा उड़ा दी। रजनी रमानी पिता की मृत्यु के चौथे दिन ही फेसबुक पर पुनः प्रगट हो गयी थीं, पिता की मृत्यु को भी अपने साहित्य की सीढ़ी बनाते हुए। मसलन-छूट गयी वह उँगली जिसे पकड़कर साहित्य का ककहरा सीखा।

नहीं, नहीं, यह 'सत्य के प्रयोग' नाम की पुस्तक कथा-साहित्य नहीं है। कोई ग़लती से लाकर यहाँ रख गया है। उस दिन भी दो प्रोफ़ेसर बातें करते हुए इस रैक के पास खड़े थे। एक की निगाह 'सत्य के प्रयोग; पर गयी थी। वह ठठाकर हँसा।

"क्या हुआ सर?" दूसरे ने चौंककर पूछा।

"वह देखो, रजनी रमानी के बग़ल में।"

"कोई ग़लती से रख गया होगा।"

"हाँ, लड़के जल्दी-जल्दी में कहीं भी किताबों फेंककर चले जाते हैं।"

"कई बार दूसरों से किताबें छिपाने के चक्कर में भी दूसरे विषय के रैक में रख देते हैं ताकि दूसरे दिन आने पर किताबों के इस महासागर में ढूँढ़ने में परेशानी न हो।"

"पर एक बात समझ में नहीं आती प्रो. मलिक कि एक ओर देश आज़ाद होने के लिए छटपटा रहा था। क्रान्तिकारी फाँसी पर झूल रहे थे। जलियाँवाला बाग़ जैसी घटनाओं में हज़ारों-हज़ार लोग भून दिये जा रहे थे। ऐसे स्वाधीनता-आन्दोलन के समय में ये गाँधी अपने ब्रह्मचर्य के साथ प्रयोग क्यों कर रहे थे? साधन की पवित्रता की बात करनेवाला व्यक्ति स्त्रियों को अपने साधन के रूप में क्यों प्रयोग कर रहा था? इससे देश का क्या भला होनेवाला था? आज़ादी से इसका क्या सम्बन्ध? मुझे आज तक ये बातें समझ में नहीं आयीं।

वे प्रोफ़ेसर गाँधी विरोधी थे शायद। ख़ैर, ये बातें मेरी भी समझ में आज तक नहीं आयी हैं। वर्ष में एक-दो बार पुस्तकालय में सभी रैक की पुस्तकों को व्यवस्थित किया जाता है। अंग्रेज़ी सात्यि की किताबें अंग्रेज़ी में, हिन्दी, गणित, विज्ञान, सभी विषयों की किताबें अपने-अपने रैक में सजा दी जाती हैं। विज्ञान या बहुत पुरानी किताबों की कम ही प्रतियाँ उपलब्ध हैं, इसलिए छात्र इन्हें इधर-उधर लुकाते-छिपाते रहते हैं। व्यवस्थित करते समय यह गाँधी की भी पुस्तक यथास्थान पहुँच जायेगी। आपको लग रहा होगा कि सभी लोग गाँधी के नाम के साथ 'जी' ज़रूर लगाते हैं। म पुस्तकालय होकर भी नहीं लगा रहा हूँ। तो एक बात तो स्पष्ट कर दूँ – "जी" शिष्टाचार है और जब आप किसी के प्रति शिष्टाचार की भाषा अपनाते हैं तो कहीं-न-कहीं उसके दबाव में आ जाते हैं। निष्पक्ष विचार प्रकट नहीं कर सकते आप। इसलिए निष्पक्ष आकलन के लिए तो शिष्टाचार आदि के दबाव से मुक्त होना पड़ेगा। मैं ऐसे किसी भी वैचारिक दबाव से मुक्त हूँ पर आज की बढ़ती पुस्तकों के दबाव का क्या करूँ मैं? गधे को अपना बाप मानने जैसी पुनर्जन्मवाली कहानियों और उपन्यासों से मैं खिन्न हो चुका हूँ पर अपना दुःख किससे बाँटने जाऊँ? मेरा काम तो ज्ञान बाँटना नहीं। दुःख या खिन्नता बाँटना नहीं। कैसे समझाऊँ नयी पीढ़ी को कि उधर पीछे की ओर धूल खाती किताबों की ओर जाओ, यहाँ न ठिठको मेरे बच्चो। कैसे कहूँ उनसे कि शब्द चाहे जितने हों मेरे पास, सार्थक न तुम तक पहुँचे तो सारे व्यर्थ हैं।

❐

वह देश के काम आये

भारत-विभाजन के बाद से अस्तित्व में आये पाकिस्तान की आतंकी गतिविधियों से भारत लगातार परेशान हो रहा था। अपनी कूटनीतिक चालों और मित्रता के लिए बढ़े हाथों के अलावा वह पाकिस्तान पर हमलावर कभी नहीं रहा परन्तु इसका ठीक उल्टा पाकिस्तान कर रहा था। उसके आतंकी संगठन लगातार जम्मू-कश्मीर और सीमावर्ती क्षेत्रों में घुसपैठ कर जन-जीवन को अस्त-व्यस्त करने में लगे रहते। विश्व स्तर पर आतंक की समस्या से निबटने की रणनीति तय की जा रही थी क्योंकि बार-बार आतंकी हमले केवल भारत की सीमा में ही नहीं अपितु विश्व के अन्य देशों में भी हो रहे थे।

ऐसे ही उथल-पुथलवाले समय में कुछ आतंकवादी पाक के कब्ज़ेवाले कश्मीर से झेलम नदी के रास्ते भारत में घुसे। उरी में सेना के आधार शिविर में सोते हुए भारतीय सेना के जवानों को अपना निशाना बनाया। सुबह-सुबह ड्यूटी की अदला-बदली करने के बाद ये सैनिक अपने बेस शिविर के टेण्टों में सो रहे थे। आतंकियों ने घुसते ही टेण्टों पर ग्रेनेड से हमला कर दिया। अनेक भारतीय सैनिक शहीद हो गये। हमले के बाद पैरा कमाण्डों ने मोर्चा सँभाला और तीन घण्टे के ऑपरेशन के बाद आतंकियों को मार गिराया। उसके बाद वही सब हुआ जो होना चाहिए या जो होता आया था। हालात की समीक्षा के लिए गृहमन्त्री के आवास पर उच्चस्तरीय बैठक हुई। हमले के बारे में सेना प्रमुख से जानकारी ली गयी। आतंकवाद से निबटने के लिए रणनीति तैयार होने लगी पर इस बार की रणनीति थोड़ी अलग थी। आम जनता कैण्डिल जलाकर शहीदों को श्रद्धाञ्जलि देने और अपना आक्रोश व्यक्त करने लगी। सोशल मीडिया की दीवार सैल्यूट और जयन्दि से पट गयी। मातमी धुन के साथ शहीदों के शव उनके घर तक पहुँचने लगे।

उन्हीं शवों में एक शव हलवदार लव कुमार का भी था। जिस समय फ़ोन द्वारा यह सूचना लव कुमार के घर पहुँची थी, शाम होनेवाली थी। उनकी सत्तर वर्षीया माँ बेला देवी अपने खपरैलवाले घर की दालान में पड़ी चारपाई पर बैठी थीं। सिरहाने पुरानी साड़ियों को सिलकर बनी कथरी और तकिया पड़ी थी। चेहरा झुर्रियों से पटा था। आँखें झुर्रियों के बीच समायी-सी लगतीं। माथे पर असमय वैधव्य की अनेक

आड़ी-बेड़ी लकीरें उन्हें और बूढ़ा और एकाकी बना चुकी थीं। चाँदी के मोटे-मोटे कड़े दुबली कलाई में भारस्वरूप अँटके पड़े थे। सिरहाने तिपाई पर स्टील के लोटे में पानी रखा था जिसे वह जब-तब पी लेती थीं।

सामने ही बहू सावित्री देवी गाय की नाँद में हाथ से खरी मिलाकर पानी डाल रही थी। दूध देती गाय को खरी चूनी नहीं दिया जायेगा तो बन्धी पर दूध कैसे जायेगा? कुछ खेती-पाती और इस दूध से आमदनी हो जाती थी तथा कुछ रुपये हर महीने उसका पति हवलदार लव कुमार भेजा करता। घर की गाड़ी चरर-मरर किसी तरह खिंच रही थी। तीन-तीन छोटे बच्चों का पालन-पोषण, बूढ़ी सास की दवा, कार-परोजन सब तो इसी में निबटाना था। घर में कोई दूसर पुरुष सदस्य न रहने से लव की बहू सावित्री को ही हाट-बाज़ार से सर-सामान भी ख़रीदकर ले आना पड़ता। घर-बाहर के काम के बोझ से सावित्री का व्यवहार थोड़ा चिड़चिड़ा हो उठा था। बेला देवी सब समझती थीं पर जाँगर-पौरुख जवाब दे गया था। मजबूरी में बहू को सान्त्वना देतीं –

"जाने दो, तुम्हारे भी दिन फिरेंगे दुलहिन। लव रिटायर होकर घर आ जायेगा तो बाहर का काम देख लेगा, तुम्हारा भार हल्का हो जायेगा।"

बहू के मुख पर एक मुस्कान आ जाती। शायद पति को याद कर। उसके हाथ-पैर तेज़ी से चलने लगते। गाय की पीठ पर दुलार से हाथ फेरने लगती। निगाहें सड़क से मिलतीं चकरोड पर टिक जातीं। इसी रास्ते उसके पति आते हैं। बड़ा-सा बैग कन्धे पर टाँगें। सभी के लिए कुछ-न-कुछ रहता है उसमें। पर कितने कम समय के लिए आ पाते हैं। छुट्टी का समय जैसे तोते जैसा उड़ जाता है। बातें करके मन भरता भी नहीं कि रवानगी। इस बार भी गये तो वादा करके कि जल्दी आयेंगे। देखो, कब तक?

बूढ़ी बेला देवी के बग़ल में रखे पुराने से मोबाइल की घण्टी बजी तो उन्होंने अपनी कमज़ोर आवाज़ में बहू को पुकारा –

"दुलहिन देखो फ़ोन। शायद बाबू का हो।"

गाय की नाँद से हाथ निकालते-निकालते सावित्री देवी का दिल धड़क उठा। अभी कल ही तो उसके पति ने फ़ोन करके बताया था कि कल से ड्यूटी ऐसी जगह है जहाँ से दस दिन तक बात नहीं हो सकेगी। अगले ही क्षण उसके मन ने समझाया हो सकता हो, ड्यूटी बदल गयी हो। हो सकता है, मायके से किसी का फ़ोन हो।

साड़ी के आँचल में हाथ पोंछते हुए बड़े-बड़े डग भरती वह दालान की ओर बढ़ी थी। जाड़े की शाम का ललछौंहा सूरज ढलने जा रहा था। घर के द्वार पर लगे नीम, आम और आँवला के पेड़ों की पत्तियाँ सोने से मढ़ी जैसी लग रही थी। चिड़ियाँ धीरे-धीरे अपने घोंसलों की ओर उड़ान भर रही थीं। नीम के पेड़ के नीचे बेला देवी उपले और धान की भूसी का अलाव सुलगा चुकी थीं। यह उनकी नित्य प्रति की

आदत थी। गाँव के छोटे-बड़े बच्चे उस अलाव के आसपास रोज़ इकट्ठा हो जाते। इसी बहाने दरवाज़े पर चहल-पहल रहती। उनकी अपनी दुनिया थी। नौ वर्ष के बब्लू और तीन वर्ष के शेखर में कोई ख़ास अन्तर नहीं होता था। सभी बच्चे इसी उम्र के आसपास थे। उनकी दुनिया में क़िस्से, कहानियाँ थीं, परियों के देश की झिलमिलाहट थी। कहानियाँ ख़ूब लम्बी होतीं और कभी-कभी अन्तहीन भी। कई बार एक से अधिक बच्चे अपने-अपने ढंग से कहानियों को विस्तार देने लगते। एक शोर-सा मच जाता अलाव के इर्द-गिर्द। सभी अपनी-अपनी कल्पना की उड़ान एक-दूसरे से बाँटने के लिए बेसब्र हो उठते। यह एक रूपहली दुनिया थी, जो भीतर-बाहर दोनों तरफ़ से सुन्दर थी।

सावित्री देवी गाय की नाँद से दालान की ओर बढ़ते हुए उन बच्चों को देखकर मुस्करायी। आज भी वे सभी बच्चे अलाव के आसपास बैठ चुके थे। उनकी कहानियाँ शुरू थीं। एक झिलमिलाता संसार उनकी आँखों के आगे नाच रहा था जिसमें परियाँ थीं, फूल थे, तितलियाँ थीं और तितलियों के पंखों पर सवार उनके अपने-अपने मन थे। वे तितलियाँ उन्हें लेकर उन फूलों पर बैठतीं जिनमें बस प्रेम और भोलेपन की ही गन्ध थी। पत्तियों में सूर्य की किरणें झिलमिलाती रहतीं। समूचे पेड़ कई कहानियों से लदे रहते। इन कहानियों का कोई निश्चित स्वरूप भी नहीं होता।

"सोनाली अलाव में दस-बारह ठो आलू छाल दे। सुबह के लिए खरमेटाव हो जायेगा।"

सावित्री ने दालान की ओर बढ़ते हुए बच्चों के झुण्ड में बैठी अपनी बेटी को पुकारकर कहा। सोनाली की उम्र अब पाँच वर्ष की हो गयी थी। वैसे दिखने में वह पड़ोस के तीन वर्षीय लड़के चन्द्रेश से बड़ी नहीं लगती थी।

"अच्छा मम्मी।" सोनाली ने माँ को जवाब दिया तो क्षण-भर के लिए अलाव के इर्द-गिर्द डोल रही कई कहानियों की डोर टूट गयी थी। कुछ देर के लिए बच्चों की पंचायत में सन्नाटा छा गया था परन्तु अगले ही पल किसी की झटके में बाहर आ गयी नाक पर हँसी का फ़ौव्वारा छूट पड़ा। बच्चे ताली पीट-पीटकर हँसने लगे। अलाव का धुआँ भी बच्चों की इस स्वच्छ हँसी में इधर-उधर झूमने लगा। बच्चों की आँखों में अनायास ही आँसू आने लगे। कुछ हँसी से, कुछ कण्डे और भूसी के कड़वे धुएँ से।

शेखर ने झुककर अलाव में फूँक मारकर जलाने की कोशिश की तो राख उड़कर उसके मुँह की ओर आ गयी। यह दूसरा फ़ौव्वारा था हँसी का। वह जल्दी-जल्दी दोनों हाथों से चेहरे की ओर उड़ रही राख को हटाने की कोशिश कर रहा था और अन्य बच्चे उसकी ओर हाथ दिखा-दिखाकर हँस रहे थे। नन्हा चन्द्रेश डरकर पीछे खड़ हो गया। उसके पाजामे का नाड़ा ढीला हो गया था। वह उसे दोनों हाथों से सँभाले हुए धुएँ से आँखें चुरा रहा था। बच्चों में सबसे शरारती नान्हू ने मज़ाक-मज़ाक में चन्द्रेश

का पाजामा नीचे से पकड़कर खींच दिया। पाजामा ज़मीन पर आते-आते बचा किन्तु चन्द्रेश की इज़्ज़त सबके सामने खुल गयी। चन्द्रेश नाराज़ मुद्रा में जाने लगा तो सोनाली ने पुचकारकर उसे वापस बुला लिया और नान्हू पर बिगड़ पड़ी –

''कहानी सुनाते-सुनाते ये क्या बदतमीज़ी है। ठीक से सुनाना हो तो सुनाओ नहीं तो...।''

''नहीं तो क्या?'' नान्हू ने मज़ाक में पूछा तो लाले लपककर बोल पड़ा।

''यह खुद सुनाने लगेगी।''

फिर एक हँसी का फ़ौव्वारा सभी को भिंगो गया था। चन्द्रेश की नाराज़गी इस हँसी में धुल गयी थी। मनगढ़न्त कहानियाँ और गप्पों का दौर कुछ ही क्षणों के अन्तराल के बाद पुनः शुरू हो गया था।

''ए, जानते हो, कल मेरे आँगन में एक मोर नाच रहा था।'' बब्लू ने अपनी गोल आँखों को फैलाते हुए कहा।

''हाँ, सही में?'' शेखर को विश्वास नहीं हुआ।

''हाँ, सच्ची-मुच्ची भाई। छत से कूदा झप्प से। घर में कोई नहीं था। अम्माँ बाहर चावल पछोर रही थी। हम ओसारे में बैठे थे, तभी। कूदा झप्प से और देखा कि कोई नहीं, बस नाचने लगा। पूरा पंख फैलाकर, ऐसे।'' बब्लू ने अपने दोनों हाथों को सिर के ऊपर हवा में मोर-पंख की तरह लहराते हुए बताया।

''क्यों नहीं पकड़ लिये? मज़ा आता। उसकी टाँग में रस्सी बाँधकर हम लोग झउवा के नीचे तोप देते।'' सोनाली उसकी बात ध्यान से सुनते हुए बोली। वह उठकर माँ के कहे अनुसार आलू लेने घर की ओर चली गयी।

''हाँ, हम चावल छींट देते उसके पास, खाता रहता।'' शेखर ने कहा।

''भक्क, बेचारे के बच्चे कितना रोयेंगे?'' नन्हीं रीमा ने नाक सुड़कते हुए कहा।

''कब भागा यार?'' शेखर को मोर के बारे में उत्सुकता हो रही थी।

''कुछ ही देर में। अम्माँ अन्दर आने लगी तो उनको देखकर उड़ गया।'' बब्लू ने कहा।

''हमारे खपरैलवाले घर में गौरैया के दो बच्चे हैं। हम लोग रोज़ स्कूल से आकर उनको दाना-पानी देते हैं।'' नान्हू ने दूसरी सूचना दी तो बब्लू ने उसे कहानी से जोड़ने की कोशिश की –

''वही, कौवा और गुदीवाली कहानी में जो गौरैया थी?''

एकाएक एक क्रूर अदृश्य हाथ इस निश्छल स्वर्गिक वातावरण की ओर बढ़ा जिसने बड़ी निर्ममता से कहानियों और तितलियों-सी सुकुमार कल्पनाओं पर प्रहार किया। घर में आलू लेने गयी सोनाली दौड़ती हुई खाली हाथ उनके पास आयी थी और

घबड़ाते हुए सभी को बताया – फ़ोन से सूचना आयी है कि पापा देश के काम आये। मम्मी रो रही है आँगन में।

एक विकराल सूचना जो उन सबके बीच खड़ी थी, भयानक अट्टाहस करती, डराती। एक ऐसी सूचना, जिसका शरीर नहीं था, हाथ-पैर भी नहीं थे। आँखें और मुँह भी नहीं था जिससे जाना जा सकता कि वह कहाँ से आ रही है? क्यों उनकी तितलियों, कहानियों, क़िस्सों की दुनिया को आग लगा रही है? सभी बच्चे स्तब्ध थे। सोनाली पुनः मम्मी की ओर भागकर जाने लगी थी। सब-कुछ जैसे ठहर-सा गया। कुछ क्षण पहले ही हँसी से लाल हुए बच्चों के गाल भय से पीले पड़ गये थे। कोई कुछ बोलने की स्थिति में नहीं था। चन्द्रेश ने डरते-डरते पूछा –

''लेकिन वे वापस कब आयेंगे?''

नान्हू, जो अपेक्षाकृत उन बच्चों में सबसे बड़ा था, ने थोड़ा डाँटते हुए कहा –

''जब वे देश के काम आ गये तो फिर कैसे लौटेंगे?''

क्षण-भर के लिए बच्चों की सभा में सन्नाटा खिंच गया। अपनी मम्मी की शॉल में गुड़ीमुड़ी-सी लिपटी नन्हीं रीमा अधीर होकर बोल पड़ी –

''यह देश के काम क्या है?''

''लड़ाई।'' नान्हू ने कुछ सोचकर जवाब दिया।

''लड़ाई क्या होती है?'' चन्द्रेश ने अपनी महीन आवाज़ में पूछा।

''कुछ मारपीट जैसी।'' शेखर ने गम्भीरतापूर्वक समझाने की कोशिश की।

''जैसे हम लोग खेलते समय करते हैं?'' रीमा पूछ बैठी।

''नहीं, उससे थोड़ा अलग।'' नान्हू के चेहरे पर एक गम्भीर उदासी छा गयी थी। उसने दालान की ओर देखा था। शायद बूढ़ी दादी को पता नहीं था कि उनका बेटा देश के काम आ गया। वे खाट पर बैठी चुपचाप सामने की ओर देख रही थीं। उनकी बहू सावित्री देवी फ़ोन लेकर अन्दर चली गयी थी बात करने।

''फिर कैसी होती है लड़ाई?'' नन्हीं रीमा पूछ रही थी।

''दुश्मन के साथ होती है लड़ाई।'' शेखर ने जवाब दिया।

''क्या करते हैं लड़ाई में?'' चन्द्रेश की आँखें फैलकर बड़ी हो गयी थीं।

''एक-दूसरे को मारते हैं, बन्दूक़ से, बम से और ...।''

''मेरे पास भी एक बन्दूक़ है।'' नन्हीं रीमा आक्रोश में बता रही थी।

सभी बच्चों में एक उत्सुकता जाग उठी थी।

''कहाँ है?'' शेखर ने पूछ लिया। रीमा की यह सूचना उसे सन्तोष देनेवाली थी। चलो, उन लोगों के पास भी बन्दूक़ है।

रीमा तुतलाते हुए बता रही थी –

''होली में पापा छुट्टी में आये थे न, तो मेरे लिये पिचकारीवाली बन्दूक़ ले आये थे। दूर से ही रंग मार दे रही थी वह पिचकारीवाली बन्दूक़। हम भी मार देंगे दुश्मनों को अपनी बन्दूक़ से।''

''भक्क पगली, वो असली बन्दूक़ नहीं है। असली तो बहुत ख़तरनाक होती है। एक गोली लगी कि आदमी ख़तम।'' नान्हू का ज्ञान उसकी उम्र के अनुसार थोड़ा विस्तृत था।

''क्या उनको दया नहीं आती?'' चन्द्रेश पूछ रहा था। वह हतप्रभ था।

''नहीं, उनकी आत्माएँ नहीं होतीं।'' नान्हू जैसे उलाहना दे रहा था।

''हम उन्हें अपनी आत्माएँ दे दें तो वे लड़ाई नहीं करेंगे?'' नन्हीं रीमा की आँखों में आँसू डबडबा आये थे। वह पापा के साथ हुई किसी अनहोनी की आशंका से रुआँसी थी।

''भक्क, आत्मा कोई देने की चीज़ होती है? वह तो होती है।'' शेखर के जवाब में रीमा को कोई सन्तुष्टि नहीं हुई थी। वह शॉल को पीछे झटककर खड़ी हो गयी।

''मैं भी जा रही हूँ पापा के पास। दुश्मन से लड़ाई करने।''

''पर वह देश के काम कैसे आ गये?'' चन्द्रेश को अभी तक समझ में नहीं आ रहा था। एक डरा-डरा-सा सन्नाटा पसर गया था। शेखर ने अपने विचारों को व्यवस्थित किया और सबको समझाया –

''देखो, अपने देश के लिए लड़ाई करते हुए जो दुश्मनों के द्वारा मार दिया जाता है, उसी को कहते हैं।''

''क्या? पापा को दुश्मनों ने मार दिया? वे फिर कभी नहीं लौटेंगे? उन्होंने तो मुझसे जाते समय कहा था कि इस बार मेरे लिये वे बड़ीवाली गुड़िया लायेंगे।'' रीमा बिलखकर रो रही थी।

उसके सपने, तितली के पंख अलाव की आँच में टूट-टूटकर भस्म हो रहे थे। एक अन्तहीन शोक और निःशब्द चीख़ से भर उठी थी बच्चों की दुनिया। खाट पर बैठी बूढ़ी दादी को भी अब तक पता चल चुका था। वह अपनी छाती पीट रही थी परन्तु चीख़ें बाहर नहीं आ पा रही थीं।

नाँद पर गाय अपने बछड़े के लिए रँभा रही थी। बूढ़ी दादी की आँखों में आँसू एक कतार में गिरते हुए झुर्रियों में समा रहे थे। साँझ का सूरज रात के आँचल में मुँह छिपा सिसक रहा था। चिड़ियाँ अपने-अपने घोंसलों में दुबक गयी थीं। बच्चे सहमे-सहमे-से सिर झुकाये अपने-अपने घरों की ओर जा रहे थे। उनकी हँसी, उनकी परियों की कहानियों और झिलमिल संसार पर एक विकराल प्रेत जैसी सूचना ने झपट्टा मारकर अपने नुकीले नाख़ून गड़ा दिये थे।

❐

पण्डित मेवाराम चौधरी – शहनाईवाले

यह इक्कीसवीं सदी के प्रारम्भिक दो दशकों की बात है। भारत में आकाशवाणी केन्द्रों का जाल फैल चुका था। एक बहुश्रुत माध्यम था यह मनोरंजन और शिक्षा का। शास्त्रीय संगीत के अनेक दिग्गज कलाकारों को इसने जन्म दिया जिन्होंने देश-विदेश में भारतीय शास्त्रीय संगीत का परचम लहराया। गायन, वादन सभी विधाओं के एक-से-एक साधक कलावन्तों ने संगीत को ऊँचाई प्रदान की। आकाशवाणी इन कलाकारों का चयन कर क्रमशः उन्हें योग्यतानुसार अपग्रेड करते हुए शीर्ष तक ले जाती। हर ग्रेड की एक सरकारी फ़ीस निर्धारित थी जो इन कलाकारों को संगीत-प्रस्तुति के साथ प्रदान की जाती। सबसे चोटी का कलाकार टॉप ग्रेड हुआ करता जिसकी फ़ीस अन्य कलाकारों से अधिक हुआ करती थी। इन टॉप ग्रेड कलाकारों का चयन दिल्ली स्थित एक उच्चस्तरीय ऑडिशन बोर्ड करता। आकाशवाणी के क्षेत्रीय केन्द्रों से कलाकारों के गायन-वादन की रिकार्डिंग दिल्ली मँगा ली जाती और ऑडिशन बोर्ड के सदस्य उसे सुनकर तय करते कि अमुक कलाकार टॉप ग्रेड होने योग्य है या नहीं। टॉप ग्रेड कलाकार के नाम से पूर्व हिन्दू हुआ तो पण्डित, मुसलमान हुआ तो उस्ताद या स्त्रियों के नाम के पूर्व विदुषी पदवी लगा दिया जाता था।

धीरे-धीरे देश में फैल रहे घोटालों और भ्रष्टाचार का संक्रमण आकाशवाणी को भी अपनी गिरफ़्त में लेने लगा था। स्थानीय स्तर पर कलाकारों, उद्घोषकों को उत्तीर्ण करने के बदले कुछ उत्कोच आदि सम्बन्धित अधिकारी स्वीकार करने लगे थे, परन्तु इस तरह कि किसी को कानों-कान ख़बर न हो। पर पब्लिक ब्राडकॉस्ट की बातें पब्लिक हो ही जातीं। कलाकारों और उद्घोषकों के चयन में बरती जानेवाली गुणवत्ता सम्बन्धी कड़ाई अब धर्मनिरपेक्ष सरकारों की तरह नरम पड़ने लगी थी। परिणाम धीरे-धीरे श्रोताओं की कमी के रूप में सामने आने लगा परन्तु आकाशवाणी को अपना काम तो करना ही था।

ऐसे सरस, परन्तु कठिन भी, समय में सेवाराम चौधरी के घर राग वसन्त-सा माहौल था। आज घर में रिश्तेदारों और इष्ट-मित्रों को भोज पर बुलाया गया था। कोहड़े की सब्ज़ी छौंकी जा रही थी। हलवाई पूड़ियों के लिए आटा गूँथ रहा था। उकड़ूँ

बैठे उसके माथे से पसीने की बूँदें रह-रहकर आटे में टपक जा रही थीं परन्तु वह बड़े निस्पृह भाव से दोनों हाथों से आटे का बड़ा-सा गोला माँड़ रहा था। बरसात का दिन है। उमस ज़्यादा है। जल्दी-से-जल्दी मेहमानों को पूड़ी सब्ज़ी और बुँदिया खिला-पिलाकर वह रात आठ बजे तक खाली हो जाना चाहता था। जहाँ खाना बनाने का ठेका वह लेता है, वहाँ स्वयं नहीं खाता क्योंकि उसे पता है कि सब्ज़ीवाला भगौना महीनों घर के बाहर बरामदे में पड़ रहता है जिसमें कुत्ते-बिल्ली मुँह मारने के साथ-साथ और भी गन्दगी करते रहते हैं। जब कभी छोटो-मोटा ठेका मिल जाता है तो उसे पानी से साफ़ कर ठेले पर लाद वह अपनी पत्नी, दो बच्चों और दो महिला कामगरों के साथ चला जाता है। पूड़ी बेलने और सब्ज़ी काटने के लिए ये महिलाएँ डेढ़-डेढ़ सौ रुपये लेती हैं और परिवार के लिए परोसा अलग से। परोसा का ख़र्च तो ग्राहक के खाने से हो जाता है। पर अपनी रकम में से डेढ़-डेढ़ सौ रुपये निकालना थोड़ा कष्टकारी लगता है। दोनों बेटों की शादी हो जाती तो ब़हुओं को भी इसी धन्धे में लगा देता पर ससुरे बेकार हैं। कौन अपनी लड़की दे। दोनों की उम्र तो हो ही गयी है ब्याह के लायक़। आमदनी कम होने के कारण बड़ा ठेका नहीं मिल पाता क्योंकि उतने कारीगर और अच्छे बर्तन नहीं हैं। हूँः, आटा माँड़ते जिनगी गारद।

हलवाई। ने आटा गूँथते-गूँथते बग़ल में जमीन पर सुर्ती की पीक थूक दी। कढ़ाई का ढक्कन हटाया और कोहड़े की सब्ज़ी को पल्टे से चलाने लगा। मेवाराम चौधरी के घर का यह बाहरी गलियारा था। यहाँ ईंट की भट्टी पर खाना पक रहा था। खाने की व्यवस्था वहीं बाहरी बरामदे में मेज़ पर रखकर बुफे शैली में होना था। हलवाई ने बाहर गली में निगाह दौड़ायी। अभी काफ़ी धूप थी। शाम होने में दो-तीन घण्टे बाक़ी थे। उसने कढ़ाई को पुनः ढँक दिया और लकड़ी की आँच को बाहर खींचते हुए थोड़ा कम कर दिया। बुँदिया पहले ही बनकर रखी थी। उस पर मक्खियाँ भिनभिना रही थीं। उसने उपेक्षा से एक नज़र उन मक्खियों पर डाली थी और मेन दरवाज़े से बाहर निकल मेवाराम चौधरी के बग़ल में खड़ा हो गया था।

मेवाराम चौधरी अपने घर की बाहरी दीवार पर दरवाज़े के ठीक बग़ल में अपना नाम पेण्ट से लिखवा रहे थे। अभी तक लाल रंग के गेरू से वहाँ पर लिखा था – मेवाराम चौधरी – शहनाईवाले।

"यह शहनाईवाले भी मिटा दूँ?"

पेण्टर पूछ रहा था।

"हाँ भाई, पूरे पर नीला पेण्ट कर दो जल्दी से ताकि उस पर लाल रंग के पेण्ट से मेरा नाम लिख सको।"

मेवाराम उतावले थे।

“कुछ तो समय देना पड़ेगा सूखने के लिए, नहीं तो नीला रंग थोड़ा-थोड़ा लाल में आ जायेगा।”

“वह तो और अच्छा लगेगा। एक नयी डिजायन।”

मेवाराम हँसे थे।

“हमें क्या, जैसा कहिये, कर देंगे।” पेण्टर रुखाई से ‘शहनाईवाले’ पर नीले पेण्ट का ब्रश घुमाते हुए बोला।

“अरे एक तरफ़ से लिखना शुरू करो, दूसरी तरफ़ थोड़ा-थोड़ा सूख ही जायेगा। पेण्ट है। कोई गेरू और हल्दी थोड़े ही है कि एक-दूसरे में गड्ड-मड्ड हो जायेगा।” मेवाराम चौधरी ने चापलूसी-भरे अन्दाज़ में कहा।

“चलिये, ठीक ही सोच रहे हैं। हम भी जल्दी ही ख़ाली हो जायेंगे।” पेण्टर हँसा।

“दरअसल एक घण्टे बाद से ही रिश्तेदार सब आने शुरू हो जायेंगे। उनके आने से पहले मैं चाहता हूँ कि मेरा नाम पेण्ट हो जाय यहाँ।”

मेवाराम चौधरी ने हथेली पर रखी सुर्ती को दूसरी हथेली से थपथपाते हुए चूना झाड़ा।

“तो और पहले ही बुलाना चाहिए था। दुअरे आल बरात त...।”

“बस, बस, आगे नहीं। असल में इसका होशै नहीं रहा।” मेवाराम ने चापलूसी-भरे स्वर में कहा।

“हमारा खाना भी लगभग तैयार है।” हलवाई ने कहा।

“क्या लिखना है?” पेण्टर लाल पेण्ट का डिब्बा और ब्रश लिये खड़ा था।

“लिखो, पण्डित मेवाराम चौधरी, शहनाईवादक।”

मेवाराम चौधरी की छाती गर्व से फूल उठी।

“ई कब से पण्डित हो गये चौधरी जी?” हलवाई पड़ोस का होने के कारण कुछ ढीठ था।

“बस, सरकारी सर्टिफ़िकेट आने ही वाला है। हफ़्ता दस दिन अन्तर पर।” मेवाराम ने सूचना दी।

“पण्डित का सर्टिफ़िकेट भी बनने लगा अब?”

वह चौंक उठा था।

“अरे भाई, तुम नहीं समझोगे। यह ऊँची बात है।”

मेवाराम ने तनिक उपेक्षा से कहा।

“अरे ज़रा हमहूँ त जानी कि कैसे पण्डित बना जात है। हमहूँ कल को अपने नाम के आगे लिख सकें।”

हलवाई की बात सुन मेवाराम चौधरी ठठाकर हँसा।

"आकाशवाणी से पूड़ी तलने की आवाज़ में टॉप ग्रेड होओगे का?"

"तुम शहनाई बजा के हुए हो का?" उल्टे प्रश्न कर बैठा था वह हलवाई। मेवाराम चौधरी ने थोड़ी गर्वीली आवाज़ में कहा –

"तो क्या? आज से शहनाई बजा रहा हूँ? कब से? फल तो मिलना ही न था सुमेर।"

"टॉप ग्रेड हो जाने पर आकाशवाणी की ओर से पण्डित की पदवी मिल जाती है।"

"पर तुम लोग तो पण्डितन को तनिको पसन्द नहीं करते हो। उल्टे गरियाते हो। फिर आज वही पण्डित बन जाने पर भोज भात दे रहे हो। कुछ समझ में नहीं आता।" सुमेर ने अपना सिर खुजलाते हुए कहा।

"तुम नहीं समझोगे सुमेर। यह सब शहनाई बजाने का कमाल है कि मेवाराम चौधरी अब पण्डित मेवाराम चौधरी हो गया है।"

"हाँ चौधरी जी, तब क्या न? हम लोग अपनी लड़िकइयाँ से देख रहे हैं कि किसी का बधावा जाना, परिछन, लावा लेने जाना हो, मुण्डन, मटिकोन हो, सब में आप बजाते रहे हैं।"

हलवाई सुमेर ने हाँ-में-हाँ मिलायी।

"लेकिन अब किसी के सामने ये मत कहना कि हम कहाँ-कहाँ बजाते रहे। अब आकाशवाणी के बहुत बड़े कलाकार हम हो गये हैं। शहनाईवादक पं. मेवाराम चौधरी।

मेवाराम की आँखें पदवी के नशे में चूर थीं। सुमेर बोल पड़ा –

"तुम्हारा भानजा तो उसी में बड़ा अफ़सर है न?"

"बड़ा नहीं, पूरा आकाशवाणी का मालिक। स्टेशन डाइरेक्टर। ऊ भी तो पहले बाँसुरी बजाता था। उसी से अधिकारी हुआ और अब डाइरेक्टर। हमारी उमिर निकल गयी थी नहीं तो हम भी कलाकार की जगह...।"

"उसी भानजे के सोर्स-सिफ़ारिश से हुए हो न पण्डित? आँय, हा हा हा।" मेवाराम चौधरी की बात बीच में काटते हुए सुमेर ठहाका लगाकर हँस पड़ा। उसकी पसीने में भींगी तोंद हँसी के साथ हिल-हिलकर ताल मिला रही थी।

"क्या मज़ाक कर रहे हो? हम अपने हुनर से वहाँ तक पहुँचे हैं।" मेवाराम चौधरी की आवाज़ थोड़ी दबी-दबी-सी थी। पल-भर में उसकी आँखों के सम्मुख सम्पूर्ण दृश्य सजीव हो उठा था। वह अपने भानजे के कार्यालय में था। उसका भानजा शिवलाल बड़ी हनक के साथ डाइरेक्टर की कुर्सी पर बैठा था। मेज़ पर रखी कालबेल को दबाकर उसने चपरासी को अन्दर बुलाया और कक्ष का दरवाज़ा बन्द करने के लिए कहा –

"बाहर तुम बैठो। कोई आये तो कह दो, साहब अभी ज़रूरी मीटिंग कर रहे हैं।"

"जी साब।" चपरासी चला गया था।

"हाँ, तो मैं यह कह रहा था मामा कि ज़िन्दगी भर बधावा, सोहर ही बजाते रहोगे? हम आपको बी ग्रेड से ए ग्रेड तक तो किसी तरह ला दिये, पर टॉप ग्रेड नहीं कर सकते, क्योंकि यहाँ से आपकी रिकार्डिंग हम दिल्ली भेजेंगे। वहाँ ऑडिशन बोर्ड के मेम्बर सुनकर तय करेंगे कि आप टॉप ग्रेड होने लायक़ हैं कि नहीं? हम कुछ नहीं कर सकते। वैसे ही हम सबकी आँख में चढ़े हैं कि अपने मामा को हम अधिक प्रोग्राम देते हैं। खुलकर कोई भले न बोले, पर मुहीं-मुँहा तो होता ही है।"

"अरे बच्ची, कुछ रास्ता निकालो। हमहूँ टॉप ग्रेड हो जाऊँ तो कुछ सम्मान बढ़े, फ़ीस भी बढ़े। जिनगी खपा दी शहनाई बजाकर भाई-बहनों को पालने-पोसने में। तुम्हारी अम्माँ को ही कैसे-कैसा ब्याहा? तुम लोगों को भी गाहे-बगाहे फ़ीस-वीस देकर सँभाला। तुम्हारे बाप तो, जान ही रहे हो, बहुत बड़े पियक्कड़ थे।"

मेवाराम पूरा अतीत भानजे के सामने उलटते हुए गिड़गिड़ा उठे।

"अब एक ही बात कितने दिन भुनाओगे मम्मा? बी ग्रेड से ए ग्रेड पहुँचा दिया आपको हमने, क्या आपकी फूँक में दम था इसलिए? नहीं न? दो फूँक मारते ही बेसुरे हो जाते हैं आप? बहुत कर दिया आपके लिए। किसी को पता चल जाय कि आप मेरे रिश्तेदार हैं तो मेरी नौकरी पर ही बन आयेगी।"

शिवलाल ने बेरुख़ी से अपनी बात स्पष्ट कर दी।

"कुछ ख़र्चा-वर्चा दे-देवाकर नहीं हो जायेगा काम?"

मेवाराम ने आख़िरी दाँव फेंका। शिवलाल की आँखें चमक उठीं। ख़र्चा-पानी लेकर वह कितने लोगों को कलाकार बना चुका था। गायन में तो आवाज़ पहचान होती है पर वादन में यह सुविधा रहती है कि किसी कमज़ोर वायलिनवादक, सितारवादक, सारंगीवादक, शहनाईवादक की रिकार्डिंग की जगह अच्छे कलाकार की रिकार्डिंग भेजकर कमज़ोर कलाकार को भी टॉप ग्रेड बनवा लिया जाय। बस एक बार वह फँसते-फँसते बचा था जब बोर्ड के सदस्यों ने किसी की शिकायत पर उस कलाकार को अपने सामने प्रस्तुति देने को बुलवा लिया था। पर वह भी उस्तादों का उस्ताद था। दिल्ली जाने से पहले उसने उसे उन रागों की ही ख़ूब अधिक प्रैक्टिस करवा दी। बात सँभल गयी थी। आकाशवाणी की ओर से लिखित में केवल क्यू-शीट और सर्टिफ़िकेट ही तो प्रमाण होता है कि उक्त रिकार्डिंग अमुक कलाकार की है। आमतौर पर अच्छी रिकार्डिंग सुन बोर्ड के लोग पास कर ही देते हैं। अभी तक इतना घोटाला हुआ भी तो नहीं था। अब ज़माने के साथ तो चलना ही पड़ेगा। सन्देह होने पर ही कार्यवाही होती है। हुंः, जब होगी तो देखा जायेगा।

शिवलाल मामा की ओर देखते हुए भी कहीं विचारों में गुम था।

''क्या सोच रहा है बच्ची? कुछ रास्ता निकालो।''

मेवाराम चौधरी बेचैन हो उठा। उसके भीतर टॉप ग्रेड शहनाईवादक कहलाने की महत्त्वाकांक्षा बलवती होने लगी।

''कितना ख़र्च करेगे मामा? देखिये, इसमे मैं आपकी कोई मदद नहीं कर सकता। करना तो पड़ेगा ख़र्च।''

''कितना?-

''कम-से-कम एक लाख।'' शिवलाल उसे ध्यान से देख रहा था।

''यह तो बहुत अधिक है बच्ची। चलो, पचास में काम करवा दो। बाद में और दे देंगे।''

मेवाराम ने चतुराई दिखायी।

''नहीं मामा, ऐसे नहीं चलेगा। हम अपने ऊपर रिस्क लेंगे, अधिकारियों से छिपाकर दूसरे बड़े कलाकार की रिकार्डिंग भेजेंगे और मज़े लूटोगे आप। टॉप ग्रेड बनकर देश-विदेश में कन्सर्ट करोगे, रुपये कमाओगे। हमें क्या मिलेगा? कद्दू?'' शिवलाल ने साफ़-साफ़ मना कर दिया।

''चलो, पहले दो कन्सर्ट की फ़ीस तुम्हें दे दूँगा।''

मेवाराम चापलूसी में हँसा।

''नहीं, यह कोई बात हुई? कन्सर्ट में एक ही फूँक मारोगे शहनाई में तो क़लई खुल जायेगी कि कितने बड़े कलाकार हो। अरे, वह तो जीवन भर आकाशवाणी से टॉप ग्रेड कलाकार के रूप में जुड़े रहोगे, फ़ीस वसूलते रहोगे, बस। कन्सर्ट वगैरह में जाकर पब्लिक के सामने आकाशवाणी की बेइज़्ज़ती मत करवाना।''

शिवलाल ने मना किया।

''अरे बच्ची, तब-की-तब देखी जायेगी। विदेश जाने का मौक़ा तो मिलेगा। वहाँ कौन शहनाई के रागों का जानकार होगा? दो-चार बार भी विदेश में बजा आया तो तुम्हारे पचास हज़ार चुकता हो जायेंगे। कर दे बेटा। पचास हज़ार में मान जा।''

''विदेशों में भारतीय संगीत के ज़्यादा पारखी बैठे हैं। भ्रम में मत रहो मामा। दुनिया बेवकूफ़ नहीं है। फिर भी मैं प्रयास करता हूँ। सबसे पहले आप राग भैरव को थोड़ा अच्छा तैयार करिये ताकि हमारे केन्द्र के स्टाफ़ को शक न हो। उसी के स्थान पर उस्ताद अब्दुल्लाह ख़ान का राग भैरव और दो-तीन और बन्दिशें मैं सी.डी. में करके दिल्ली भेज दूँगा। एक महीने में रिजल्ट आ जायेगा। हाँ, अपने वादे से मत मुकरियेगा। कल पचास हज़ार घर पर पहुँचा दीजिये। ऊपर तक सब सेटिंग करनी होगी। परसों रिकार्डिंग के लिए बारह बजे आ जाइयेगा। किसी को भनक भी न लगने दीजियेगा कि आप मेरे रिश्तेदार हैं।''

शिवलाल को घूस लेने की आदत लग चुकी थी। आकस्मिक उद्‌घोषकों, कम्पीअरों, लोकगीत कलाकारों के चयन में वह स्वर परीक्षा उत्तीर्ण करने के नाम पर अच्छी ख़ासी कमाई करता था। कई कलाकारों को बी से टॉप तक पहुँचा चुका था। गायन में तो स्वर पहचान में आने का भय होता था परन्तु वादन में उसने जंगल राज्य मचा रखा था। एक-से-एक बेसुरे कलाकार आकाशवाणी से अपने-अपने तार छेड़ने लगे थे, फूँक मारने लगे थे।

ऐसे में ही मेवाराम को भी एक अवसर मिल गया था। अगले हफ़्ते तक उनके टॉप ग्रेड का रिजल्ट आ जानेवाला था। लगभग तय था कि वे टॉप ग्रेड शहनाईवादक हो रहे हैं। शिवलाल ने भरोसा दिया था। भरोसा उन्हें भी था क्योंकि पचास हज़ार रुपये दूसरे ही दिन भानजे के घर पहुँच चुके थे। सी.डी. में उस्ताद अब्दुल्लाह ख़ान का राग भैरव, राग मल्हार और राग यमन मेवाराम चौधरी की रिकार्डिंग के रूप में कट-पेस्ट करके भेजा जा चुका था। क्या जान है अब्दुल्लाह ख़ान की फूँक में?

अपने घर की दीवार के पास खड़े-खड़े मेवाराम चौधरी सोच रहे थे।

एक फूँक मारते ही समझ में आ जाता है कि है कोई शहनाई का उस्ताद। गायकी अंग के साथ जब बनारस घराने का तबलावादक खुलाबाज से थाप देता है तो आदमी सुनता ही रह जाये। उन्होंने तो रिकार्डिंग के समय शहनाई में राग-भैरव की फूँक मारी तो स्वर ही फटने लगा। सा रे ग म प ध नी सा में सा तक पहुँचते-पहुँचते छाती जवाब दे गयी। साँस टूटने लगी। किसी तरह पूरा राग बजाया। तबले पर संगत कर रहे ए ग्रेड कलाकार अनूप मिश्र और हारमोनियम पर पण्डित मुन्नू मिश्र सिर नीचे कर मुस्करा उठे। मैं कनखी से दोनों को देख रहा था। अच्छा था, सामने कन्सोल पर रिकार्डिंग करनेवाले के साथ मेरा भानजा शिवलाल भी मौक़े पर बैठा था। रिकार्डिंग करनेवाला शिवलाल का अपना भक्त आदमी है। नहीं तो ये संगतकार मुझे कहीं का न छोड़ते। चौपट ही कर डालते मेरी रिकार्डिंग। पर चलो, जिसका कोई नहीं, उसके राम गोसइयाँ। भानजे ने चौचक व्यवस्था कर दी है। किसी को क्या पता कि मेरी शहनाई है या उस्ताद अब्दुल्लाह की? अब्दुल्लाह खान का उस्ताद होना मुझे कब से खटक रहा था। मेरे सामने ही बाला जी के मन्दिर में प्रभाती बजाते थे, गंगा मइया को सुनाते थे। हमें क्या पता था कि एक मुसलमान को गंगा मइया और भगवान् जी इतना वरदान दे देंगे कि पूरी दुनिया में शहनाईवादक के रूप में उजागर हो जायेगा। हुँः, अब मुझे भी कोई रोक नहीं पायेगा जग जाहिर होने से। पण्डित मेवाराम चौधरी, शहनाईवादक, दूसरे अब्दुल्लाह खान।

घर की दीवार के पास खड़े-खड़े मेवाराम चौधरी की आँखें चमक उठीं।

"पण्डित को प लिखकर ऊपर और आगे बिन्दी बना दूँ?" पेण्टर पूछ रहा था।

"क्यों? पूरा लिखो। प आधा ण ड और ड पर ई की मात्रा और त। पूरा पण्डित।"

मेवाराम थोड़ा भड़क उठे शार्ट में पण्डित लिखे जाने पर।

"एक काग़ज़ पर लिखकर दीजिये, नहीं तो हमसे मात्रा लगाने में ग़लती हो जायेगी।" पेण्टर चालाक था। उसने गेंद मेवाराम के पाले में फेंक दी।

"अच्छा, अच्छा, ग़लत ही लिखो पर लिखो पूरा पण्डित।"

मेवाराम उससे अधिक चालाक थे। अपनी अनपढ़ता को छिपा ले गये।

"अरे भाई, इतना मेहनत से पण्डित भये हैं चौधरी तो तनी बड़ा-बड़ा, साफ़-साफ़ लिख दो। क्यों चौधरी?"

"और क्या सुमेर। जिनगी भर की तपस्सा है मेरी। चार ठो रिश्तेदार-नातेदार आयेंगे, हीत-मीत आयेंगे। हमारा भानजा भी आयेगा। खाने-पीने का बड़ा सौखीन है। उसी ने तो बताया कि दिल्ली से काग़ज़ लगभग चल ही चुका है। बस फ़ाइनल सुनवायी चल रही है।"

"अच्छा?" सुमेर ने आँखें फाड़कर पूछा।

"हाँ, हम तो ई पार्टी टाल रहे थे। जब काग़ज़ आ जायेगा तब दे देंगे, पर भानजा है न? उसकी इच्छा थी कि कुछ रज्ज-गज्ज हो जाये। सो कर दिया।"

"बड़े सफल हो चौधरी तुम।"

"तब क्या न? मामूली परेशान हम थोड़े हुए सुमेर भाई। तब जाकर ई दिन नसीब हुआ है। भगवान् चाहेंगे तो जल्दी ही विदेश जाने का मौक़ा मिलेगा। बाहर में यहाँ के संगीत का बड़ा मान-जान है। यहीं पर हमको चौधरिया, शहनाईवाला, फलनवा-ढेकनवा कहते हैं। वहाँ पर तो सम्मान के साथ पण्डित मेवाराम चौधरी, शहनाईवादक।"

"भागमान हो चौधरी। इहाँ तो आटा माँड़ते कोहड़ा छौंकते जिनगी ओरा गयी। घर में जाओ तो औरत लड़िका सब मिलके हमको छौंक-भून के खाने को तैयार होते हैं।" सुमेर का दुःख फूट पड़ा।

"हाँ यह मामले में तो हम भागमान हैं सुमेर। ई जनम तो बन गया। अब ठाठ के साथ बीतेगा।"

मेवाराम चौधरी की आँखों में धूर्तता-भरी चमक लहक उठी।

पेण्टर पण्डित को पन्डीत लिख चुका था और अब मेवाराम का मे लिख रहा था। मेवाराम ने एक सन्तुष्ट दृष्टि से अक्षरों को सहलाया और सुमेर की ओर मुड़े –

"खाने का क्या हाल है?"

"बस तैयार है। पूड़ी झमाझम छान के रख देंगे। आपके मेहमान लोगों के आने की देरी है।"

"बस वे सब आते ही होंगे। लड़का-बच्चा को तैयार करने में थोड़ा बखत तो लगता है। आओ सुमेर, थोड़ा बैठा जाय, गपशप हो।"

मेवाराम दरवाज़े से भीतर होते हुए बरामदे की ओर बढ़े। एक कुर्सी खींचकर वहीं बैठ गये और सुमेर को फ़र्श पर बैठने का इशारा किया। उसकी निगाह में सुमेर उनके बराबर बैठने लायक़ अब नहीं था। परन्तु सुमेर दूसरी कुर्सी खींचकर मेवाराम से कुछ दूरी बना बैठ गया था। मेवाराम चौधरी के चेहरे पर एक खिंचाव की रेखा पसर गयी थी। यह अदना-सा हलवाई अपने-आपको समझता क्या है? पण्डित मेवाराम चौधरी की बराबरी में बैठ रहा है?

"जाओ, सब्ज़ी देख लो। कहीं जलकर कोयला न बन जाये।" मेवाराम ने आदेश दिया। किसी बहाने वे सुमेर को अपने सामने कुर्सी से हटाना चाह रहे थे।

"आँच मद्धिम कर दिया हूँ। धीरे-धीरे किरसेगा कोहड़ा तो सब्ज़ी टेसइल बनेगी।"

सुमेर अंग्रेज़ी-हिन्दी का अद्भुत प्रयोग कर रहा था। वह अपनी कुर्सी पर टस-से-मस नहीं हुआ। मेवाराम चौधरी को बुरा लग रहा था। भाड़े पर खाना बनानेवाले की यह औक़ात?

उन्हें अपने गुरु जी पण्डित महावीर मिश्र याद आये जिनसे थोड़ा-बहुत सरगम का ज्ञान उन्होंने लिया था। पण्डित महावीर मिश्र कबीरचौरा की एक सँकरी-सी गली में रहते थे। छोटा-सा बाहरी अलँग का कमरा और सामने छोटा पक्का चबूतरा जिस पर शिष्यों की भीड़ लगी रहती थी। तबला, शहनाई, सारंगी से लेकर गायन और बैण्ड बजानेवाले भी उनके पास सीखने के लिए आया करते थे। गुरु जी स्वयं गायन के सिद्धहस्त कलाकार थे परन्तु स्वरों का आरोह-अवरोह तो सभी विधाओं के लिए जान है और लोग कहते थे कि जो उनसे एक बार स्वरों का ज्ञान ले ले उसे जीने-खाने की कमी नहीं। वह गा-बजाकर नाम कमा ही लेगा। फ़ीस के नाम पर देशी-विदेशी दोनों ही शिष्यों से वे मात्र पचास रुपये लेते थे। कोई उससे ज़्यादा देने की कोशिश करे तो उसे डाँट देते थे – "भिक्षा दे रहे हो क्या?"

उनकी यही सब शोहरत सुन-सुनकर मेवाराम भी एक दिन शहनाई लिये उनकी गली में पहुँच गये थे। कई शिष्य उनकी बैठक में रियाज़ कर रहे थे। कुछ चबूतरे पर भी बैठे थे। फ़र्श से एक फ़ीट ऊँची छोटी-सी चौकी पर पण्डित महावीर मिश्र बैठे थे। उनकी गोद में तानपूरा लेटा था और उँगलियाँ धीरे-धीरे सधे ढंग से तानपूरे के तारों को छेड़ रही थीं। बग़ल में रखे मसनद पर एक हाथ टिकाये वे ऊपर छत की ओर देखते हुए कोई मद्धिम स्वर साध रहे थे। पूरे माथे पर पीले चन्दन का लेप, उसके बीच में दमकता कुमकुम का बड़ा-सा गोल टीका और गले में मोटी रुद्राक्ष की माला उनके

साधक होने की कहानी कह रही थी। पूरी बैठक में ग़रीबी का हल्का अँधेरा छाया हुआ था परन्तु उनका मुख संगीत-साधना के ओज से दमक रहा था। पूरे कमरे में खादी आश्रमवाली सूती दरी बिछी थी जिस पर शिष्यगण बैठे उनकी ओर देख रहे थे। चौकी के पास बैठा एक शिष्य तबले पर दोनों हथेलियाँ फैलाये थाप देने की प्रतीक्षा कर रहा था।

मेवाराम चौधरी ने जब शिष्यों के बीच से रास्ता बनाते हुए पण्डित महावीर मिश्र की ओर बढ़ने की कोशिश की उस समय उनका वह प्यारा सुर शायद लग गया था। उन्होंने आनन्दित हो सिर को एक हल्का-सा झटका दिया। गर्दन से नीचे तक उनके लम्बे बालों की लट ताल में थिरक उठी। एकाएक सामने मेवाराम को देख वे खिन्न हो उठे और पूछा – ''कौन है रे तू?''

''जी गुरु जी, मेरा नाम मेवाराम चौधरी है। शहनाई बजाता हूँ। आपसे थोड़ा-बहुत और सीखना चाहता हूँ। जो फ़ीस होगी...।''

''जब बजाते ही हो तो हमसे सीखोगे क्या? चलो, वहाँ दूर जाकर बैठो। मुझे अभी छूना मत। बाद में बात करूँगा।''

पण्डित महावीर मिश्र फिर अपना वही सुर साधने में लग गये थे। खिसियाये-से मेवाराम पीछे जाकर दरवाज़े के पास बैठ गये थे। बग़ल में बैठे एक दूसरे शिष्य ने समझाया –

''डाँट सह लोगे तो ज़िन्दगी बन जायेगी।''

''हूँ।'' मेवाराम अपमान से मन-ही-मन तिलमिला उठे थे।

''बताऊँगा बच्चू को, जब मैं भी पण्डित बन जाऊँगा।''

टॉप ग्रेड हो जाने की भनक लगते ही मेवाराम ने पहले लाल रंग का कुर्ता, रुद्राक्ष की माला और बार्डरवाली पीली धोती ख़रीद ली। भानजे ने भरोसा दिया था और अपने पचास हज़ार का भी भरपूर भरोसा था। माथे पर पीले चन्दन का लेप लगा उस पर कुमकुम का गोल टीका लगाकर आदत डालने का प्रयास किया था। जब तक चन्दन में थोड़ी नमी थी, तब तक तो बहुत अच्छा लगा पर कुछ ही देर में माथा चड़चड़ाने लगा था। मेवाराम ने जल्दी से नल पर जाकर मुँह धोया। अब कुमकुम का गोल टीका ही वे लगाते हैं। चन्दन चड़चड़ाता है।

''चलिये, आपके मेहमान आने शुरू हो गये। मैं अब पूड़ी चालू कर दे रहा हूँ।'' सुमेर कुर्सी से उठते हुए बोला। कुछ लोग गेट से भीतर घुस रहे थे।

''और पहले ही शुरू कर देना चाहिए था।'' मेवाराम को उसके उठ जाने से राहत मिली थी।

"फुफ्फा पाँय लागी।" एक लड़की गुलाबी फ्राक और पाँवों में स्टील की पाजेब पहने झुककर मेवाराम के पैर छू रही थी। पीछे से आठ-दस वर्ष की आयु के मध्य के चार-पाँच बच्चे हाथ में रूमाल लिये, बालों में आँवले का तेल लगाये, सामने आकर खड़े हो गये थे। पीछे से एक मोटी और साँवली-सी महिला धानी रंग की साड़ी में आयी थी और बच्चों को दायें-बायें ढकेलती मेवाराम के पास नीचे फ़र्श पर बैठ गयी। उसका मुँह हँसने की मुद्रा में लगातार खुला था और आँखें मेवाराम के चेहरे पर टँगी थीं। वह ज़ोर-ज़ोर से बोल रही थी –

"का जीजा, पण्डित बन गइला, बस पूड़ी-सब्ज़ी खिअइबा?"

"आउर का खइबू? बतावा। मँगा देई।" मेवाराम ने भी आनन्दित होते हुए कहा।

"अरे बकरा-वकरा क दावत देवे के चाहत रहल।" वह हँसी। दो-चार थूक के छींटे उसके मुँह से उड़कर हवा में तैर गये।

"अरे राम राम! पण्डित भइले के बाद ई कुल नाहीं।"

"हल्लाला। जइसे लागत हौ सच्चों पण्डित हो गइला।" वह फिर ठहाका मारकर हँसी।

"बस सर्टिफ़िकेट अइले का देर हौ। सच्चो तो हइये हई।"

मेवाराम ने मज़ाक करते हुए अपनी सरहज को देखकर एक आँख दबायी।

"कंजूस हवा तू।" उसने सिर से लटक रहे साड़ी के कोर को दाँत में दबा लिया।

"नहीं, बड़ा ख़र्चा हो गयल हो।"

"अरे चला, कुल बहाना हौ।" वह इठलायी। मेवाराम एक भेदभरी मुस्कान के साथ बाहर की ओर देखने लगा था। बच्चे दरवाज़े के बाहर पेण्ट हुए ताज़ा-ताज़ा नाम को ज़ोर-ज़ोर से बोलकर पढ़ रहे थे। पन्डीत मेवाराम चौधरी, शहनाईवादक।

"छूना मत, नहीं तो बिगड़ जायेगा। अभी ताज़ा है।"

मेवाराम कुर्सी पर बैठे-बैठे चिल्लाये।

◆ ◆ ◆

उधर मेवाराम के घर पार्टी हो रही थी और इधर दिल्ली में ऑडिशन बोर्ड के सदस्य ध्यानपूर्वक स्टूडियो में उनकी शहनाई की रिकार्डिंग सुन रहे थे। अन्तिम लिसनिंग के बाद उन्हें सर्वसम्मति से टॉप ग्रेड देना था। एक बार सभी लोग सुन चुके थे। रिकार्डिंग की गुणवत्ता बहुत अच्छी थी। बनारस घराने की रिकार्डिंग है। कौन उँगली उठा सकता है। शहनाई की फूँक में जान थी। कई जगह मीड़ का भी प्रयोग हुआ था। राग भैरव के आरोह-अवरोह को सधे स्वर में बजाने के बाद कलाकार ने राग के स्वरूप का चलन बजाया – साम, सा, सा प धा...।

कुछ ही देर में गायकी अंग का स्वर फूटा शहनाई से और तबला संगतवाले ने तबले पर थाप दी। एकाएक संगीत विशेषज्ञ प्रो. बसु चौंके –

"रोकिये, रोकिये। इसे फिर से प्ले करिये।"

तकनीशियन ने सी.डी. रोककर फिर से प्ले कर दिया। तबले तक आते-आते प्रो. बसु की भौंहे फिर सिकुड़ी थीं। ऑडिशन बोर्ड के अन्य विशेषज्ञ सदस्य भी चौकन्ने हो गये थे।

"कुछ पकड़ में आया क्या बसु जी?" ए.डी.जी. सिन्हा बोल पड़े।

"हाँ...।" यह रिकार्डिंग तो बनारस घराने की है न?"

"हाँ, हाँ, क्यों?"

"आप तबले पर थाप को ध्यान से सुनिये। कैसा लग रहा है? हाथ के पूरे पंजे का प्रयोग है या आधे पंजे का?"

सी.डी. प्ले हो रही थी। सभी लोग ध्यान से सुन रहे थे। ए.डी.जी. सिन्हा और ऑडिशन बोर्ड के चेयरमैन दोनों संगीत के अच्छे जानकर अधिकारियों में से एक थे। प्रो. बसु को दिल्ली विश्वविद्यालय के संगीत विभाग से विशेषज्ञ के रूप में बुलाया गया था।

"हाँ, आधे पंजे का प्रयोग है तबले में।"

चेयरमैन कुलकर्णी बोल उठे।

"उधर की ओर ही मैं इशारा कर रहा था। बनारस घराने की रिकार्डिंग है तो तबलावादक भी बनारस घराने का ही होगा?" प्रो. बसु ने स्पष्ट किया।

"अवश्य।" कुलकर्णी ने कहा।

"तबले पर पूरे हाथ के प्रयोग के कारण ही वहाँ के तबलावादकों को खुलाबाज कहा जाता है। पूरे खुले हाथ का तबले पर वे प्रयोग करते हैं, और दिल्ली पंजाब की तरफ़ के तबलावादक हाथ में आधे पंजे का प्रयोग करते हैं। इसीलिए उन्हें बन्दबाज कहा जाता है।" प्रो. बसु ने और स्पष्ट करते हुए कहा।

"क्या मतलब?" ए.डी.जी. सिन्हा बुरी तरह चौंक उठे। यानी कि यह रिकार्डिंग बनारस की नहीं है। इस ओर तो उनका ध्यान ही नहीं गया था। वे तो शहनाई की फूँक और मीड़ के काम को सुनकर हैरान थे। एक बार बनारस से उस्ताद अब्दुल्लाह ख़ान को कन्सर्ट में बुलाया था, तब शहनाई पर इतना सुन्दर मीड़ का काम देखा था। उसके बाद तो बहुतों को सुना पर उसमें उस्ताद जैसी बात नहीं थी। आज पुनः इस नये कलाकार की शहनाई में उसी प्रकार की शैली देख वे चौंक उठे थे। वे चौंके इसलिए भी थे कि अधिकांश के वादन में तन्त्रकारी अंग का ही बोलबाला रहता है। केवल उस्ताद अब्दुल्लाह ने गायकी अंग को अपने शहनाईवादक की विशेषता बनायी

थी। वही शहनाई के छिद्र से मीड़ का काम करते थे। एक मुश्किल काम होता था यह। बहुत रियाज़ का प्रतिफल। छोटे कलाकार के वश की बात नहीं। आज मेवाराम की रिकार्डिंग सुनते हुए वे उसी प्रकार का काम देख चौंके थे।

प्रो. बसु अपनी आशंका व्यक्त कर रहे थे –

"मैं इन शहनाईवादक को तो नहीं जानता कि कैसा कलाकार है? बजा रहा है अच्छा। पर यह ज़रूर दावे के साथ कह रहा हूँ कि तबला संगतकार खुलाबाज नहीं है। बन्दबाज है।

"यानी, रिकार्डिंग वहाँ की न होकर कहीं और की दी गयी है?" चेयरमैन कुलकर्णी हतप्रभ थे।

शायद वहाँ का कलाकार कभी दिल्ली आया हो प्रोग्राम करने। क्योंकि संगतकार तबलावादक तो हमेशा स्थानीय होता है। या फिर जो भी हो भाई। बनारस की पूरी रिकार्डिंग तो नहीं है यह। शहनाईवादक बनारस घराने का और तबलावादक बन्दबाज? कुछ तो गड़बड़ है इस रिकार्डिंग में। या तो पूरी रिकार्डिंग कहीं और की है या फिर किसी सी.डी. से निकालकर दे दी गयी है।"

"कट-पेस्ट के ज़माने में क्या नहीं हो सकता? रिकार्डिंग किसी और की, नाम किसी और का? क्या प्रूफ़ है कि यह शहनाई उसने नहीं बजायी? मैं तो हैरान हूँ सब सोच-सोचकर। देश भ्रष्टाचार और घोटालों से जूझ रहा है और हम सब सतयुग के हरिश्चन्द्र की कल्पना कर रहे हैं। अरे, सामने परफार्मेन्स होना चाहिए। यह रिकार्डिंग वगैरह मँगाने का सिलसिला ख़त्म करना चाहिए। गायन में तो फिर भी पकड़ में आ जाता है आवाज़, पर इसमें कैसे पकड़ें?"

ए.डी.जी. सिन्हा परेशान थे।

"चोर कोई-न-कोई लक्षण छोड़ ही जाता है।"

प्रो. बसु ने समझाया।

"तो क्या निर्णय लिया जाये इस रिकार्डिंग पर?"

ए.डी.जी. सिन्हा ने हताश स्वर में पूछा।

"उस केन्द्र से रिपोर्ट माँगी जाय और कलाकार को टी.ए., डी.ए. देकर दिल्ली बुलाया जाय। सामने इन्हीं रागों की प्रस्तुति करवाकर उसकी सी.डी. बनाकर दोनों सी.डी. सबको सुना दी जाय। आगे आप सब समझदार हैं। जैसा चाहे वैसा करें।" ए.डी.जी. सिन्हा, प्रो. बसु और चेयरमैन कुलकर्णी सहमत हो गये थे। इधर पत्र टाइप हो रहा था, उधर मेवाराम के यहाँ पार्टी परवान चढ़ रही थी।

□□□